# 一枝草一點露

顏純鈎

# 目錄

自序……9

## 一、春溫筆端

表姑白舟……12
做夢的人遠去了……19
拒絕平庸，追求卓越——懷念老同學駱惠南……23
祖母……29
庭院裏的生靈……38
桃花依舊笑春風——莊士敦道生活點滴……44

此曲只應天上有……52
庶民的狂歡——故鄉風物誌……58
一間醫院的滄桑——故鄉風物誌……64
歷劫無恙的觀音殿——故鄉風物誌……72
天下無橋長此橋——故鄉風物誌……78
我的母校我的知識搖籃——故鄉風物誌……82
「偷聽敵台」的那些往事……89
人緣與書緣……95
逝影留心——一些老照片勾起的回憶……103

## 二、心事浩茫

電影是生命的第二場域……112
光影風華——一個時代的美麗與哀愁……118

硬漢與小鮮肉……126
《老炮兒》中的三個密碼……131
蕭條異代不同時——也談《黃金時代》……136
做王后或做自己……141
雜說胡蘭成……148
建築是城市的面孔……157
筆下萬象，心底千秋——全球水墨畫大展觀後……162
英雄與時勢互為表裏……167
歷史的蝴蝶效應——張作霖二三事……172
胡適與千家駒……178
人心齊世道移……183
態度決定命運——善惡在一念之間……187
台灣的通姦罪有點荒唐……193
魯迅活到今天，莫非也要判刑……199

不要讓網絡狂躁症毒害自己……203
生命隨想……208
時間隨想……212
激情隨想……218
知青三十年祭……224
四十年來家國……230

## 三、於無聲處

時也命也，學者思者——讀《余英時回憶錄》……238
成功是對痛苦的報復……244
弱水三千，只取一瓢——讀《夏志清論中國文學》……248
誤入革命——讀夏濟安著《黑暗的閘門》……254
董橋《讀胡適》，我讀董橋……262

小團圓大悲劇……268
人世的悲憫　自我的救贖——讀白先勇兩篇小說……280
風生水起的文字精靈——讀黃永玉《沿着塞納河到翡冷翠》……287
汪曾祺的「清明上河圖」……294
汪曾祺寫人出神入化……300
「莊嚴回歸」與「生鏞拆毀」——讀黃碧雲長篇小說《微喜重行》……306
曠宇長宙唯求一我——《傅雷別傳》讀後……310
國破山河在，情深草木春——讀蔣碧微《我與道藩》……318
狂瀾既倒，老成何以謀國？——讀梁啟超《李鴻章傳》……324
君有所忌　臣有所恃——讀《萬曆十五年》的一個角度……330
讀一點明代小品文……338
基辛格的風流韻事……344
做大生意的大外交家——基辛格離開白宮後的日子……351

# 自序

多年寫散文，只出版過《自得集》（香江出版社）和《心版圖》（天地圖書），這本《一枝草一點露》是第三本，算起來，真是懶惰，也很慚愧。

寫得少，固然是長年為他人做嫁衣裳，另外也用了不少精神和時間寫專欄。專欄也不是不用心，但多數有時間性，也嫌零碎，不值得浪費那麼多精神去整理，又要浪費那麼多紙張去印出來，總之就由它去了。

眼下這一批，可能是二十年心事的概覽，有的是生命感性的記錄，有的是讀書和思考的心得，所謂愚者千慮必有一得，就當是個人生命的點滴拾掇，讓自己覺得，至少這些過去的日子還有點意思。

生命的實質是自我的實現，你是怎樣一個人，你把這個人做足就可以了。你可能資質一般，但夠努力，也可能天份過人，可惜又太懶；你做的事不幸與自己的志向相去十萬八千里，怎麼做都不對勁；你可能一直從事很喜歡的工作，但偏偏左右碰壁。命運是你一生所有必然性與偶然性的總和，你繞不過你命中所有的因與緣。

我也是這樣過來了，不得不屈從於那些不可知的意旨。你有時根本不知道它們在哪裏，有時知道了也拿它們沒辦法，你只是把每天都活得好一點，用點力氣去活，然後活成甚麼樣就是甚麼樣，你也拿自己沒辦法。

幸而心思還是永遠起伏着的，有生命的一天，思潮就不止。有時來得洶湧，有時波瀾不興，你也只是順着那些思潮，隨時撿拾一點，盡可能留下一些甚麼，那些甚麼後來就沉澱下來，變成你心裏比較堅硬的東西，你就覺得自己沒有那麼虛浮。

老家有句俗語，叫做「一枝草一點露」，意思大概是，再卑微的生命都有自己的生存機會，也有自己的生存價值。就像每枝草生出來，都應份有草尖上一點露，那點露水滋養它，它就長起來。有草就有露，大自然的恩賜是公平的，一枝小草披風沐雨，長長長，長成自己。

# 一、春溫筆端

# 表姑白舟

因為工作的關係，多年來我也接觸過一些美麗的女性，有的甚至是天下聞名的巨星，我每每平視她們，不覺得虛怯，因為在我心目中，天下最美麗的女性，不是她們，而是我的表姑白舟。

表姑姓俞，學名白舟，她的小名類似「彼」字的發音，我們叫她「阿彼姑」。她母親我叫姑婆，是我祖父的妹妹。在我們小鎮上，不同姓氏的人家互相嫁娶，遠親近戚，幾乎雞犬相聞，我到表姑家，也只是五分鐘路程。

我姑婆丈俞貴元，解放前是安海養正中學的校長，也算地方上的名流。姑婆和姑婆丈養育五男二女，男的都相貌堂堂，女的又都清純美麗，表姑在一個深蘊文化藝術氛圍的家庭中長大，自小就喜歡唱歌跳舞。上世紀六十年代，社會政治氣氛還沒有那麼肅殺，地方上的文化活動相對活潑。表姑白舟是鎮上文藝表演隊的活躍分子，人長得漂亮，又能歌善舞，往往重頭戲都是她擔綱。

我有一次看她表演傳統小歌劇《桃花搭渡》，滿戲院黑壓壓的觀眾，都把生活中的愁苦丟在外面的寒夜裏，人人雀躍着期待一個溫情故事暖心腸。

故事很簡單，一個小村女心急去赴情郎的約會，偏偏來到渡口，卻碰上不解風情的艄公。艄公故意留難，推三托四，硬是不肯解纜。小村女百般哀求、心急難耐的種種情狀，與老艄公老神在在調笑解悶的怠慢之間，形成一種詼諧的戲劇衝突。

表姑白舟作村女打扮，嬌俏可人，與老艄公一來一回鬥嘴，一時哀求一時又撒嬌，一時唸白一時又演唱，把一個戀愛中的小女子豐富的內心，表現得維妙維肖。等到上了船，艄公偏往風急浪高處走，小舟起伏顛簸，表姑白舟以她的舞蹈身段，又將在風浪中驚險狼狽的情狀刻劃得活靈活現。

滿戲院爆笑聲中，內心隱秘的牽動着，感覺自己有一種異樣的優越感，因為台上那個滿場遊走、眉目傳情的村女，正是我的表姑。

表姑家是閩南典型的「兩房看廳」格局，石板鋪就的院子邊，夏天會種絲瓜和葫蘆瓜等攀爬植物，肥肥的綠葉把一個院子罩得濃蔭匝地。表姑的二哥志文表叔，也有一副好嗓子，我們時常能聽到他們的歌聲此起彼伏在屋裏繚繞，有時像在吊嗓子，有時卻有如神思遊走的吟哦——那真是一些好日子，時光悠閒，人任性而安逸，未來模糊不分明，一顆心長久地怔忡着。

表姑白舟的美，好像不屬於我們那個古老沉悶的小鎮。她身材高挑，容長臉，兩隻眼睛深邃而清亮，鼻子驕傲地筆挺着，笑起來眉眼彎彎。在那些以粗賤為時尚的年代，表姑白舟特立獨行地打扮自己，夏天她有時會穿一條薄料的素黑上衣，無領無袖，頎長的脖子托起一張笑吟吟的臉顧盼自如。表姑穿一條熨得筆挺的杏色長褲，走在我家鄉幾百年的石板路上，就好像那些石板都是琴鍵，她充滿彈性的步履走過，一條長長的巷子盡是美妙的琴音。

以我姑婆丈那種古板的老派人，怎麼可以容忍表姑肆意展示自己的青春？那我就不知道了，只知道姑婆丈一直反對她拋頭露臉去表演歌舞，家中長時間為這件事煩惱着。在一個革命至上的時代，外面是清教徒式的社會習俗，裏面是老父親管教的威嚴，表姑白舟為爭取一點享受青春之美的自由，夜來內心掙扎，白日裏又鼓起勇氣昂然出入。

因為姑婆丈的歷史問題，表姑白舟沒有升高中，只能去福建機電學校讀中專，在她畢業前後的日子，她的婚事慢慢提到親友間的議事日程上。先是有一個遠在香港的親戚來提親，但嫁到外面，又多一層複雜的社會關係，這件事因為姑婆丈的反對就無疾而終了。後來有一次，我母親帶她到福州去，似乎去和某個僑領的孩子相親，但不知甚麼原因，後來也沒有下文。

那是表姑白舟最美好的日子，青春像關不住的小鳥，未來有無限可能性，相親不成只是小事，她面前還有數不盡的好機會。這次福州之行留下一張照片，在照片裏，她用一條長圍巾將自己的頭部從上到下包起來，只露出一張臉對着鏡頭，她清亮的眸子閃閃生輝，若有若無的笑裏充滿對人間的好奇和善意。我母親說，她們在福州大街上走，總有不同年紀的男人對表姑投來驚異的目光。

我不知道在她們家那幢古老的宅院裏，蟲聲唧唧的夏夜，羅衾不耐五更寒的冬晨，表姑白舟在朦朧夢醒之間，可曾對自己未來的歸宿有過甚麼樣的想像。人生像一道深奧的謎，謎面大家都懂，但謎底沒有人猜得到。

表姑白舟畢業後分配到福建省建陽地區一個電機廠做技術員，那個廠是從上海搬下來的，廠裏有一些上海來的技術人員，表姑後來和一個上海籍的男人談戀愛，也就順理成章成了他的妻子。

那男人個子也高，一張白淨的臉，臉上常掛着笑容，笑起來還有淺淺的酒窩。表姑結婚後常帶着夫婿回老家探親，我們也就時常見到這個上海姑爺。不知為甚麼，我總覺得他那種逢人點頭諂笑的習慣太小家子氣，他那麼和氣乖順的樣子，又好像缺少男人應有的擔待。不管如何，他真是一個幸運的男人。

建陽對我們來說，真是窮鄉僻壤的山溝，表姑回家來穿着粗布衣服，灰灰藍藍的不成式樣，她的話少了，笑起來總有些許保留，但在親戚間走動，她永遠是那種毫無機心的善意。我結婚後有了一個男孩，表姑每次回老家，總會帶一盒巧克力來，討孩子的歡心。那些年我下鄉插隊，後來安排了工作，常年在外奔波，我與表姑總是錯過見面的機會。

因為沒生孩子，表姑抱養了一個山區農民的女兒，聽說直接就從醫院裏領養了，像小貓一樣軟綿綿地抱回老家，本來想寄養在姑婆家裏的，後來不知甚麼原因，又抱回去了。七十年代末我來了香港，聽說她和上海丈夫也申請調動工作回了老家，表姑在通用機器廠做技術員，她丈夫去了日用品廠。改革開放後，上海姑爺承包了日用品廠來經營，起先還有聲有色，慢慢就支撐不住，廠子倒閉了，他只好到親戚的廠裏去打一份工。

大概九十年代中，突然聽說表姑白舟患了柏金森病，我們都大吃一驚，不相信這種磨人的病，會生在美麗的表姑身上。她慢慢地毫無辦法地失去行動和說話的能力，那種漫長的一點一滴的生命力的流逝，使我的表姑活在幾乎沒有盡頭的苦難裏。我常覺得心痛，想像她的美麗一點點地剝蝕，她的哀告和呻吟噎在心裏，她每天坐在家裏，呆呆看陽光進來，陽光退去，生命空洞不實在，而人間開始與她沒有關連。我生怕再見到她，我怕見到一個容顏枯憔、雞皮鶴髮的表姑。

我最後一次見到表姑，應該是九十年代末的事了，我和太太回鄉探親，大年初一早上，我們去給姑婆拜年。滿屋子都是姑婆的家人，意外的看見表姑坐在角落裏，旁邊有人把她扶起來，她離遠了對我笑着。我趨前握她的手，她的手沒有血色，綿軟無力，但她那張臉，卻還是那樣美麗，皮膚細白，笑容淺淺，彷佛柏金森病讓她的生命停止了，而她也因此沒有老去。

旁邊一個少婦抱着孩子，姑婆說那是表姑女兒，表姑已經做外婆了，可是她也許並不知道。

歲月匆匆，表姑的病慢慢沉重，而她的上海姑爺也慢慢不安份。家有病妻，這上海男人卻白天黑夜在外面鬼混，胡吃海喝，唱K跳舞，徹夜不歸家。我母親有一次回老家，偶感風寒去醫院看醫生，就在門診部碰到這個上海姑爺，他陪着一個紅衣女子也在那裏，見到我母親，尷尬地打招呼，心裏有虧不敢久留，匆匆帶着年輕女人溜掉了。

表姑甚麼時候離世，我也都不知道了，多年下來，故鄉日疏，親戚星散，偶爾有人來問起，人家也都目光空茫。在她最後的日子裏，有沒有人好好照料她，給她起碼的溫暖，讓她對這個辜負了她的人世，有一星半點留戀，那也是一個永遠的謎了。

很早以前，我看過一張舊照，表姑和她的兩個哥哥兩個弟弟站成一排（最小的兩個弟妹還沒有出世），好像樓梯級一樣排列。她那些兄弟，如不是淘氣地笑，就是一本正經地板着臉，唯有表姑白舟，張着兩隻小鹿一樣驚惶的大眼睛，望向鏡頭後很遠的地方，莫非在那時，她潛意識裏，已經看到自己的一生？

人世如長河，波濤洶湧，沒有人知道自己將去到甚麼地方，將在哪裏登岸，或將在哪裏落水。表姑白舟就像《桃花搭渡》裏那條小船，在驚濤駭浪間出沒，顛簸傾側，毫無自主地被時代洪流裹脅，時至今日，她的美麗也沒有人記得了。

魯迅說：悲劇是把人世美好的東西毀滅給人看，這真是對悲劇最精闢的定義。

# 做夢的人遠去了

上班途中，朋友來電話說：羅老總走了。

去年到他家裏探望，他坐在沙發上聽我們說話，頭一直低下去，好像已經沒有力氣支撐自己的腦袋。他腦袋裏裝載太多沉重的東西，年老力衰，終於撐不住了——那時我們都知道他的日子不多了。

上世紀八十年代初，我在香港《晶報》做校對，業餘投稿給《新晚報》，後來經馮偉才介紹，到《新晚報》協助編「風華」思想理論版、「星海」文學版和讀書版。雖然是羅老總的部下，但遠遠見他走進走出，高不可攀，與他沒有任何交涉。有時見他看報寫稿，苦着一張臉，有時看他伏在寫字桌上假寐。《新晚報》與《大公報》共用辦公室，羅老總自己也沒有獨立房間，坐在大堂裏辦公。外人不知道，就在那侷促的空間，他導演了新派武俠小說一場大戲。

我剛進《新晚報》兩個多月，羅老總突然下落不明，報館氣氛壓抑，流言四起，有一天副刊主任來通知我，説我未過試用期，明天起就不用來上班了，我成了羅老總蒙難後第一個被炒魷魚的人。後來聽説，因為找我進《新晚報》只有羅孚一人點頭，沒有經過社委會，所以羅孚一出事，我就合該走人。

離開《新晚報》後舉目茫然，索性回了一趟老家，誰知道就讓妻子懷孕了，越年妻子帶着兒子來了香港，在這裏生下小女兒。女兒生下來，合家如獲至寶，那時我又進了《文匯報》副刊，我就忘記被《新晚報》炒魷魚那件倒霉事了。

九十年代初我到北京參加書展，順道到雙榆樹羅老總住處去探望他，他見面就向我道歉，説因為他的事連累我給《新晚報》炒魷魚，我説我還要謝你呢，因為你我多了一個女兒，彼此相對大笑。

他在北京軟禁時，給內地和香港報刊雜誌寫稿，介紹香港作家，後來這些文章經我的手集成一本書，就是《南斗文星高——香港作家剪影》，那是第一部較有系統向內地讀者介紹香港作家的著作，記得寫董橋那篇，用的標題是「你一定要讀董橋」。當年聽羅老總的話開始讀董橋的人，一定不會後悔，董橋今日已經名滿天下。

再後來，他介紹鄭超麟的《史事與回憶》給天地圖書，本來聲明由他出資印海外版，後來我們認為鄭著有極珍貴史料價值，便自行承擔出版。可惜因為鄭老病重入院，新書寄到上海時，他已經去世八天。不管如何，沒有羅老總，鄭超麟這部書的未刪節版，還是沒有機會見天日的。

他的著作《北京十年》、《文苑繽紛》、《北京十年續篇》、《羅孚說周公》等，先後都由天地圖書出版，他兒子羅海雷寫的《我的父親羅孚：一個報人、「間諜」和作家的故事》也由天地圖書出版。他一直是我們的好作者、好朋友、好老師。

前年白先勇先生出版《父親與民國》，香港版也是天地圖書出版，有一天晚上我們在理工大學演講廳舉辦一場研討會，羅孚先生居然也出席了。他坐輪椅，由羅海雷和他的幾位《新晚報》舊下屬陪同，雖然精神顯然不濟了，但還是堅持到會議結束才離開。我相信那是他一種姿態，一則表達對廣西老鄉白先勇的支持，二則對於歷史的書寫和歷史的真相，他大概也別有一番滋味在心頭吧。

多年前他從北京回香港後，每次見面，我都勸他要寫回憶錄，趁記憶沒有衰退，自己還能提筆時，把親身經歷的黨內外大事都記錄下來，因為他個人的歷史，就是中國現代史、中國現代新聞史和文學史的一部份。我說你寫下來是真相，以後別人寫，你就不知道人家是怎麼寫了。可惜每次他都笑而不答，我猜他微笑大概是認同吧，不答是有難言之隱。

羅老總是典型的「兩頭真」的老共產黨員，年輕時服膺救國理想，追求公義和平等是他的夢，折騰大半生，在理想和政治現實之間徘徊，晚年遭逢巨變，徹悟理想之虛妄，政治之嚴酷，幡然悔悟之際，歲月已無情流逝。從北京回來後，在美國住了幾年，又再回香港來，除了個人遭遇有口難言之外，對中國和香港的政治文化也時常仗義執言，清心直說，表現了一個老報人老文化人的風骨。他是在香港的中共幹部中，最受人敬重、最有人情味、最溫文儒雅有長者風範的人。

近年他與夫人住在北角城市花園寓所，日常有一班《新晚報》舊下屬幫忙照料，文化界朋友三天兩頭上門探訪。前年他做九十二歲生日，文化界發起為他慶生聚會，那天晚上數百人濟濟一堂，分享他九十年人生的悲欣交集。熱鬧過後，他仍然回到自己的窩裏去，每天借報刊雜誌和電視新聞打發時間，世事於他已漸行漸遠，心事卻還重重結。遙想大陸，中國這隻大船正在轉彎，風高浪惡，似乎最壞的事情還沒有發生；回望香港，五十年不變成了懸案，政治惡鬥正方興未艾，但他已經氣息奄奄了，沒有力氣，也沒有着力處，只有把他未做成的夢留給後來人了。

靜夜空寂，人世邈然，羅老總突見天門洞開，祥雲四起，有幽遠陌生的樂音傳來，他還是那樣面露微笑，冉冉起身，那時我們都還在夢中，而他卻不再做夢了。

# 拒絕平庸，追求卓越

## ——懷念老同學駱惠南

老同學駱惠南去世一兩個月了，他的病來得突然，走得也快，臨終前拒絕朋友探視。他平日為人低調，與人親和，但內心自有一種孤傲，不肯接受朋友的垂憐。人到必死的時候，痛痛快快走就是了，躺在病床上，一面讓惡菌啃噬自己的生命，一面勉為其難接受他人毫無意義的安慰，那的確不是一種善待自己的方式。

惠南和我都是「老三屆」，一九六六年毛澤東發動文革時，他讀初中一年級，我是高二生，他份屬我的學弟。因為年紀有點差距，彼此來往並不多，他和我有另一層關係，便是他的母親吳瓊英女士，是我初一時的班主任。

文革中我們是同一派，他那時是小孩子，我對他印象不深。後來上山下鄉，在不同的村子裏插隊，各自和命運纏鬥，然後各自揹負身心創痛來到香港。初期要對付沉重的生活壓力，等到彼此都在這個陌生的都市站住腳了，才驚覺歲月無情，大家都鄉音未改鬢毛衰了。

惠南來香港後，不知是甚麼機緣，做的是股票買賣的工作，替客戶作股票投資，從中賺取一點佣金。多年來他一直熱心校友會的事情，我和他見面大都在校友會活動場合，從未見過他向老同學推銷股票交易。在股票市場浸淫多年，他明白那裏的凶險，冒昧為同學買賣股票，有錢賺彼此開心，不順手的時候難免齟齬，他小心地保護同學間單純的關係。

惠南性格沉實，從不花言巧語，平日見面客氣打招呼，很少在同學之間高談闊論。有一段時間他擔任校友會秘書，在酒會上做主持，負責一點會內的文字工作。他熟讀不少古典精品，偶爾會來一兩手四六駢文，老氣橫秋援引古聖賢的訓誨。我有時想像他在家裏捧着線裝書，搖頭晃腦，吟吟哦哦，陶醉在一種孤清自足的氛圍裏，就覺得他像唐吉訶德，賈其餘勇戰風車，與商業社會日益沉淪的道德風尚對峙。

有一段時間，惠南私下約我聊天。我們時常在北角新都城上面的酒樓，星期天上午，叫幾個點心，開一壺鐵觀音，不着邊際談一些抽象的話題。我與人見面，總喜歡稍微早到一點，沒有手機的年代，帶一本雜誌消磨時間，費事遲到要找理由。我早到，惠南比我更早到，他開好茶等我，一種殷切誠懇的態度令人舒服，但話題一打開，上天入地，隨手拈來，他也自有主見，有時彼此在一些事情上看法不同，他也從不苟且油滑，態度平和卻固執己見。

很奇怪，我們很少談人情世故方面的話題，也從不涉及同學間的飛短流長，一上來就談國家大事，然後突然從一個概念切入，不知深淺地探討抽象的、宏觀的歷史和文化現象，大半天在一些宏大背景的理念上兜圈子。有時彼此意見相近，有時卻南轅北轍，偶爾到最後氣氛尷尬，不歡而散，然後下一次，我們又和言悅色相見歡。

惠南在上海某財經大學拿了一個博士學位，以他初中一年級的基礎教育水平，未經大學本科訓練，居然一蹴而就，簡直是「撐竿跳」。平日要上班，股市凶險如履薄冰，面對壓力要自我消化，他怎麼可以有足夠多的精力和韌性，去承擔深如淵海的遙距課程？有一次幾個朋友飲茶，我還問他拿了博士學位後，對自己的工作有甚麼幫助，他坦承沒甚麼幫助，卻也怡然自在。在我看來，那麼辛苦讀一個學位，自然期望升職加薪，有所回報，否則也只是一個名聲而已，何必為一點名聲付出那麼大的代價？

想他多少年燈下苦讀，面對廣袤無邊的抽象世界，與那些捉摸不透的概念和系統周旋。白髮一綹綹生出來，精力一天天消耗，偶爾覺得登頂無望，更多時候又欲罷不能，那樣苦苦堅持，應該不只是為一點虛幻的名聲，那麼他又圖個甚麼呢？

後來惠南開始寫一點財經評論，我還曾經把他的文章推薦給某財經雜誌老總。他的評論都走宏觀路線，結合全球化的時代大潮和中國的獨特國情，提出一些高屋建瓴的見解，真有點指點江山的氣概了。他的局面慢慢打開，在一些報紙和刊物上，不時見到他的長篇論述，而惠南每次見面，仍是那樣謙和誠懇，同學中沒有多少人知道他的財經評論家身份。

他關注的問題慢慢擴大到社會思想層面，他認為全球化時代，舊有的知識系統已經無法詮釋，應該有一套全新的哲學架構來剖析社會現象。他認為當下的世界，人只有兩種階級，一種是智力階級，一種是勞力階級，二者分佔社會資源，負責不同層次的社會分工，互相衝突又不斷和解，通過科學技術的創新，推動社會向前發展。

我對他的理論架構有點摸不着底細，雖然那是他獨創，但又好像有點草率。智力勞力之分，自古如此，並不是全球化的結果，更不是全球化的原因，那麼他將歷來哲學大師的系統打散了，重新拼湊組合，企圖另闢蹊徑去解釋世界，那行得通嗎？

我於是有意去挑戰他的想法，連番質疑他，從四面八方去攻擊他，他的理論並不那麼成熟，破綻不少，有時他勉為其難自圓其說，有時也有點慌不擇路，但他還是十分堅持，固守自己的陣地，自信滿滿。

有一次我真給他的固執惹火了，仗着年長幾歲，說了一句重話，回到公司後心裏不安，覺得不應該如此傷人，於是鄭重其事打了一個電話向他道歉。惠南毫無芥蒂，後來見面，還是那樣謙和誠懇，讓我覺得對不起他。

他為自己的哲學系統寫了一部二十多萬字的著作，曾經想通過我自費出版。我當下潑他冷水，說自掏腰包幾萬元倒是小事，但香港書店裏，每天有數十新書上架，一本名家著作除非銷情紅火，否則也很快被打入冷宮，更別提一個聲名未著的普通人了，你又何必去費這份心思呢？

惠南點頭微笑，似乎也明白這種知識的窘境，但過後不久，他的新作就寄來了。當然是自費印製，由一家未見經傳的小出版社出版，設計裝禎都不入流，我暗自為他惋惜。他的哲學系統自成門徑，我公私兩忙，沒有那麼多心力去深究他宏大架構的堂奧，於是很失禮地束諸高閣。

直到惠南去世，我想起他的種種，才明白他一生在追求的，並不是甚麼虛幻的名聲，他只是不肯讓自己平庸下去。歸根結底，每個人一生的志業都是實現自己的價值，自己有甚麼本事，就將那些本事發揮到極致，對這個永遠捉摸不透的世界略有小補。

自我實現是人生五大需求中的最高層次，但首先，你要明白你的自我是甚麼，然後你要為自己訂一個高標準，一生孜孜矻矻，永不言休，做到最後，你離你的理想可能還很遠，但你有機會最大限度接近你能達到的高度，那樣就叫做不負一生。

王侯將相寧有種乎？古今中外，那些撬動歷史的巨人，都是從平凡中出身，他們之所以成就一番大事業，共同的原因也就是不甘平庸，不甘在俗世沉淪。「老婆孩子熱坑頭」固然很容易，但一日過一日，一生也就平滑地過去了。自己生命的價值，在漫長一生裏曾否有一星半點實現呢？人站在自己的終點上，都不免有此一問。

我想惠南在告別人間時，固然仍有種種遺憾，但他可以寬慰的是沒有荒廢自己，他為實現自我作了不懈的努力。人一生不免受主觀客觀的限制，有很多生命中的必然性和偶然性規定了自己，人只能知道自己做了多少，不能知道自己做成甚麼，是成是敗，唯有天知。

因此我每想起惠南，就覺得沒有理由荒廢自己。人一生，要追求卓越，拒絕平庸，訂高標準，費大氣力，享受過程，聽任結果，如此方不負來世上走一遭。

# 祖母

去年回鄉奉移祖先墳塋，先到老宅燒香。半上午時分，陽光從天窗射入大廳，光柱裏粉塵飛揚，屋樑上有雨水滲漏的白色鏽蝕，四下裏傳來空寂的陳年腐敗的氣息。處身這個既熟悉又生疏了的空屋，一時間恍若在夢中。

大廳正中高處仍掛着四幅放大的舊照片，太祖父、太祖母、祖父、祖母，兩代祖先高高俯視着我們，那是父親抗戰勝利後回鄉，從菲律賓帶回來的。長條供桌上方，另有太祖母、祖母和父親的小幅照片，祖母那幅照片，還是我頭一次從香港回家，在後院裏幫她拍的。祖母頭戴黑絨帽，半側臉，架着膠框眼鏡，目光平視，神色安詳。後來她去世時，這張照片被放大了，作為她的遺像，掛在靈柩的前方。

每個人都有自己的祖母，我的祖母和別人不同。我家三代單傳，太祖父早逝，祖父遠走南洋，父親在十六歲上也到菲律賓謀生，家裏雖四代同堂，可惜一門都是婦孺。太祖母活到一百零八歲，長時間不理家事，母親年輕時在醫院工作，早出晚歸，六十年代初又移居香港，這樣我們兄弟三人，從小都在祖母的庇蔭下生活，與祖母之親，有甚於母親。

對祖母最早的印象，是五十年代初和母親從香港回鄉，台風肆虐大雨傾盆，三輪車載着到家門口，院子裏水汪汪，車伕把我和哥哥揹進屋去。印象中太祖母在廳裏，弟弟在門廊處玩，祖母偏身坐在廳口的石坎上做針線。從那時到我離家來香港，二三十年歲月匆匆，祖母好像都那樣在風雨中端坐着，她在哪裏，家就在哪裏，她不在，家就只是一個空殼。

祖母姓黃，名烏緣，我不知她名字的來歷。我們鄉下，老一輩婦人們都有一些奇怪的姓名，朗市、烏曼、肴治，盡是苦難粗糙的色調。祖母娘家家底本不錯，可惜她父親去世後，家產給姑母姑父霸佔了，祖母的祖母帶着三個孫兒去打官司，祖母還記得大清早到衙門去擊鼓鳴冤、皂役喝叱的驚恐場面，而到底家還是敗下來了。

祖母嫁入顏家時，以腳上三寸金蓮聞名於鄰里，生了我父親和兩個姑母，小姑生熱病去世，祖父又長年漂泊在外，她守着兩個孩子，侍奉公婆。祖父在抗戰中期去世，父親瞞着家裏不敢報喪，祖母還日日盼望夫婿回鄉團聚，真是「可憐無定河邊骨，猶是春閨夢裏人。」

抗戰期間外匯斷絕，祖母為幫補家用，每天走十幾里地，到鄰近村鎮去變賣故衣。夏天早晨小腳拂過故鄉阡陌上草尖的露珠，秋冬揹着故衣在寒風中瑟索趕路，賺來一點小錢珍重藏在衣襟下，而遠在重洋外的親人生死未明。

祖母小小的個子，身體瘦弱單薄，走路顫巍巍，她在我們那個老宅子裏摸索了七十多年。天未亮摸黑起身，小心翼翼拉開後門生鏽的鐵門栓，生怕吵醒酣睡中的孫兒，冬天水缸水冰冷，凍得手指頭發紅。等我們起床，刷牙的水杯裏倒好半溫不熱的水，牙刷上擠好牙膏，洗過臉喝半杯淡鹽水，早餐就熱騰騰地等候着了。

吃過早飯祖母交代女傭去買菜，她坐在院子裏梳頭。夏天半牆朝陽，石凳上露水初乾，祖母將頭髮解開，用木梳子小心梳理，抹上一種香木浸泡的油，將髮稍捲起來，收攏成一個髮髻，罩上絲網，插好簪釵，前院含俏花開時，她會摘幾朵花苞插在髮髻上。她做着這些事時，神色莊重，一絲不苟，幾十年打理自己從不馬虎，是一種認真做人的習慣。

祖母不識字，五十年代中政府辦過一種冬學，半下午時分空閒，鼓勵家庭婦女去認字讀書。祖母興致勃勃去參加，下課回來就在廳裏寫字。我們三個小孫兒，有時圍在她身邊，看她拿着短短的鉛筆，一筆一劃笨拙寫字，我們笑她，她也笑。家中女傭也去讀冬學，不幾天就放棄了，倒是祖母一直堅持，後來還得過學校的嘉獎。

有過冬學的基礎，後來祖母到南京和姑母一起生活，與左鄰右舍來自全國各地的教師家屬們相處，她也能講一些日常的普通話。她做家務，打理幾個內外孫，閒來縫縫補補，做不同的家鄉小吃送給鄰居。有時一家子去新街口逛街，到玄武湖遊玩，祖母像一個大城市的主婦一樣，在車水馬龍的都會環境裏來去自如，只是每次上街，她的小腳總是引來路人驚奇的目光。

有一次我陪她去看電影，長江路口的勝利電影院，放的是香港影片《搶新郎》，男主角高遠，女主角夏夢，故事都忘記了，只記得滿院笑聲。看完電影出來，暴雨滿街，我們坐三輪車回家，車伕將布簾蓋得密實，回到家裏還是半身都濕透了。

祖母一生禮佛，半月吃一餐素食，她從不唸經，但何時敬天地，何時拜祖先，所有時辰一本帳都在她心裏。她的信仰浸透在她的善心裏，遠親近鄰誰有難處，她都主動幫忙，從不聲張。小時候過年前，祖母都要差我送錢去給幾個鄰居孤寡老人，一個老阿婆叫福嬸，名字雖好卻伶仃過日，院子裏生雜草，滿屋無煙火氣，白髮覆額，手指如雞爪，接了三元五塊，伸手來拉我，嚇得我轉身就跑。另一個時常來幫祖母拉臉，半下午時分，坐在院子裏，一邊咬着線頭幫祖母淨臉，一邊訴説家裏的苦楚。虛胖的臉皺紋橫斜，眼淚順着皺紋流到下巴上，像夏日暴雨流過龜裂的土地。臨走祖母給她錢，給多了，她説盡吉祥話，千恩萬謝離開。

祖母雖是小地方人，但沒有一般婦人雞零狗碎的小見識，她從不計較得失，命運把她推到甚麼地步，她都泰然受之，從不抱怨，更從不呼天搶地。

文革中我們三兄弟都捲入派性鬥爭，一天到晚在外面瘋，有時武鬥起來，幾天幾夜不回家。她也難免擔驚受怕，但從不問長問短，也從不嘗試阻止。在她看來，三個孫子做人正派，如果他們要每天去造反鬥爭，那一定是新的時代要求他們去做的，他們不會為非作歹，不會做傷天害理的事。武鬥起來後，我們有時要守在教室樓上，午飯回不了家，祖母煮好飯菜，差小姨母送到教室樓去。樓梯口堵死了，一個小竹籃子，垂繩晃晃悠悠把飯菜吊上樓，那裏面有祖母親手烹煮的大魚大肉，填飽不要命的紅衛兵。

後來就上山下鄉了，祖母對孫兒去當農民，雖不免心疼，卻從未勸說我們留下，時代要孩子們去吃苦，稍有一點軟弱退縮，也會被人恥笑。她替我們打點行裝，盡可能把能帶的副食品都帶上，有時見她一個人默默呆坐，心事重重，走進走出時滿眼的悽愴，但她也從來沒有抱怨一句。

那年冬天是我們一生中最艱難的日子。天寒地凍被生產隊長的哨音催逼出工，扛着鋤頭垂頭喪氣走過荒寒的山崗。到了田邊，敲碎水上的冰塊赤腳踩進泥土，不消片刻兩隻腳就沒有知覺了。每日田頭吃菜乾飯，生油是稀罕物，吃豬肉要等年終農民殺豬，吃牛肉是破天荒一隻小牛在山崖上摔死了。晚上睡在稻草鋪就的木板床上，半夜傳來隔壁牛棚裏粗重的喘息聲。

有一天逢墟日，組裏同學都去趕集，我一人在土屋裏看《紅樓夢》。看到賈政打寶玉，賈母趕來護孫子，不忍心而聲淚俱下，自己觸景生情，想起遠在家鄉的祖母，不知此刻在做甚麼。她會不會放下針線想起山溝裏的孫子，操心我們會不會累了餓了，會不會受不了那些苦，會不會想家。如此胡思亂想，眼淚竟涔涔流下。祖母是我最孤單的時候會想起她，最開心的時候也會想起她，她是我心靈的慰藉。

祖母一生，除了抗戰八年日子難過之外，基本上不受饋乏之苦，她的苦全在親人遠離、孤單無依的守候之中。文革後父親從菲律賓回鄉，那時姑母全家也來了，左鄰右舍親朋戚友常來閒坐聊天，家中從早到晚人來人往，吃飯要分三批入座，洗澡要燒幾大鍋水。晚飯後一家人坐在院子裏，夜涼如水，蟲聲盈耳，風細細，親情氤氳在笑語中。一些陳年舊事，東家長西家短，人情物故，世道天理，一一在笑談中消磨。

祖母常說，她最喜歡就是全家齊齊整整，日子平安喜樂，可惜她一生全家齊人的日子那麼少，孤單的時光那麼長。等到我們長大起來，三兄弟先後離開家鄉，只剩下祖母一個人，守着那幢日漸破敗下來的老屋。白天日光進來又溜走，夜來風雨聲擾夢，祖母跟前只有老傭人陪着，她數着我們回家的日子，等我們回去，她又要數着我們離家的日子，她就那樣數着兩種日子過完了一生。

我結婚後生了兒子，祖母榮升太祖母，那可能是她精神上最富足的日子。因為妻子每天上班，兒子自小就是太祖母照顧，太祖母餵他牛奶米糊，太祖母搖搖籃哄他睡覺。冬天尿布難乾，祖母讓人編一個大竹筐，筐下一個小炭爐，竹筐外鋪滿洗乾淨的尿布，祖母守着那個竹筐，小半天把尿布翻轉來烘乾。夏天天熱，兒子睡在竹床上，祖母坐在床頭替他揮扇搧涼，兒子一場好夢，耗掉祖母多少手力？所以兒子與太祖母最親，最先開口叫人，就是叫「阿太」。

祖母照顧了我父親，又照顧我們三兄弟，再照顧我兒子，我祖母一生照顧了三代顏家子孫。她個子那麼小，身子單薄得一陣風能吹走，但她每天起早摸黑，為三代人張羅日常生活。三代大男人長大起來，竟都離她而去，這莫非是祖母生就的苦命？

祖母晚年守着空空的大宅院，門外有嫁女的鞭炮聲，有送葬的哀樂，那些人間的悲喜都在悵望中茫然，她想起一生的操勞，家人星散，心中苦味唯有自知。她半靠在床頭，每日交代女傭買菜煮飯，敬天祭祖，一絲一毫都不含糊。她接受命運的安排，對得起她身邊所有的人，唯獨對不起自己。

那年夏天，我接受福建省作協的邀請，和一些文友到武夷山遊玩了幾天。臨回港前那晚，省作協兩位負責人來敲我的房門，臉色凝重告訴我祖母去世的消息。雖然都在意料之中，但片刻之間人還是難以自持。當晚打電話轉告妻子，安排她帶孩子回鄉奔喪，次日即趕回老家。

祖母停在大廳一側臨時搭起的木板床上，一位遠房嬸婆小心掀起蓋在她臉上的白布巾，讓我看她的遺容。祖母清瘦的臉安詳如生，好像在熟睡，那一瞬間彷彿她會坐起身來，兩腳往地下套取她的布鞋，要去廚房替我煮一碗線麵。

我跪在祖母面前，泣不成聲。我已經人到中年，人世滄桑也算慣見了，但在祖母面前，我還好像是一個失去護持的孩子。

因為是宗族裏最老的一位長輩，又在九十三歲上過世，算是笑喪，因此親友們來吊唁，大都沒甚麼悲容。祖母生前待人如子姪，那些親友坐在廳堂前說起她的好處，人人都感念不已，我們做子孫的，也都以有這樣一位老祖母而臉上有光。

鄉下辦喪事，繁文縟節很多，等到將靈柩送到山上，眼看一個赤紅的深坑吞沒了祖母的棺木，慢慢的一抔黃土又掩埋一切，那時又一陣悲慟襲來。等到這一切結束，每個人都會回家，人人照舊過日子，而祖母要一個人孤伶伶留在這個荒涼的山坡上，永遠都回不來了。那時天陰着，風過處突然飄下雨來，堂叔們都說，這雨下得好，水就是財啊！我倒覺得那像是祖母臨別不捨的淚水，漫天漫地灑下來，浸潤我們的後半生。

此後每一次回鄉，都要到祖母墳前去拜祭，有時帶了孩子去，也讓他們在阿太墓前磕頭。我兒子小時候，阿太侍候他吃飯，老人家一手碗一手湯匙，因為手顫，瓷碗和湯匙磕碰着叮叮響，兒子年少無知，竟問：阿太你這樣是誰教你的？我們在祖母墳前說起這一切，就好像她還能聽見，她的心肝寶貝小曾孫，已經長成大小夥子了。

祖母生前喜歡玩紙牌，我們把一些從香港帶回去的印得很精緻的紙錢燒給她，說讓她在另一個世界，得閒就玩幾把，開開心心看着她的子孫，他們老老實實在世上做人，不會辱沒她老人家一世的好名聲。

紙錢燒起，青煙四散，祖母，就以這點凌亂不成大器的文字拜祭您。

# 庭院裏的生靈

讀汪曾祺的散文，每每有意外驚喜。他寫野鴨子，說：「秋冬之際，天上有時『過』野鴨子，黑乎乎一大片，在地上可以聽到牠們鼓翅的聲音，呼呼的，好像颳大風。」

「黑乎乎一大片」的野鴨子，這種壯觀的景象我從未見過。我年幼時，秋冬之際，倒是時常看到天上「過」雁陣。站在我們家前面庭院石階前，抬起頭來，時常會看到一字形或人字形的雁陣經過。大雁飛得並不太高，肉眼可以分辨到牠的翅膀，風不大的下午，能聽到雁唳聲。

一群北方來的鳥，長途跋涉，為防途中走失，就一隻跟着一隻，有時前後相隨，有時分兩隊作側翼照應，是甚麼樣的基因遺傳，使牠們一代代這樣千里奔波？

我家有前後兩個庭院，後院鋪磚，架石櫈，是家人日常活動的地方，較少動物出入。前院雖有石板甬道，但甬道兩旁都是泥地，種葡萄、番石榴、香蕉、玫瑰、含笑等花木，所以吸引小動物。

前院兩級石階上來，是一個俗稱「雨腳架」的橫廊，地上鋪紅磚，上有水泥頂棚，廊前四根磚柱，檐口四隻綠釉蟾蜍，雨天蟾蜍口中會瀉下白花花的水柱。這個前院，一年四季生靈出沒，擾擾攘攘，我們幼年時還有機會親炙各種小動物。

夏天清晨，常有喜鵲叫（現代人誰還聽得到喜鵲叫），偶爾聽到烏鴉聒噪枯啞的叫聲，老祖母就會唸佛（烏鴉叫不吉祥）。奇怪的是，這兩種鳥都很少見到，大概清晨叫一陣，就各自外出覓食了。「雨腳架」屋檐下，常年築有鳥巢，有時見到燕子箭一般飛進飛出，那個枯草築成的巢裏，時不時伸出四五個嫩黃的小嘴，尖着聲叫，是小燕子飢腸待哺。麻雀也來做巢，吱吱喳喳，在磚地上撒下灰白色的鳥糞，家中女傭人會一邊清掃一邊埋怨。來築巢的還有蝙蝠，蝙蝠在我們老家為不祥的動物，形體猙獰，黑不溜秋的，不招人喜歡。有一次我搬梯子，打算把蝙蝠巢清掉，伸手進去摸，摸到熱呼呼紅茸茸一隻小蝙蝠，心中厭惡，趕緊跑下來洗手。

前院其實並不大，最多二三十平米，但麻雀還是常來光顧，在地上找零碎東西吃。我們有時拿一個竹籮，用一枝筷子半支在地上，竹籮下撒一把米，筷子下綁一條細繩拖進廳裏，我們就躲在門後等。等到麻雀來啄食，一步步走到籮下，我們一抽繩子，麻雀就給罩住了。家中有現成雀籠，手工精緻，細木棍做成的小門開關，裏面有供麻雀站立的小鞦韆，有小瓷碗和瓷碟放水和米粒。麻雀養在雀籠裏，好食好住，可惜多不長久。小孩子玩幾天就膩了，貓也會來搗蛋，有時不小心忘記關門，給牠一飛沖天逃走，有時照顧不周，死得不明不白。

庭院裏常見的還有蝴蝶和蜻蜓。蜻蜓歇在花枝上，兩個翅膀會收攏豎起，那時只要輕輕捏住薄翅，就能抓住牠。蝴蝶不容易捉，卻容易騙。用一根小木棒，尾端綁一條線，線尾綁一張拇指大小白紙片，揮動棍子，白紙旋舞，蝴蝶誤認紙片為同伴，會跟着小紙片後面飛。一張小紙片，後面跟着三四隻蝴蝶，在花間上下飛舞，也可有片刻歡娛。

夏天番石榴樹上會有知了叫，一隻知了不知疲倦叫半天，有時令人煩躁。是甚麼讓牠如此賣命地喊叫不停呢，實在想不通。那樣拔尖了嗓門喊叫，要消耗能量，如非有實際的利益，為甚麼如此折騰自己？

捉知了要用一點麵粉，灑一點水和成團，放在嘴裏嚼，大概與口水起一點化學反應，那個小麵團便很有黏性。將麵團黏在長竹竿尖頭，伸到樹上，一黏就把知了黏下來。知了也可以養，據說只吃露水，抓在手上，輕輕捏牠的頭部兩側，牠就會叫。有些孩子把知了烤了，剝出兩片黃豆般大小的肉，說是可以吃。吃知了，好像吃蠍子，都需要一點勇氣，我對此毫無興趣。

還有一種金龜子，通體金綠色，全身似披盔甲。捉到金龜子，用細線綁住腳，抖幾抖，金龜子會飛起來。通常牠不會四下亂飛，卻會以巴掌大的圓圈作自我旋轉，不知疲倦一直轉，轉到看不見金龜子，轉到我們自己都疲倦了為止。

庭院裏還有一種不尋常的動物，叫「四腳蛇」，倒沒有親眼見過，當時真以為是蛇，稍長後才明白，那不是真的蛇，是小蜥蜴。夏天傍晚，左鄰右舍的孩子在雨腳架裏用鋪板木櫈床單搭了帳篷，打算在那裏露營過夜。夜深了庭院裏突聽見古怪的叫聲，有點淒厲又有點凶惡，從月光下幽暗角落裏傳出來，更有一種陰森森的感覺。家中長輩説，那是四腳蛇在叫，小孩子不免虛怯，初時還強撐着，終於禁不起心裏發毛，背脊發涼，一個個逃回屋裏去了。

那些年庭院裏也曾有過螢火蟲，我們家在小鎮邊上，離野地至少還有五百米，是甚麼吸引螢火蟲飛來呢，至今想不明白。螢火蟲也曾捉過，過後手上會沾一點很難形容的腥味。捉十隻八隻螢火蟲，用薄手絹包起來，會集成一束微光，可照見方寸之地。民國詩人柳亞子有「與君一席肺腑語，勝我十年螢雪功」之句，「螢雪功」就用了晉代車胤集螢火蟲之光苦讀的典故。

泥地下還有蚯蚓，我們去野外池塘釣魚，就在院子裏拿鋤頭刨幾下，翻出蚯蚓來作釣餌。蚯蚓也有不同種，有粗而色黑的，也有細而淺紅的。通常釣魚用小蚯蚓，捉幾隻來，剪作一段段，每段兀自扭動不已。以前教科書上說，蚯蚓是益蟲，因為在地裏鑽，等於翻了地，牠的排洩物又等於肥料，這當然是附會的說法。地裏得有多少蚯蚓，才能起到翻地的效果，牠的糞便才能肥地？

夏天清早，時常會見到蝸牛爬到雨腳架磚地上來。蝸牛走過的地方，磚地上會留下一條淺白的痕跡，彎彎扭扭，是一隻小小生靈的萬里長征。辛辛苦苦從泥地走上來，究為何事，那真是天曉得了。蝸牛有小小的角，一邊漫步，一邊往四下裏探頭，那兩粒小小的肉角，等於是牠的觸鬚，一步一心驚，因為危機四伏，沒有安全感。白居易詩：「蝸牛角上爭何事，石火光中寄此身。隨富隨貧且歡樂，不開口笑是癡人。」道盡歷劫歸來的豁達心跡。

法國人吃蝸牛，我試過感覺麻麻地。中國人在吃上頭最神勇，中國人不吃蝸牛，想來是有道理的。我們鄉下吃形狀恐怖的沙蟲（做成後叫土筍凍），但卻沒有人吃蚯蚓。魯迅說：第一個吃螃蟹的人是最勇敢的，螃蟹有人吃，蜘蛛也一定有人吃過，不過不好吃……

同樣不可思議跑來的小動物，還有螞蝗。螞蝗是水田裏的軟體動物，以吸血為生，在農村下水田，有時螞蝗會吸在小腿上，要稍用點力才能把牠撥掉，牠吸附過的地方，也都會沁出一溜血來。螞蝗蠕動緩慢，從水田爬到我家庭院，也一定是有道理的，可惜無從深究。家裏那棵香蕉樹上，時見螞蝗蠕動，我們用小樹枝把牠撥下地，拿點醋去澆牠，片刻功夫化為一灘黑水。螞蝗全身不設防，肉身卻堅韌，用腳踩牠也不死，倒是一點醋足可解恨。

半個世紀前的事，如今雖歷歷在目，但此景此情，已不可復見了。我不知道在香港郊外，一般人家的庭院裏，還有沒有這些造物主恩賜的小生靈。人與動物本是一個大系統裏的不同角色，互相依存，應該讓我們的孩子們，多認識一點千萬年來和我們共享地球的小生靈，和山水靈秀日夕廝磨，心地自然清明，人會坦蕩很多，我們的日子也會有趣很多。

# 桃花依舊笑春風

## ——莊士敦道生活點滴

我生性安土重遷，雖然也多次搬家，四十年了，竟然都在香港島，都在電車路，從北角英皇道，到灣仔莊士敦道，好像一日聽不到叮叮聲人就不自在。

上世紀八十年代初，我進《文匯報》任副刊編輯，稍後天地圖書找我做兼職編輯，那時兒子又在灣仔聖雅各小學讀書，於是就搬到灣仔。先在灣仔道保和大廈，稍後又搬到莊士敦道恆生銀行大廈，前後住了八年。即使後來不住在灣仔了，每日上下班也都在莊士敦道出入，走慣了那幾條街坊味濃重的小街，時不時見到一些不認識的熟面孔。灣仔街市夾莊士敦道路口，有一家中藥舖，以前常在那裏執藥，很多年後，那裏的夥計見到我，還會問一聲：阿女有冇返來啊？

「阿女」每年返來一趟。有一次來灣仔找我，她還感嘆說，時常回想起灣仔那些日子，不知為何，總感覺這裏特別親切——玄都觀裏桃千樹，盡是劉郎去後栽。

來港之初，在大道東《晶報》做校對，半夜下班後在宿舍睡覺，白天也都在莊士敦道出入。有一天大清早，經過修頓球場，迎面一個七八十歲的阿婆，滿臉塗白抹紅，身上穿的，也是「九唔搭八」的鮮艷服飾，搖搖晃晃，蹣跚而來。我以為碰上一個流浪的神經病婆婆，趕緊躲開。那晚和同事說起，同事竟說：那是灣仔一帶有名的老妓。我問：都那樣了，還有人去光顧她嗎？同事說：當然有，灣仔有的是露宿者，那些老男人就是她的主顧，貪便宜嘛！

想起這可憐的阿婆，帶着一個老伯，兩個人都搖搖晃晃，蹣跚走過灣仔夜深的街道，一步一喘，扶牆爬上唐樓窄僅容身的樓梯，那時整個灣仔都要背過臉去，張愛玲說的：一步一步，走入沒有光的所在。

有一晚深夜，從大王東街往莊士敦道走，有個女孩站在路口，見我走近了，問了一句甚麼，我沒聽清楚，剎住腳步，女孩又問：先生要人陪嗎？電光石火之際，即刻明白是甚麼事，趕緊閃開身子，像幹了甚麼壞事一樣狼狽逃走。

那女孩高挑瘦削，幾乎有點書卷氣，秋冬之交的夜街上寒意侵身，她微微縮起肩膀，怯生生向過路的男人搭訕。事後回想起來，我幾乎覺得她應該是大學中文系的學生，晚上在一個溫暖的家裏，一盞精緻的枱燈，燈下一本李易安詞選，她幽幽誦讀那些淺怨輕愁的詞句：這次第，怎一個愁字了得？

我不知道近年夜街上還有沒有流鶯。三四十年來莊士敦道街面變化不太大，除了東方戲院原址拆建成大有商場，近年又翻新了喜帖街，此外一般店舖都是小小的格局，馬虎的裝修，做一些古靈精怪的生意，「你方唱罷我登場」。只有茶餐廳生意滔滔，有的數十年屹立不倒，為生活在這裏的單身寡佬提供三餐熱飯。

早先在天地圖書上班，編輯部在書店地庫，門市後面隔開一個區域，兩個老闆，一個校對，再加我半個編輯，就是我們的編輯部了。朋友都說很羨慕我的工作，因為在出版社工作，想要看甚麼書都有。我說你錯了，看書的基本條件不是書，是時間，沒有時間，你坐擁書城也是白搭。我每天經過門市部，放眼看去都是我喜歡的書，但那些日子我幾乎沒有真正讀過一本書。

初到貴境的日子艱辛而潦草，一時興致勃勃，一時又心裏發虛。不懂英文，廣東話麻麻地，身無長物，萬事擾心，但我們總相信生活會慢慢好起來。

我和太太同一天到天地圖書工作，我在編輯部，她在門市部。兒子上小學，女兒上幼稚園，因為住莊士敦道，太太要利用公司午飯時間回家，做午飯和兒子吃，然後再趕回公司上班。家裏總有做不完的家務，中午她就不只是吃飯那麼簡單。有一天中午我離開天地圖書去《文匯報》，看到隔着電車路的對面人行道上，太太一路小跑着向書店趕去。午飯時間街上人很多，大家都悠閒地踱步，只有她在人叢中穿行小跑，氣急敗壞。我好像不是看着自己的太太，好像看着一個被生活擠壓的陌生婦人，艱難地計算每一分鐘，奔波在車水馬龍的莊士敦道上。她也曾是嬌生慣養的女孩，少女時代被裏外長輩溺愛，因為嫁給一個不中用的窮酸文人，流落到千里之外的大都會，以致承受那麼大的生活壓力。她那些與生俱來的細緻敏感的情意，都給生活磨糙了，但是，她也從無怨言。

兒子十六歲生日時，我們大手筆買了一部電腦給他做生日禮物。那還是二八六的時代，電腦公司折價酬賓，八千八百大元，幾番想起來肉痛。兒子在體藝中學住宿，週末回家來去匆匆，結果那部電腦反倒成了我的恩物。我請人安裝了倚天系統，學習倉頡輸入法。

吃過晚飯稍事休息，先應付一兩個專欄，等到家人都睡下了，我就對着電腦練習中文輸入。倉頡入門很難，但熟練了輸入速度卻比速成法快很多。有時把報紙的文章作摹本，有時嘗試用電腦寫一封信。一本《成語大字典》裏頭的成語，我一個一個輸進電腦，不懂的要查輸入法字典，再不懂還要問人，直到整本字典裏的成語都輸入完了，我終於能用電腦來寫稿。

深夜坐在餐桌前用功，家人在旁邊碌架床上睡熟了，窗外不時有叮叮隆隆的電車經過，有人在修頓球場那邊喊叫，樓下還有電視的聲浪傳上來。那時常有一種深切的孤寂感，不知道和那些千古不易的文字廝磨，能折騰出甚麼光景來。

八九年北京學運乍起，那晚新聞報道學生們要絕食了，很多人跑到大道東新華社門口去請願。八號風球正在逼近，大雨傾盆中，我和太太撐一把傘也去了新華社，那時都沒有甚麼組織，很多人站在新華社對面，表示一種深切的無言的聲援。

後來有一天，作聯秘書打電話給我，似乎因為學運的事她受了甚麼委屈，才說兩句，兩個人都對着話筒哽咽。放下電話我就給會長曾敏之打電話，説作聯再不表態就太不像話了，再不表態我就退出。

曾老總那時也承受很大壓力，但終於在莊士敦道與菲林明道交界路口的作聯會址，召集了一次座談會，大家紛紛宣洩悲憤激昂的情緒。香港人從來沒有像八九年那樣因政治而夜不能成眠，從來沒有不約而同流那麼多眼淚，也從來不知道集體的高貴激情能凝聚成巨大政治能量。座談會結束後，我受委託起草了一份聲明，表示了作家聯會的立場。今日看來，那些慷慨淋漓的文字，都有點失之於空洞了，歷史不以我們的意志為轉移，而我們都已經老了。

那真是一些疲勞而又興奮的日子，每天都有新鮮事情發生。閱讀各異其趣的文稿，見各種作者和朋友，眼界一點點開闊，思想往深處走，寫寫寫，發表發表發表，偶爾得心應手收穫一點讚賞，無奈間也生產大量垃圾。那也是香港出版最好景的年月，賈平凹、王安憶、蘇童他們來了，都可以開公數在福臨門請他們飲茶。修頓球場邊上的波士頓餐廳至今還在，陡削的樓梯，淺窄的卡座，下午時分一杯奶茶，一個遠道而來的老友，可以消磨一個多鐘頭。

莊士敦道近菲林明道路口，曾有過一家小餐廳（忘記它的名字了），有時吃過晚飯約朋友在那裏聊天。每個人都是一座思想的孤島，在兩杯咖啡氳氤的熱氣中，好像有靈光電波來回傳輸。那是自卑感與孤傲糾結的日子，困苦和憋屈太沉重時，就以狂妄和虛幻來平衡。話題無邊際，感受卻驚人地相似。

有時很認真地探討問題，有時無聊地胡說八道——學會寫小說後，就不要看小說了，要看雜書；人漸漸老了，要注意保持好奇、感性和激情，讓生命繼續有趣；做人做事要講究分寸，等退休了，可以寫一本《分寸人生》。《分寸人生》當然成了笑話，朋友後來與一位學者談起，學者說，那不就是哲學上的「度」嗎？早就有人研究了。

苦悶出思想，也助長胡思亂想。思想本是愉快的過程，想到最後，有沒有結果都好，你都有「得着」。腦子是用來「想」的，不可荒廢它。

早年莊士敦道上有兩家書店，天地圖書之外，還有青文書店。未進天地圖書之前，我因投稿給《七十年代》，先參加過天地的五週年酒會，在那裏認識了曾敏之、何紫，見到李怡、於梨華，冠蓋滿京華，斯人獨憔悴，一個邊緣人，戰戰兢兢，初窺文壇堂奧。天地圖書雖然歷史悠久，但也曾經面臨絕境。聽說八十年代初期財政上不能支持，已經準備執笠了，執笠前例有一次清貨大減價，當時「盡地一煲」，在《明報》封面登了全版廣告，誰知港九讀者蜂湧而來，事後不但沒有執笠，居然還挺過來了。從此每年春節和暑假，例必有一次大減價，也例必要在《明報》買一個封面全版廣告。

九十年代中，門市部曾經歷一次火災，電線漏電，深夜起火，整個地庫的圖書付之一炬。那時編輯部已經搬到後面的大道東了，上班後聽說，跑到聯發街側門去看，還有濃煙從門縫裏冒出來。門市部停業好幾個月，後來獲保險賠償，似乎損失不大，經過重新裝修又再開業。

至於青文書店，早年我也時常上去走走，找一些偏僻的好書。那還是陳錦昌、王仁芸他們的年代，舖面淺窄，光線也不好，書的分類排列都草草不工，但去到那裏，往往又自由自在亂翻書，沒有店員的白眼。他們多年都在苟延殘喘，時不時有執笠的傳說，而居然一直捱下來。我和古劍、舒非合編《文學世紀》時，曾經不只一次帶了雜誌去找羅志華，放在他那裏寄售，似乎讀者反映還不錯的，但結賬總是姍姍來遲。他那個人愛書愛到不近人情，一個人看店又要編書，每日還笑臉迎人，最後終於以身殉書，求仁得仁，而青文終於還是跟着他走了。

莊士敦道上原來只有一家東方戲院，印象中那裏放一些武打和愛情片，我好像從來沒有在那裏看過電影。倒是不遠處的京都，當年有早場放一些經典名片，票價便宜，選片內行，好像專為我這種遲來的觀眾提供補課機會。記得黑澤明的《羅生門》就是在那裏看的，完場後出來，外面陽光灼人，市聲盈耳，因為剛剛經歷了一次靈魂洗滌，整個人還恍恍惚惚，不辨方向。電影是虛幻的人生，但好電影比人生更人生。

前年底退休前，公司同事和我飲茶，飲完茶大家到莊士敦道門市部門口拍照留念。我們站在路邊，背景是門市部那個窄窄的門，門上是公司招牌，身邊路人絡繹不絕，向我們投以怪異的目光。電車一輛輛老態龍鍾走過，有香港的一日，就有電車，但有香港的一日，會不會一直有莊士敦道，那就天曉得了。編輯部同事輪流和我合影，我突然覺得三十多年一閃而過，好像電影的快鏡頭，時空壓縮了，影像閃爍跳躍，我居然在這條普普通通的電車路上來回了三十多年。

人生易老天難老，從今以後，別過莊士敦，人面不知何處去，桃花依舊笑春風。

# 此曲只應天上有

聽安娜．費德洛娃演奏拉赫曼尼諾夫的第二鋼琴協奏曲，已不知多少次了。那時在公司上班，午飯後無所事事，經常都在辦公室聽音樂。每次聽完安娜都長嘆一聲，心裏冒出這句話：「此曲只應天上有」，這當然有點誇張，但也道出自己的真正感受。

拉赫曼尼諾夫的這首曲子，演奏的鋼琴家不少，筆者聽過的就至少五六個版本，最初聽的還是中國女鋼琴家王羽佳的版本。多虧了youtube，你隨便聽一首曲子，總有相關的曲子推薦給你，這樣聽來聽去，終於聽到安娜，聽到安娜，才知道有了她，其他的都可以不聽。

筆者算得上是資深的古典音樂愛好者，愛好而已，因為離真正樂迷還有很長距離，充其量算作半個門外漢。因為筆者聽古典樂曲，只跟着感覺走，「不求甚解」，很少去窮究樂曲的背景，甚至指揮是誰，演奏家是誰，哪個樂團，有時都懶得去打探，聽完就算了，好的就重複再聽，不好的就丟開。

雖然不求甚解，但根據自己的經驗，還是分得出好與不好，當然，那個好與不好的標準也是自己訂的。

上世紀七十年代末移居香港，先在《晶報》做校對，有一次一位同事買了一個隨身聽（walkman），當時在香港剛上市不久，大家都覺得新鮮。借過來試聽一下，整個人呆掉——原來立體聲是這樣的！整個龐大的樂隊彷彿就在你腦袋裏，聲音凝聚在腦後某一方位，有時提琴在左耳，有時鋼琴在右耳，有時一段旋律會從左耳升起，翻過頭頂，落到右耳那邊去，真是神奇。同事聽的是柴可夫斯基的第六交響曲，主旋律憂鬱，一時只覺滿腦有迴聲，心靈有感應，雖然只是浮光掠影，但那種身心的享受無可比擬，從此以後，喜歡上古典音樂。

在香港謀生，得閒死唔得閒病，再加初臨貴境，兩袖清風，不敢去想隨身聽，只是自此不管在甚麼地方，只要聽到古典音樂，就會不由自主尖起耳朵。偶爾看到古典音樂評論，也半生不熟胡亂咀嚼，算作望梅止渴。

等到有條件買隨身聽了，又苦於卡式帶貴。誰知世道遽變，卡式機很快被淘汰了，光碟機冒出，那時已經有點餘錢可以奢侈一下，於是又急急買了光碟機，了卻自己一番心願。

到後來，進文匯副刊做編輯，副刊主任吳羊璧先生是古典音樂行家，在《百花》週刊寫樂評，常有唱片公司會送音碟給他。羊璧先生知道我窮風流，一有重複的音碟就拿來送我。如此一知半解的，摸到一點門道，然後，就數十年執迷不悟。

我聽古典音樂，有個不好（？）的習慣，就是要專心聽。有些朋友說他們可以一邊做事一邊放音樂來聽，我總是羨慕得不得了，一心可以二用，那能省多少功夫啊！可是一心雖可二用，可惜都不能全用，兩邊各得百分五十，唔湯唔水，如偏重一邊，則另一邊就只是應酬。

古典音樂真要專注去聽，要讓音樂打動，你要真當它是一回事，全身心去領受它、領悟它，要完全沉浸其中，一顆心隨音樂旋律起伏，受其挑逗，隨其動情。那樣一支曲子聽下來，你究竟有沒有受到感染，感染的程度有多深，你大體是明白的。因為有時候，你會聽一陣就索然寡味，有時卻會像觸電一樣，腦袋空了，靈魂四處遊走。

音樂是最神秘的東西，簡單的七個音符，再加一些半音，按不同節奏，有機組合起來，就能成為優美的旋律。為甚麼是這個音符搭那個音符，為甚麼是這個節奏而不是那個節奏，為甚麼這個樂句跟着一定是另一個樂句，為甚麼不同種族、不同文化的人，會被同一首樂曲打動？這些問題，不知道有沒有專家去研究。就我來說，好就是好，沒得解釋，好就是你不由自主為她着迷。史匹堡拍的《第三類接觸》裏，地球人與外星人破天荒的嘗試溝通，選擇的方式就是頂頂簡單的音符，因為音樂是最直接、生動的聯通方式，她可以那麼美，可以直達靈魂深處。

古典音樂有甚麼好？實在說不上來。好就是好，沒得解釋。年前出版界老前輩藍真先生逝世，喪禮上別出心裁，由他兩位晚輩合奏「一條大河波浪寬」，另外又播放莫扎特單簧管協奏曲的慢板主旋律，想來那應該是藍公生前喜歡的樂曲。那天從殯儀館出來，一路上腦畔都響着莫扎特，那優美的旋律帶着淡淡的感傷，大概就包含藍公對世道人生的真切感受。有一些文化界前輩的喪禮都選擇播古典音樂，那大概是他們對這個愛恨交加的人間最後的注目禮。

拉赫曼尼諾夫的第二鋼琴協奏曲有甚麼好？實在也說不上來，好就是好，沒得解釋。它能從頭到尾抓住你。那些音符不知如何排列起來，竟有如此作弄魂魄的魔力，它們撫摸你的心靈，把你歷劫歸來的殘缺多方呵護，讓傷慟平伏，讓痛苦昇華，有些像朦朧的回憶片斷，有些像青春理想的餘光，然後到某個時刻，主旋律升起，有如九天綸音冉冉降臨，在那一刻整個生命悠然展開，豁然明朗，生與死，愛與恨，得與失，苦與樂，不由分說，一一得到驗證。那時你如入幻境，不知所在，不知所往，只知追隨它，直往生死交關的地方去。

安娜．費德洛娃彈的這首曲子又有甚麼好？那也說不上來，好就是好，沒得解釋。一首交響樂是否成功，當然與指揮很有關係，與樂團也很有關係，不只是獨奏者一人的功夫。有時聽交響曲，整個樂曲混作一鍋粥，分不出來誰是誰，獨奏者一味賣力，與樂團離行離列，那時獨奏者再英明神武也是白搭。

安娜．費德洛娃彈第二鋼琴協奏曲，輕重緩急各有情致，樂曲與她渾然一體，心使臂，臂使指，所到之處均有波瀾。她手指輕觸琴鍵時，是風起於青萍之末，她彈舒緩的慢板，恍似江楓漁火對愁眠。有時她十指如輪，上下行疾走，有如大珠小珠落玉盤。有時她全身彈起，十指轟然壓下，金鼓齊鳴，那是亂石崩雲，驚濤裂岸，捲起千堆雪。

因生性疏懶，直到最近，我才知道安娜是烏克蘭人，一九九〇年出生於一個音樂世家，五歲就上台表演，她在國際上得過很多獎。網上有人評論她，說她一首協奏曲彈下來，一個錯音都沒有——彈的人厲害，聽的人也夠厲害了！我後來就到處找她的一些作品來聽，但不知為何，總沒有拉赫曼尼洛夫這首第二鋼琴協奏曲有那麼神奇的力量。好的作曲家，好的樂曲，碰上好的指揮，好的樂團，好的獨奏演員，才成就一場音樂的盛宴。說到底，這還是我這個半吊子音樂愛好者的幸運。

看視頻，滿場觀眾都是白髮長者，偶爾有一個小童，簡直令人驚喜。那些數十年受古典音樂薰陶的人像我一樣，即將被時代淘汰，我們像前朝遺老，眷戀這種人類精神文明的落日餘暉，但古典音樂最終會不會滅絕呢，此事想起來令人揪心。

安娜謝幕時很優雅，一次又一次，觀眾捨不得她走。有一次她退場後被掌聲再喚出來，要下長長的樓梯。她穿一條長裙，背後是拖地的長披紗，在梯級上她突然腳步一趔趄，全場觀眾「哇」一聲驚叫起來。她站定了，依舊氣定神閒走到台前來，笑吟吟鞠躬，那種風度，真是殺死人！

# 庶民的狂歡

## ——故鄉風物誌

乍從台灣回，嘴上都是小吃，欲作台灣遊，心裏都是小吃。對我來説，這句話也可以説成：剛自故鄉來，嘴上都是小吃，欲回故鄉去，心裏都是小吃——我故鄉和台灣，就有這麼一層密切的關係。

故鄉福建省晉江縣安海鎮，有很多和台灣一樣的小吃。我們去台灣，逛夜市，就會惹鄉愁，回故鄉去，吃傳統小吃，又要想念台灣夜市。

閩南先民早年移居台灣，在蠻荒中開發，帶去古老的飲食文明。台灣島四周環海，亞熱帶氣候，地理條件和物產都與福建沿海近似。先民到了異地，思念故鄉，難免就地取材，做一點傳統小吃，因此就將閩南的小吃帶到台灣。天長日久，遺傳變異，台灣的小吃慢慢有自己的特色，但又不可避免地留有一些閩南的遺風。

安海歷史上曾叫作安平，在台灣台南市，也有一個安平鎮。鄭成功父親鄭芝龍曾在安平為官，鄭成功六歲時從日本回國，在安海讀書，後來從軍，清兵入關後與父親決裂，反清復明，收復台灣。台南安平應該是鄭成功立國後命名的，寄託他對故鄉的念想。此外，台灣一百多間龍山寺，香火都來自我家鄉，廟宇格局都遵從安海祖庭。

有這些歷史淵源，台灣小吃與安海小吃的密切關係，也就不奇怪了。安海人一年幾個大節都要吃「潤餅」，台灣夜市裏也有「潤餅」。潤餅是一塊薄薄餅皮裹住多種肉食菜蔬，捲起包作圓筒狀，吃時一手托底，一手扶身，大口囫圇咬下，只覺滿嘴的山海情意。

潤餅的材料有米粉、高麗菜、豬腩肉、豆腐乾、胡蘿蔔、豆芽、荷蘭豆、冬筍等等，都切成絲，各自分別煮熟了，再加入蠔仔煎，全部回鍋混煮，翻拌燜炒至軟爛，然後一大盆熱騰騰盛起。家人圍坐，一室溫馨，每人手心裏攤開一張餅皮，先在餅皮上鋪一些「海苔」（一種海藻曬乾，與碎米粉共炒至爽脆）、撒一點炒花生末，抹一點甜辣醬，然後將餡料堆成一圓柱形置餅皮中，兩邊小心捲起包裹，底部餅皮兜回封住，托在手心裏，就可以自在享受了。

因為不同材料的味道口感互相混合滲透，又都燜煮得軟爛，吃時八味雜陳，分不出誰是誰，又分明都在，一邊吃一邊閒話家常，過節的安樂感盡在其中。

年輕人吃三卷潤餅，已經手撫肚皮仰天長嘆了，但家裏習慣還要煲一鍋稀粥，每人一小碗趁熱喝下，彷彿不如此，不足以將方才那一陣大鑼大鼓的紛擾壓下去。喝了稀粥，整個人消停下來，這才萬事大吉。

台灣的潤餅和安海的做法不同，他們是各種食材單獨盛放，吃時將不同食物分撥一點到餅皮裏，包起來混吃。他們是將鍋裏混炒的程序放到嘴裏來做，優點是各種食物的口感還在，又可享受「加工」的過程，缺點是不同食物的味道未能互相滲透，食物未能軟爛渾然一體。

聽廈門的朋友説，他們吃的潤餅，也是不混煮的，大概台灣的潤餅淵源來自廈門。鄭成功在廈門鼓浪嶼練兵，記得廈門吃法，忘記小時候安海的潤餅了。

安海有蠔仔煎，台灣也有。未到台灣前，聽朋友提起台灣的蠔仔煎，好像有一個遠方親戚，從未見面，滿心好奇。第一次到台灣，在夜市裏找到蠔仔煎，在一旁看廚師操作，未吃到嘴裏，已先有點掃興。

安海的蠔仔煎材料簡單，只有蠔仔、蒜仔、地瓜粉和鹽。蠔洗乾淨瀝乾，蒜切細段，拌入地瓜粉和鹽，順時針輕手攪拌成糊狀（不可加水）。熱油鍋爆薑，下鍋攤平，慢煎成餅，講究一點的打一個雞蛋淋灑四周，那時墨綠色蠔仔煎點綴鮮黃的蛋花，美美的上桌，點甜辣醬吃。蠔仔鮮甜，蒜段微辛去腥，地瓜粉煎透有焦香，熱騰騰入嘴，令人忘卻人間煩惱。

台灣蠔仔煎的材料與做法與安海大相逕庭。大平鍋熱油，澆下一大勺粉漿，攤平作圓盤狀，相繼撒入胡蘿蔔絲、高麗菜絲、葱段，中心再放五六粒蠔仔，看看粉漿結成薄皮了，翻半邊互相覆蓋，煎好鏟起，澆上番茄醬，就算大功告成。蠔仔本身有濃重腥氣，加入胡蘿蔔，壓不住腥氣，更有一種尷尬的甘甜，是很奇怪的配搭。最後還要加番茄醬，酸酸甜甜，更喧賓奪主，而蠔仔的鮮美經此折騰，已經不知去向。

在台中街市，有一次看到一個小攤子現炸「蠔嗲」，趕緊買來試試。蠔嗲也是安海特色小吃，那個「嗲」字來歷不明，以閩南話發音，原不知怎麼個寫法，台灣人用「嗲」字命名，取的也是音近，想來沒有特別意思。

安海蠔嗲的做法是大油鍋燒熱冒煙，小販手上一支微凹的鐵勺，先澆上一層薄薄的粉漿，然後壓上半把切碎的葱段，葱段中心放一小撮沾着五香粉的蠔仔，然後再蓋上一層碎葱，壓實了，最後澆上一層薄薄的粉漿封頂。小販將整支淺勺放入熱油中，稍頃蠔嗲外層板結了，將勺子在鍋邊輕敲兩下，整個蠔嗲就脱落下來。通常一做就小半鍋，十幾個圓滾滾的蠔嗲在大油鍋裏載浮載沉，黃澄澄的，滿鍋俗世的清喜。吃時蠔仔鮮甜裹着青葱的微辛焦香，再加上五香粉點題，雖然是粗賤食物，卻令人對天地感恩。

台灣的蠔嗲又大不同了，基本不用葱段，又是加入胡蘿蔔絲和高麗菜絲，切得細碎，微微的甜味與蠔仔的鮮腥相衝，吃時滿嘴菜絲，卻把蠔的鮮美都蓋掉了。台灣人為甚麼那麼喜歡胡蘿蔔和高麗菜，好像沒有這兩大門神，大屋小宅都沒有安全感。雖然兩者營養豐富，但食材搭配本來就應該各取所長，互相增益，而不是彼此衝撞，互相抵銷，以台灣人之聰明，為甚麼想不通這一層？

今年回鄉，朋友替我買來安海本土的蠔嗲，吃下去才驚覺，原來安海的蠔嗲也變種了。沒有原先的葱段，代之以高麗菜絲與胡蘿蔔絲，想來台灣人的吃法不但傳到安海，甚且鵲巢鳩佔了。我吃了一口就放下，只覺若有所失，連我老安海的蠔嗲也「舊貌換新顏」，這個世界真沒甚麼好指望了。

其實，安海的小吃，起碼還有兩樣是台灣沒有的：一種是土筍凍，一種是蘿蔔糕。蘿蔔糕到處都有，安海的蘿蔔糕卻與別不同。它是清一色的蘿蔔和粉做成，不用蝦乾、香菇、臘肉來顯示矜貴，而可口卻有過之而無不及。軟軟爛爛的蘿蔔泥，大熱鍋炸起，外表香脆，內裏清甜，吃在嘴裏，真是天清地廓，水秀山明。安海蘿蔔糕只是蘿蔔、粉、鹽三樣食材，但沒有人知道份量如何配搭，很多人自己試做，永遠都做不出安海土產的那種效果。近年親友回鄉去，返港時都習慣帶來一磚磚蒸好的蘿蔔糕，在家裏現炸上桌，吃出滿滿的鄉愁來。

土筍凍是安海小吃中的極品，有人吃上癮，有人聞之色變。「土筍」指的是海灘上的沙蟲，鄉人捉來用石碾滾壓，擠出蟲身內的污物，清洗乾淨後清水煮熟，連蟲帶湯盛在小碗裏，湯中有膠質，冬天放一夜會結成塊。吃時以醬油香醋蒜蓉調味，竹籤挑起，整個送入嘴裏，蟲身爽脆，凍汁清甜，微辣微酸提味，幾碗下肚，頓覺通體舒泰，心地澄明。

八十年代中，公司同事一起到閩南旅行，在飯館叫來小半盆土筍凍，女同事們見滿盆灰白色蟲屍，身後還拖着一條小尾巴，個個花容失色嗚哇慘叫，只有我們幾個閩南人吃得不亦樂乎。

安海的蘿蔔糕和土筍凍，很奇怪都沒有傳入台灣，近年發展地方經濟，兩樣小吃都可以包裝好外銷。外地人到安海，也都熟門熟路，懂得到名聲好的店鋪去找地道好東西了。

安海的小吃，還有肉粿、牛肉羹、線麵糊、橘紅糕、鹹粿等等，值得大書特書，比起台灣，一點都不輸蝕。差只差在安海地方官，數十年整色整水，就是沒想過把自家最好的東西好好發掘，像台灣那樣，開一個夜市，將本地各種美味小吃陳列出來，那是安海人歡迎遠方來客的大派對，是庶民的狂歡。

## 一間醫院的滄桑
### ——故鄉風物誌

故鄉福建晉江安海鎮，是閩南著名的文化古鎮。我初懂事時，鎮上並無現代化的醫院，只有一些私家醫生診治一般病痛。有一個西醫是日本人，在鎮上行醫多年，日本投降後，他居然定居下來，在鎮上娶妻生子，從此除了説話有點腔調之外，就是一個十足的安海人。

上世紀五十年代中，一個旅居南洋的鄉賢，決意捐一筆巨資，在鎮上興建第一所醫院，以解鄉親老小的燃眉之急。卻原來，鄉賢不只捐了錢，還請他母親親手來操辦這個大工程。

他母親名叫倪端儀，矮胖的身材，團團臉，日常架一副眼鏡，不知是否有一點腿疾，走起路來有點蹣跚，因此有時她還會拄一根手杖。據説倪端儀親自過問醫院的設計，提出她的要求，施工時，倪端儀又自充監工的角色。那時我母親是安海僑聯的活躍分子，有關倪端儀的一些事，三天兩頭都會在飯桌上説起。

倪端儀雖然有錢，但她監管工程一點都不馬虎，材料不合格，她會要求退貨，工人怠工，她會嚴詞催迫，據說工程隊上下都怨聲載道。但倪端儀振振有詞，說是：大錢我拿得出，小錢也不能亂花。

八月炎夏，倪端儀讓人端一把椅子在工地邊，她一手拄杖，一手拿傘，神色端凝，坐在那裏監工。母親她們背地裏說起來，都說這個阿婆是個厲害角色，但沒有她的厲害，只怕建起來的就不是這樣的醫院。

醫院選址在小鎮最高處，緊鄰母校養正中學，從那裏往南張望，可以看到整個安海鎮灰撲撲連綿的民房、南端的白塔、更遠處的五里橋——居高臨下，四鄉望之景仰。醫院建成了，共有兩幢大建築，一是門診部一座平房，二是住院部一幢二層樓房，兩幢建築之間，有方圓四五百平米的一片空地，地面上種了灌木叢和花草，像一個小花園，目的是讓住院的病人有一個活動空間。

花園和門診部之間，有一列平房是辦公室、化驗室、會計部等辦公地方。此外還有食堂和宿舍，遠離住院部，隱在山坡下的桉樹和龍眼林裏。倪端儀讓人替她在那裏蓋了一個小別墅，她就住在醫院裏。創辦初期，醫院請人、添設備、日常管理，她都深度介入，儼然董事長。因為在鎮上並沒有其他親戚，她大概也預備終老於自己心血貫注的這家醫院裏。

醫院後來添置了一輛救護車，從此四鄉農民有急病，都可以出動救護車載人入院，在當年，這也是我們縣裏的新鮮事。

醫院開張後，母親是第一批入職的員工，她做的是出納。從那時起直到母親六十年代初來港，我們都當這家醫院是半個家。

沒想到開張不久，我就做了它的病人。小學六年級，學校安排我們去農村支援秋收。嬌生慣養的孩子，說是幫忙，其實是越幫越忙，我初次拿鐮刀，一割就把左手小指頭割開了。老師也沒有急救常識，往傷口上撒了止血粉，用紗布紮緊，就讓我回家了。當晚傷口痛不可支，母親半夜起來，想拆開傷口換藥，因紗布被血結死了，稍碰就大痛，母親無計可施，只好帶我到醫院看急診。

幸好那晚是姓崔的院長值班，他是醫院主刀的外科醫生，據說早先是抗美援朝戰場上的軍醫。見到同事的孩子受傷，崔院長親自來處理，他用兩個手指捏緊我小指根部，另一手將紗布一扯，嘶啦一聲全解開來，居然一點都不痛。清洗包紮完畢，我覺心口翻湧，感覺異樣，未及說甚麼，人已經虛脫了，大概半夜肚子餓，又驚慌過度，一時低血糖暈眩。崔院長使勁掐我人中，將我喚醒，那時眼前金星亂冒，才知道自己平生第一次不省人事。

護士沖了一杯葡萄糖水讓我喝下，當即五內歸位，慢慢打起精神，這才安然回家。

這家小小的醫院，初創時全院僅數十人，但居然有一個小小圖書館，專門請了鎮上一個小文人去管理。大概倪端儀覺得，身為醫護人員也不可不讀書，而病人病情舒緩了，也可以讀點書消磨時間。但究竟有多少醫護和病人去領受她的好意，我們都不知道，只知道從此那家小小圖書館，就是我們兄弟最喜歡流連的地方。

母校圖書館藏書豐富遠近聞名，但書太多找起來不方便，倒是醫院這個小房間兩三個書櫃裏，收藏了當時內地翻譯的大量外國名著，其中又以歐西和蘇俄為多，巴爾扎克、莫泊桑、斯湯達、狄更斯、列夫·托爾斯泰、果戈里，甚至阿·托爾斯泰、高爾基、奧斯特洛夫斯基等等一長串名字。當時大概小學六年級到初中一二年級，陸續讀了不少經典名著，以致稍長與朋友說起這些作家，都像是老熟人一樣了。

醫院門口有幾棵大榕樹，樹高幾達兩三層樓，樹冠如蓋，樹幹需兩三人合抱，傍晚百鳥歸巢，樹上鳥鳴聲像海潮一樣寬廣。先是「除四害」來了，醫院裏有個總務，我們都叫他老鄭，老鄭有一把散彈鳥槍，用時從槍口裝入鐵砂粒，也不瞄準，舉槍「轟」地一聲朝樹上放，槍聲過後，幾十隻麻雀像下雨一樣噗噗噗掉下來。我們幾個小孩就拿了布袋去撿死麻雀。老鄭把麻雀腳丫剪下來，到上面去報數，其餘雀屍分別給我們帶回家去，拔毛開膛，下油鍋炒了一大碟，一家人分享美味。

直到現在，我路過公園，看到地上有小麻雀孤獨地彈跳，內心就充滿罪惡感，很想對牠們說：對不起，我們吃了很多你的祖先。

再後來，大煉鋼鐵運動來了，醫院門口三四棵大榕樹，先後給鋸倒了劈成柴火，供應荒山上的煉鐵小高爐，剩下一小截樹幹和盤踞在地上的樹根，像一隻巨大無匹的灰黑色八爪魚。當然，枝繁葉茂的樹冠沒有了，麻雀也沒有了。

再後來，「三年困難時期」跟着來了，我在住院部花園前的小路上學騎自行車，摔得鼻青臉腫。那時我母親和醫院職工們一起，在花園裏翻土，扒走草皮，鏟掉灌木，將那片空地整理成一壠壠的土堆，據說後來種上番薯，而究竟有沒有收成，我也不知道了。

過得幾年，文化大革命來了，那時母親已來了香港。我們鎮上分兩派，造反派佔優，以鎮裏為根據地，保守派退守到鎮外的糖廠去了。有一天夜裏，保守派武工隊搞了一次突襲，一舉佔領了醫院住院部大樓。原來住院的病人，都給趕出來，有的病人正在輸液，被迫要提着輸液架離開。

那一場仗，造反派據門診部抵抗，雙方互射，槍聲徹夜不停，造反派最終犧牲了一個男人和一個女孩。當時我正在北京參加中央辦的「毛澤東思想學習班」，兩派煞有介事談判大聯合。消息傳來，當夜我去找福州軍區參謀長周世忠中將，將情況向他說明，參謀長聽了只是搖頭，始終不發一言。

後來聽造反派同學告知，醫院被佔領後，指揮部商量對策，曾有三個方案：一是用迫擊炮轟，但醫院周圍都是民居，萬一迫擊炮沒瞄得準，落到民居裏，那是要死人的，此議即按下不表。第二個方案是用毒氣，卻又擔心醫院周圍太空曠，風一吹毒氣就散了，白費氣力，至於何處去取得毒氣彈，那也只有天曉得了。第三個方案是派人到醫院樓下放炸藥包，把樓梯炸斷，震懾老保，讓他們自己撤退。

最後採用的是第三個方案，據說由一個十幾歲小孩子自告奮勇帶上炸藥包，這邊發射子彈引開對方注意力，趁夜色掩護，那孩子把炸藥包放在樓梯下，拉引繩就往回跑。誰知炸藥包久久不響，他膽大包天，還想回頭去看，正在那時，轟然一聲巨響，炸藥爆開，他安全跑回來，據說巨大聲浪讓他耳朵聾了半天。

保守派果然在當天夜裏撤走，這裏造反派打掃戰場，掩埋戰友，以後想辦法修復樓梯，應有一番折騰。那年月死人的事經常發生，只是沒料到，連醫院也不能倖免於難。

一九七七年年底，妻子臨盆在即，那晚作動，我將她用厚棉被裹緊，事先僱好三輪車，急急送她到醫院。醫院正大停電，也沒有產科醫生，只有一個有經驗護士侍產，等到快天亮才進了產房。臨近分娩時突然發現，那張產床原來是前後分成兩截的，之前調錯了方向，底下的扣子沒有扣緊，妻子一用力，產床就被撐開。那晚我一手提着馬燈，一手拉緊產床，六神無主，等待生死交關的時刻。

天亮前兒子順利誕生，我到陽台上去煮兩個雞蛋給妻子，這才發覺，原來住院病房居然是有陽台的，當年倪端儀老人設想醫院建築時，是如何周到地想到這一點的？病房有陽台，病人更有家的感覺，早晨到陽台上伸伸懶腰，傍晚在陽台上看落日，舒適的環境多少抵銷病痛的折磨，如此想着，心裏又更加感念這個「厲害」的老阿婆。陽台上寒風凜洌，東方一點點泛白，我的兒子在黎明前誕生，我自己的人生也翻過新的一頁。

兒子體質弱，小時候稍染風寒就咳嗽，咳久了遂成哮喘。有次哮喘發作，要住院治療，我接了電報從工作單位趕回家，到醫院已經夜深。住院部床位滿了，在樓梯口安了一張臨時病床，那晚我們三個人就擠在病床上過夜。夜深了醒來，突想起這個樓梯口，就是當年武鬥時放炸藥的地方，一時不免感觸萬端，覺得命運這回事，有時真叫人哭笑不得。

自此以後，離鄉背井，在外奔波，再也沒進過這間與我生命有過交集的醫院，多年來歷次回鄉，也居然沒想起到醫院走走看看。有時乘車經過，看到醫院門口民居擠得越發密集，周圍又開滿各式各樣小商店，心想本來那裏應該清空了，立一座倪端儀女士的雕像：

她穿一身旗袍，拄着拐杖，腳上是小小皮鞋，圓胖的臉上戴着眼鏡，嘴角抿着難以捉摸的笑意。她眼睛直視前方，以她大理石的眼光，穿過歲月風塵，永遠看顧這個平凡的古鎮。

# 歷劫無恙的觀音殿

## ——故鄉風物誌

故鄉安海是閩南古鎮，坐落在東海之濱，南邊是一個曲折的海灣，曾經是繁忙的港口，是宋代中國與外國通商的五大口岸之一。

千年之後，港口淤塞，大船進不來，對外貿易慢慢沒落，到我懂事時，已經只有小輪船運送生活用品了。港灣邊上一條五里石橋，是宋代建築，溝通閩南幾個縣的商旅和民間往來。

從海邊向北展開，整個古鎮像一幅巨大斗篷，灰撲撲鋪開在一個緩慢升起的山崗上。民房高低錯落，一條三里街是鄰近鄉鎮民眾生活的樞紐。小街向北，走到盡頭，便是一座千年古寺龍山寺。整個古鎮的佈局便是龍山寺高踞山崗最高點，民居散佈在斜坡上，一直伸延到最南端的五里橋。

如此有氣勢的佈局，就像一條巨龍，龍首龍山寺在北，龍尾五里橋在南，盤踞在閩南起伏的丘陵地帶。這當然只是千年後一個普通安海人的想像，但當年安海先民選擇在此地安頓，胼手胝足，建家立業，想來也有草莽中的智者，對山川形勢作過一番觀察和考究，然後經過千年的聚合集結，終成規模。

如今龍山寺與五里橋都成了全國重點文物保護單位，一北一南，守護安海。

關於龍山寺的始建年代有多種説法，包括南朝、隋朝、唐朝，歷史都在千年上下。安海建鎮至今也只有千年，因此很難説先有寺或先有鎮，或許，這個鎮子就是和龍山寺一起從無到有生出來的。

傳説當地原來有一棵樟樹，有人在樹邊擺攤售賣茶水，一個到東京（？）進香的香客路過，因內急入廁，便將一個香袋掛在樹上，離開時竟忘記帶走。入夜樟樹無端大放異光，鄉人皆視為異象，此後在樹邊建起小屋，設供桌上香供奉。多年後天竺僧人一粒沙來到安平（安海古稱安平），其時樟樹已亭亭如蓋，樹幹粗大，夜放異光，僧人視為神木，便請工匠伐樹，製成三樣奇珍：一是一座千手千眼觀世音菩薩像，二是兩扇厚重木門，三是一個巨大木鼓，這三樣寶物，便是今日龍山寺的鎮寺之寶。

千手千眼觀音像是木雕立像，頭戴花冠，冠上雕一佛像，冠周再雕眾多小佛首。觀音端莊垂目，雙手合十，後背與肩側成扇形展開一千零八隻手，手掌心各有一隻眼，手中各執法器，此所謂「千手千眼」，象徵觀音菩薩神通廣大，救苦救難。正因如此，安海人習俗敬拜觀音，也慣稱龍山寺為觀音殿，而寺的本名天竺寺和普現寺反倒少人知道。

除了上述三樣鎮寺之寶，龍山寺正殿前的天井處，還有兩條蟠龍石柱。石柱以輝綠石雕成，這種石頭故鄉人稱為「青草石」，石頭偏墨綠色，質地密致，表層似有油光，不像一般花崗石易碎，因此可以做一些需要細膩表達的石雕。

蟠龍柱由整塊巨石透雕，左右對峙，兩條蟠龍繞柱蜿蜒，首下尾上，龍首在低處又昂然抬起，氣勢逼人。兩條龍各以龍爪擒住一磬一鼓，以細鐵條敲擊，磬鼓均現其聲。這兩條石雕蟠龍，是閩南石雕精品，被視為全國古剎四大龍柱之一。

龍山寺現仍存有歷代書法家墨寶，宋朝朱熹題「普現殿」，宋宰相李文禎題、舉人柯琮璜書「鎮國佛」匾額，明朝書法家張瑞圖題「通身手眼」匾額，清代書法家莊俊元題前殿大門聯「為甚十二個時辰憎枷愛紐塵緣不斷，果然五百雙手眼拯溺扶危佛法無邊。」近代弘一法師題「紹隆佛種」匾額，當代書法家趙樸初題「龍山寺」匾額。朱熹和弘一法師均在安海居住活動過一段時間，他們與龍山寺合該有緣。

據安海《龍山祖庭釋氏傳燈錄續輯》記載，清順治十年，龍山寺僧人肇善雕了一尊觀音像，準備到普陀山朝聖，不料船在海上遇風，失控漂流，幸而在台灣鹿港靠岸，於是就在當地留下，草創鹿港龍山寺。康熙二十五年，肇善率百餘名僧俗弟子，回安海龍山寺謁祖進香，迎觀音像，分靈台灣。至今台灣各地據說有四百五十座龍山寺。

上世紀九十年代初，筆者首訪台灣，即到台北龍山寺參觀，只見該寺格局佈置都有如安海龍山寺，連兩條蟠龍石柱也一樣用青草石雕成，形態栩栩如生。走在龍山寺裏，身前身後都是鄉音，香客抽籤爻杯，口中唸唸有詞，那些大嫂阿嬸，着裝頭飾，看上去就像我們安海的鄰居，恍惚間疑心會有一兩個熟人突然叫我的小名。

千年以來，龍山寺幾經破壞復修，香火卻從未中斷。明代嘉靖年間倭寇八次進犯安海，商議毀掉龍山寺，傳說其時寺內烏蜂湧出，雷電交加，倭寇嚇得跪地求饒。清順治年間，朝廷為對付鄭成功，強制實行海禁，沿海民眾被迫遷往內地，安海建築多被焚毀，只有龍山寺巍然獨存。

文革年間，筆者有一次路過龍山寺，入寺瀏覽一轉，只見正殿佛像均無蹤影，佛像前的幃幔都散跌地上，供桌上香爐傾倒，一個孤伶伶的銅磬空對塵土飛揚的大殿。多年來筆者都以為那是紅衛兵作孽，近來才聽說，其實龍山寺在文革前的「社會主義教育運動」中就被破壞了。工作組進駐寺裏，召集和尚尼姑開學習班，要求他們批判封建迷信，強迫他們用鋤頭砸毀佛像，更荒唐的是，工作組強行為和尚尼姑配對，勒令他們還俗結婚。

經此折騰，龍山寺只剩一個空殼，工作組完成任務，揚長而去，留下龍山寺五內俱傷，形神幾喪。在民間生活泛政治化的年月，虔誠的百姓們，只好在自己家裏悄悄為觀音菩薩默禱祝福。

改革開放一來，龍山寺很快又香火鼎盛，寺院復修一新，規模日漸擴大，那尊千手千眼觀音菩薩像，又不知被從甚麼地方請出來，讓遠近信眾膜拜。觀音像是怎樣躲過政治災劫的？沒有人知道。或許有大膽的住持，將她提前奉移到別的地方，或許龍山寺有一個秘道地下室，觀音像在裏面避過厄運。總之，千手千眼觀音菩薩歷盡劫波，歸來無恙，仍以她的慈悲善念，看顧兩岸萬千百姓。

想起四五歲年紀時，大年初一清早，被老祖母喚起身，換上新衣新褲，迷迷糊糊跟在她身後，到龍山寺去上香。入門處四大金剛，青面獠牙，怒目下視塵寰，難免內心震懾，到了大殿，又見菩薩慈眉善目，即時身心泰然。之後陪祖母上香抽籤，自己又跟着磕頭如儀，寺內香煙繚繞，鞭炮聲在外頭此起彼落，年節上的喜氣在寺內瀰漫，人間天上同此福樂。

拜過觀音菩薩，出寺後即有糕點吃，寺門外有攤販售賣土製玩具，祖母給我們兄弟買風車，一路轉着轉着轉回家。

世上甚麼東西最大？百姓的信念最大。如果觀音菩薩可以撫慰百姓的心靈，那麼不管是不是真有菩薩存在，她還是會存在。安海龍山寺的千年滄桑，揭示的也就是這麼一個簡單事理。既然如此，既然千年的風雨也不能摧毀她，那就讓她永遠站在龍山寺裏，以她的千手千眼，祛邪扶正，祈護人間平安。

# 天下無橋長此橋

## ——故鄉風物誌

我家鄉安海有一座宋代修建的石橋，安海人都稱它「五里西橋」。安海俗稱「三里街五里橋」，即南北直貫鎮境的小街長三里，而街尾的石橋長五里，這當然是約數，不過世代相傳都是這樣的說法。

五里橋在小鎮最南端，對岸是南安縣水頭鎮，兩鎮相隔的水道，未淤積前只有船隻來往。安海曾為全國對外通商重要口岸，晉江和南安兩邊的貨物和百姓要來往兩地，從水路走費時失事，風浪險惡，因此才有修橋之議。

拜維基百科所賜，安平橋的詳細資料，很多安海人都未必知道。據說是南宋紹興八年安海財主黃護和僧人智淵帶頭捐資，由僧人祖派主持，開始修建五里橋。中間修修停停，至紹興二十一年才完工，以當時的物質條件和工程技術來看，稱得上空前絕後。有一種說法：安平橋是當時世界上最長的石橋。

安平五里橋與泉州洛陽由宋代蔡襄主持修建的洛陽橋互相輝映，現在都是全國重點文物保護單位。洛陽橋修於北宋，在安平五里橋之前，但洛陽橋只長一千二百米，又不如五里橋的長。

五里橋橋長二千〇三十米，寬三至三點八米，共有疏水道三百六十二孔，現存橋墩三百三十一座。橋礅用石板交疊搭成，部份橋礅面水兩側修成船頭形狀，以減少水流壓力。橋面石板長八至十一米，寬與厚約〇點五至一米，也即橫切面大致為正方形。每塊石板約重三噸，據說修橋的石板當年都由海路遠從金門採運而來。

每塊石板重三噸，在當時的工程和運輸條件下，開採與搬運都極度艱難。在金門碼頭裝載上船，然後風浪顛簸運到安海，然後運到工地，然後架上橋墩。五里長的橋，要費多少工夫才能一塊塊搭起來？之前要根據水文和地質條件先做工程設計，再之前要四處募捐，籌措建橋費用，再之前是動念起議，要有那麼瘋狂的膽識，也要有那種準備要遭遇千難萬險的毅力……和這些安海先祖比起來，我們真是懦弱而平庸的後代啊！

我讀書的年代，五里橋已經部份傾圮，橋兩邊早就淤積成陸地，只有橋中水心亭一帶見到一點水道。橋上所有的護欄都消失了，有些橋面石板斷裂，斜架在橋礅上，過橋時可見到橋底的泥地。這些斷裂的石板隔幾個橋墩就有一處，就像五里橋經歷歲月風雨雷電留下來的傷疤。

那些年只有長橋中心的水心亭還保留相對完整的面貌，亭前石柱上刻的對聯還在，寫的是：「世間有佛宗斯佛，天下無橋長此橋。」意思是世間所有的佛都以此佛為宗，天下沒有一座橋比這座橋更長。這個對聯口氣之大，委實不是安海這個小地方的人夠膽講出來的，但因為事實是天下沒有一座橋比安平橋長，所以這話說得也不算離譜。至於世間的佛都與此佛為宗，當然也沒錯，因為橋上供的是釋迦牟尼佛。

水心亭有兩座石翁仲，約與成年人齊高，人們經過時，習慣都會在他們旁邊站一站、摸一摸，遙想千年前的匠人，如何一錘一鑿，雕成這兩個不辭風雨看守長橋的石將軍？偶爾有人在橋上垂釣，有人在橋下淤泥中捉螃蜞。我們經過時在那裏歇腳，橋上風來，暑氣略消，放眼周遭的曠地，茅草在風裏搖曳，更遠處的水頭和安海，民居灰濛濛一片。人間滄桑變故，天地運轉不停，其中有某種神秘感，我們永遠都無法破解。那時不免又想起南宋年間的先祖們，一樣從橋上過，一樣在這裏歇腳，一樣讚嘆修橋人不朽的功德，一代又一代安海人，呼吸同一片光風霽月，在這裏繁衍生息。

五里橋兩邊多年淤積的曠地，有些被開發作鹽埕曬鹽，有些在六十年代初經濟困難時期，被開墾出來種番薯。我們讀中學時，不時要到曠地上去挑沙。曠地地質偏鹽鹼，要用砂土去中和，一眾男女同學每人一擔畚箕，將從沙灘上運來的沙挑到鹽鹼地裏，沙與泥混和後再經雨水漂洗，勉強可以種番薯。至於後來究竟有沒有收成，收成後的番薯又是誰拿去果腹，那就不是我們可以聞問的了。

人世滄桑，這都已經是五十多年前的事了。

近年五里橋經過幾番整修，已經面貌一新，坍塌的橋板補齊了，橋面兩側加建了圍欄，更重要的是橋下引了水來，使橋因水而更名正言順。橋頭的白塔、水心亭也都翻修整治，長橋虹影，白塔斜陽，為古老的安海平添一番新姿容。維基百科說，五里橋現在是「國家4A景區」。

然則，新橋已無復舊橋風味，那已不是我心目中的五里橋，那座負載了千年歷史、負載故鄉文化的傷痕纍纍的舊橋，也只有從舊夢中去追尋了。

# 我的母校我的知識搖籃

## ——故鄉風物誌

老同學傳來母校校慶的視頻，這才驚覺，原來母校福建安海養正中學，已經創校九十週年了。

一個人接受的教育，小學是啟蒙，中學是通識，大學是專業。中學是知識的源頭，承上啟下，能進大學就走向專業，不能進大學就走進社會。

筆者生不逢時，沒有機會接受大學教育，因此筆者更應該說，中學是我整個人生的知識搖籃。

以一個中學的校慶來說，視頻做得非常講究，一是有一個新校園，二是來了很多校友和老師，三是建立了校史館，四是對已故的兩位老校長俞貴元和陳名賢，都給以相當的肯定，以他們的名字命名校園中的兩個湖，一個曰元湖，一個曰賢湖。這些都讓我們這些老校友很感欣慰和熨貼。

新校園佔地三百畝，耗資五億元人民幣，對一間普通中學來說，真是大氣魄。今年三月間回鄉，曾經由老同學侯全勝帶引，在未最後竣工的新校園作了一番巡禮。校園規劃和設計都很有格調，除了教學樓之外，還有行政樓、圖書館、體育館、體育場、學生和教師宿舍等等，園中道路寬敞，廣種樹木，亭台水泊，有如公園，學生在這種優雅的環境中學習，更能將自身的潛質發掘出來。

筆者離開母校已經超過半世紀，想當年升讀初中一年級時，學校裏還沒有電燈，我們每人自備一盞油燈，用空墨水瓶做成，點煤油照明。一個教室裏昏黃的油燈跳躍，人影幢幢，我們埋頭溫書，直至東方發白，朝日初上。

當年我們的課業負擔也很重，天未亮去上兩節早自習，上午四節正課，下午三節正課，放學後有半個鐘頭的課外鍛煉，吃過晚飯再去上兩節晚自習。一整天幾乎不間斷在學校裏讀書，奇怪的是，我們都不覺其苦。

春天雨綿綿，我們將數學方程式寫在教室走廊的磚地上；夏日炎炎，午後蟬聲如海，我們邊打瞌睡邊聽課；秋夜初涼，我們在球場邊談心，想望自己的未來；冬天寒風刺骨，我們縮起肩膀在操場上跑步。

一天天過去，一年年成熟，如此辛勤而快樂，莫名地興奮着，是一生中最懷念的日子。

當年的養正中學，在閩南地區已遠近聞名，我們有相當齊整的校園：一個四百米跑道的大運動場，中間是足球場，運動場對上是五個籃球場，籃球場往上十幾級台階是圖書館、音樂室、實驗室等一長列平房。平房東邊是教師辦公室，其下有一個排球場。排球場往東是上下兩幢平房教室，再往東是一幢兩層教室樓和一幢平房教室，此外還有教師宿舍和膳廳在公路西邊。

舊校園俗稱「寨埔」，或許是早年兵營舊址，否則誰會在沿海山坡上闢出那麼大一幅平地。鄭成功父親鄭芝龍曾在安海立府建豪宅，鄭成功「反清復明」後焚燒家宅，拔寨出兵，說不定當年的空寨子留下來，後來竟成了母校的運動場。這當然是無端的猜想，但想像同一個地方，練兵與苦學，似乎冥冥中有某種相契的精神。

依視頻介紹，養正中學是由幾位旅居日本的安海華僑和鄉賢起意創立，從小到大，屢經搬遷。四九年前，老校長俞貴元（他是我姑婆丈）蓽路藍縷，辛苦遭逢，最困難時曾經將我姑婆的陪嫁首飾拿去變賣，以便為教職員發薪。他也曾遠渡南洋，到菲律賓新加坡等地，向該地的安海鄉親募捐，得回的款項用來擴建校園。四九年後，俞貴元被投閒置散，教初中地理，我時常見他胳下夾着地圖冊三角尺，頂着寒風急雨，低頭穿過偌大的操場。文革中我們在排球場上開大會鬥爭他，數百人喊口號義憤填膺要將他打倒，那時我們都不知道，他為這所培養無數人才的學校做過甚麼。

我進養正中學後校長是陳名賢，他原在公安部門工作，據説行政級別相當於縣委書記。陳名賢膽子大，一心辦好教育，又正逢那些年政府大抓升學率（福建省教育廳長是省委書記葉飛上將的夫人王于畊，文革中我們也去福州揪鬥她），陳名賢大膽起用有歷史問題和政治問題的優秀教師，將養正中學的教學水平提高到新的層次。曾經有一年，母校的升學率（畢業生升讀大學的比率）居全省之冠。

陳名賢文革中也被鬥，後來因緣際會，竟與造反派走到一起，而且擔任了安海「八二九」造反指揮部不具名的總指揮。文革後他進入「三結合」領導班子，擔任鎮革委會副主任，有一段時間實際上掌握安海的行政大權。

他做校長時，每天沉着一張臉，不苟言笑，我們都怕他。等到和我們一起造反，終日平起平坐，各以小名稱呼，那時他笑起來卻有一種農民式的憨厚。文革後清閒，我們幾個同學，時常到教師宿舍找他和老師閒聊。宿舍旁有一棵梧桐樹，夏夜月上東牆，清風徐來，我們一人一把蒲扇趕蚊子，在樹下暢談天下大事。那時政治風雲詭譎，小道消息滿天飛，我們津津有味談論那些你方唱罷我登場的戲碼，自以為摸到一點政治的門道，而最終，我們連政治的一條毛都沒有摸到。

俞貴元和陳名賢去世時，我都不在安海，多年來去匆匆，也沒有再到舊校園去踏勘一次。這一次聽說新校園裏用兩位老校長的名字命名兩個湖，內心才感到安慰，彷彿這項「德政」，替我們這些老校友還了一個心願，讓他們兩個老人家，九泉之下可以笑慰。

視頻中還提到養正中學多年來培養的各方面人才，這當然也值得大書特書。年前曾看過一個河北衡水中學的視頻，為追求升學率，他們實行封閉式軍事化管理，學生個個服從嚴明紀律，讀書就像打仗，全校上下爭做分數的奴隸，活生生把孩子們的青少年時期毀了。這種功利性的教育方式，培養出來的，只是讀書機器。

因此想起我的母校，養正中學從來不唯升學率為尚，它追求的是培養學生健全的人格，升學率要追求，但不是讀書的唯一目的，讀書的目的是開啟智慧，發掘潛力，認清正道，完善人格。現在的養正中學，有校內的電視台，有學生交響樂團和民樂團，前幾年還取得全國中學生燈謎比賽冠軍，與此同時，仍保持很高的升學率，近年相繼奪得一個全省高考理科狀元和一個文科狀元。

養正中學一個傳統就是重視體育鍛煉，每天下午放學後，同學可自行選擇參加不同運動項目，體育老師會挑選有潛質的同學，寒暑假回校接受培訓。每年學校都舉行一次校運會，也會邀請省裏的運動員到學校表演。

文革前校友中有全國十項全能冠軍蘇振國、長跑運動健將王為培、體操運動健將蘇師堯，此外也向省體工隊輸送了很多優秀運動人才。蘇振國文革後曾任福建省體委主任，前幾年他到香港來，校友會還請他和王為培一起見面。當時他正在寫自己的回憶錄，帶了稿子來，囑我為他的書寫一篇序，我不揣淺陋，還真的寫了一篇短文，嘗試歸納他一些難得的人格特質。可惜年前他患一種神經系統的疑難怪病，不幸離世了。

當年在學校裏，我們打籃球排球、踢足球，參與競賽，培養了集體合作的精神，培養了遭遇挫敗的堅忍，也培養了奮發上進的生命力。這些人生基本修煉，跟隨我們南來北往，造福我們一生。想起這些，又想起我們的體育老師黃鍾瑜。

六十年代全國盛行朗誦詩，那時郭小川、賀敬之、李瑛等老一輩詩人的作品風行全國。學校鼓勵同學嘗試文學創作，我們自己寫了青澀的詩，全班同學白衫藍褲，在學校的詩歌晚會上，一本正經朗誦自己的詩。那時種下文學的幼苗，幾十年長長長，長成庇蔭我一生的大樹。想起這些，又想起我的語文老師陳文淡。

母校就像我們鄉下那種大榕樹，樹幹兩三人合抱，樹根盤纏深入地底，枝繁葉茂，挺立在歲月風雨中。前些年香港校友會為慶祝母校校慶，編印一本紀念冊，同學們請我為紀念冊起一個名，我想起弘一法師的「華枝春滿，天心月圓」，就建議用「華枝春滿」來命名。

母校就像一棵千年古木，我們都像樹上的葉子，從樹根輸送來的生命之水，不但培育我們長大，還灌注我們一生。沒有樹，何來樹葉？樹葉有榮有枯，樹卻永遠在那裏。「華枝春滿，天心月圓」都是生命的最美時節，那些時節不可長在，卻會循環往復，那是一種近乎完美的境界，是我們所有人必須追求的生命高度。

# 「偷聽敵台」的那些往事

朋友向我提起，當年有一個同學因「偷聽敵台」，曾被判十年勞改。所謂「偷聽敵台」，就是人在政治禁錮的大陸，卻暗中收聽台灣的電台廣播，那是「心在曹營心在漢」，大有配合國民黨反攻大陸的嫌疑。以我收聽「敵台」的頻密和公開程度，按理有很多機會給人告發的，若不幸遭逢十年牢獄之災，一生命運都要改寫。

六十年代中期，母親從香港託人帶了一部日本產的收音機回來。那部收音機正面比現在圖書的「三十二開」還要大，外面有一個咖啡色真皮套子，還有一條長皮帶子，兩端有活扣，出門時扣在收音機兩旁的不鏽鋼環上，可以揹在肩頭。收音機的天線平時收縮折平了，收在機頂凹槽裏，用時扶直了，天線一節節拉出來，可有六十釐米長。

這收音機可以收長波、中波和短波，音色清晰，聽短波還有一個旋鈕可以微調。

收音機帶回來放在家裏，初時都沒甚麼用，文革前忙着讀書，文革初又忙着造反，直到文革後期，紅衛兵偃旗息鼓，投閒置散，人人悶得發慌，那時除了到處搜羅一些「封資修」的毒草圖書來餵養荒蕪內心之外，就想到收音機了。

國內的廣播電台沒甚麼好聽，大批判文章耳熟能詳，革命歌曲自己都能唱，將搜台的旋鈕轉來轉去，總會轉到一些陌生的電台。普通話聽來都像熱戀男女之間說情話，內容五花八門大異其趣，音樂陌生而古怪，唱的歌都是靡靡之音。夜半無人時，突然在虛空裏耳聞另一個世界的聲音，初時不免怦然心跳，到後來膽子慢慢大起來，也就熟門熟路，知道在哪一個頻道位置上，必會遭逢那一種聲音。

說真的，對彼岸的政治宣傳都不感興趣，或許潛意識裏也有罪惡感，一碰到政治話題就避之則吉，因此也沒留下甚麼印象。實際上國共兩邊的政治宣傳，除了你死我活的立場之外，手法和風格都差不多，說句不好聽的，都沒甚麼感染力，倒是對岸的那些文藝節目，吸引我們飢渴的心靈。

古典音樂時常能聽到，但我們小地方的年輕人，缺乏大城市孩子基本的古典音樂常識，也不知道找甚麼人去請教，因此不太懂得欣賞。一般的歌唱節目，唱的歌我們也都不懂，聽起來大部份都像情歌，旋律優美，風格別致，偶爾聽到一兩首民國年間的舊歌，像周璇那一代唱的《四季歌》甚麼的，那簡直如千里之外喜逢故人，可惜那種歌也不多。

印象最深刻的是有一位女歌星的唱法很特別，嗓音並不那麼清亮，但運腔咬字都有一種軟糯甜膩的韻味，她的唱法如此特別，能讓你在眾多歌唱者中分辨出來。後來我到香港，覺得鄧麗君歌聲似曾相識，才想起六七十年代在收音機裏聽到的那個女歌者，應該就是剛出道的鄧麗君。

台灣電台節目最多的還是廣播劇，那時已經有武俠小說，改編成廣播連續劇，但因小說沒看過，情節連不起來，人物關係弄不清，也就無法長期追聽下去。也有短篇的廣播劇，家長里短、男歡女愛、歷史新編、民間傳說，半小時講完一個故事，這種倒是時常會接觸到。

通常有一個第三者講述故事，中間穿插性格各異的角色，靠對白推動情節。有些連續劇說的是閩南話，很多風俗習慣都和閩南相同，一些搞笑搗蛋的俗語，更聽來親切。電台廣播面對的都是普通民眾，因此廣播劇也不避那些俗之又俗的情節和對白，有時卑劣下作，有時甚至粗口連篇。

現場的音響效果也講究，渲染人物性格，烘托故事氣氛：武打劇砰砰碰碰，慘叫聲連連，搞笑的笑聲拆瓦，輪到男女主角上床，嬌喘呻吟，真像有那麼一回事。

對文革時期枯燥乏味的現實生活中，青春苦悶無處宣洩的我們，台灣的廣播劇，無異天降甘霖，滋潤龜裂的心田。

文革後期紅衛兵閒極無聊，我們幾乎每天都在一個同學家裏相聚，他們住家居然叫做「武館」。我們日日在武館交換各自的書看，在一起打撲克、下圍棋，神聊説笑，不知怎麼樣，我家的收音機就跑到他家裏去了。有一段時間，每天都有十個八個同學，關在一個昏暗房間裏，七歪八倒，煙氣熏天，人人屏聲息氣，集體收聽敵台廣播。聽的當然也不是反共宣傳，就是那些陌生刺激、聲色並茂的廣播劇，而居然，自始至終，沒有一個賣友求榮的同學，到公安局去告發，我們也就安然度過那些帶有犯罪感的膽大妄為的歲月。

六九年上山下鄉，山區文化生活更加貧乏，帶去的十本八本書很快看完，最無聊的時候，我將上下兩冊《宋詞紀事》裏的詞，全部抄到一本筆記本裏，以此消磨時間。空山新雨後，天氣晚來秋，搬一張椅子坐到門外空地上，對着黑黝黝的山影，拉起二胡曲《江河水》。遠天一彎月牙，頭頂繁星無語，天地空寂，人間渺遠，一個人獨對未知的命運，心頭壅塞着山一樣搬不動的苦悶。

幸好，我把收音機也帶到插隊的山村，夜來煩悶，將收音機藏在被窩裏，把音量調到最小，隔着遙遠的山海，尋找那些熟悉的聲音。窗外寒風夾雨雪，屋裏一燈如豆，隔壁老牛反芻嚼食聲清晰可聞，我把頭悶被窩裏，如飢似渴傾聽另一個世界的聲音。

秋後稻子收割起來，堆在一個破廟裏，穀堆上蓋了大木印，防止有人來偷糧，這樣還不夠，村長派我去廟裏過夜，守着那堆稻穀。村民傳說，那間破廟有白衣女鬼時常出沒，村裏搗蛋的年輕農民，聽說我去守穀子，都用幸災樂禍的眼光看我，意思是看你能不能守得下去。

我們這一代，多年受無神論教育，再加上「徹底的唯物主義者是無所畏懼的」，我竟也沒有把女鬼放在心上。吃過晚飯，我帶了收音機就到破廟守夜。滿山伸手不見五指，一支小手電筒只照亮腳下小路，進得古廟，反鎖了大門，只覺四下裏陰風慘慘，也不免心裏發虛。

只不過片刻，打好地鋪，打開收音機，整個破廟頓時生氣盎然，人間聲音噪雜熱鬧，男歡女愛，恩怨情仇，生之喜死之悲，都活生生從那個小匣子裏傳出來。一座荒寒的破廟，煞時充斥人間的喜樂與哀愁，人世宛然在，鬼世無以近身。

守了幾夜，沒見到女鬼，每夜好睡，又借機偷聽敵台，真是樂在其中。當時村裏有一個地主的兒子，和我們年紀相仿，人長得意外的斯文秀氣，平常來往密切。有一天晚上我邀請他一起到破廟過夜，晚上兩個人也守着那個收音機，一起收聽對岸陌生的聲音。和地主兒子一起偷聽敵台，被人告發了一定罪加一等，還好地主兒子沒有出賣我，我也沒有出賣他，我們大逆不道，但我們都安全。

當年涉世未深，膽子也真是大，人在窮鄉僻壤，「帝力於我何有哉」，而所謂「偷聽敵台」，現在看來，又只是笑話一場。幾十年後，國共兩黨又稱兄道弟了，只可憐在泛政治社會生活籠罩下，有人就只為這一點點出軌，要付出十年苦刑的生命代價。

# 人緣與書緣

做了三十多年編輯，先編報紙副刊，再編書，半生為他人作嫁衣裳，如今回望，一路光風霽月，綠肥紅瘦，有些做得不錯，有些卻不堪細說。可惜做過就做過了，沒得重來。說到底，結果固然重要，過程卻更令人回味，遇人遇事，往往各有微妙的因緣。

成就一本書，從來都是緣份。人海茫茫，一本書碰到一個編輯，總有它的因果，它的起承轉合。有時分明到手了，卻又像煮熟的鴨子飛掉，有時以為沒有機會，七來八去，最後竟又成了囊中物。究其原因，還是因為人，各種各樣的人，因為天時地利，各自的必然性和偶然性湊到一起，就成了事。

也斯初任藝發局文委會主席時，和我商量做一點文學出版項目，當時我提議設立一個長篇小說創作獎，出版一套五本香港短篇小說十年選，分五十、六十、七十、八十和九十年代。兩個項目也斯都同意，也得到公司負責人的支持。經過籌劃、質詢等等程序，終於搞了兩屆文學獎，當時擔任評判的有劉以鬯、戴天、鄭樹森、黃繼持、黃子平，從那時起，與戴天、鄭樹森、黃繼持、黃子平保持多年的密切關係，也一直得到他們的支持。小說獎得獎者有王璞、戴平、鄺國惠等，一直活躍於本地文壇，他們的得獎作品也都由天地圖書出過單行本。

五本十年短篇小說選的編者是：劉以鬯、也斯、張志和、黎海華和馮偉才，這五本書，現在也成了研究香港文學史的基本參考資料。

也斯在文委會裏有一批顧問，我與董事長陳松齡先生上門接受質詢，劉以鬯、鄭樹森、黃繼持、小思、張灼祥等都在座，場面肅穆，問題細緻嚴謹，如此有份量有擔當的陣容，此後在藝發局再沒有見過。

應該也是九十年代中期的事，經舒非女士介紹，認識了劉紹銘教授，最初只是出版他的一本散文集《香港因緣》，後來接觸多了，氣味相投，慢慢成了我亦師亦友的知交。而因為劉教授，更有幸經手一批知名作家、學者和報人的著作。如果說多年來我的工作還能令自己有滿足感，那其中相當大一個原因，就是得到劉教授的全心支持。

九十年代中期我和劉教授商量，準備策劃一套「當代散文典藏」，希望請他主編，目標是邀請中港台部份作家學者，由他們自選一部份代表作，組合成一個系列，向香港讀者推薦當代中文世界的精品。這個計劃也毫無例外地得到陳松齡先生的支持。

當時我們的共同心願是邀請林行止先生打頭陣，林先生的散文「含金量」高，富真知灼見，文字有韻味，更重要的是，他的作品很少被當作文學作品來閱讀。當下一拍即合，由劉教授出面邀請，林先生俯允，編好了《閒在心上》，出版後即震動讀書界。（因為林先生的關係，我們後來又出版了曹仁超、林森池的著作，那是另一些緣份了。）

後來劉教授先後為我們主編了董橋的《品味歷程》和《舊情解構》、白先勇的《昔我往矣》、夏志清的《談文藝憶師友》、余英時的《情懷中國》等名家的散文自選集，也因為與白先勇先生有了聯繫，又陸續出版了他的《父親與民國》、《止痛療傷》、《牡丹情緣》等。

最有趣的經歷是出版汪精衛的《雙照樓詩詞藁》，那是一樁多年難了的心願。我前半生三十年在內地生活，汪精衛在我心目中只是大漢奸，來香港後零星讀到他的詩詞，即大為傾倒。可能是十多年前的事了，有一次上海華東師大陳子善教授來香港，大家聚會時我提起汪精衛的詩詞，遺憾一直讀不到他的詩詞集。偏偏當時陳子善擔任華東師大圖書館館長，說者無心，聽者有意，回上海後，他即給我影印寄來《雙照樓詩詞藁》，自此「雙照樓」成了我一番出版心事。

不只一次我與劉紹銘教授、鄭樹森教授談起此事，我們一個共識便是，除非請到余英時教授寫一篇序，否則寧肯不出這本書。我們都認為，身兼史學家和詩詞家兩種身份的余先生，才有足夠「江湖地位」來為「大漢奸」的傑作站台。

初時我向《明報月刊》潘耀明先生處求來余先生的通訊地址，鄭重其事寫了一封信，結果當然石沉大海。不知是郵件誤投，或是余先生對我毫無認識，不敢貿然應承，總之事情就拖了下來。每日案頭雜事堆積，趕頭趕命，沒有下文的事經常發生，只是總覺心願難了。

約一年多後，劉教授提議出版余先生散文選，我開始為選集的事和余先生商議，其間也不敢以「雙照樓」的事情去打擾他。又碰巧《明報月刊》邀請我寫一點小文章，我也盡力應命，訴說對世事人生的一點小感悟。有次余先生看到了，竟寫傳真來加以勉勵，我很感激，也寫傳真道謝。大概因此給我壯膽了，此後不久，終於鼓起勇氣，向他提起「雙照樓」求序的事。

寫傳真時內心忐忑，擔心余先生一口回絕，事情即無迴旋餘地。先生年事已高，個人的歷史研究博大精深，更不知有多少人請他做這樣那樣的煩心事，他能顧得上為大漢奸詩詞說幾句話，看來成事幾率實在不高。

世事難料，這是做人有趣的原因之一。一日回公司，桌上放着余先生的傳真，余先生一口答應，只說因手頭工作忙，要稍等一段時間。我當然大喜過望，即回傳真道謝，並說明時間不是問題，我們會一直等，另外長短也不拘，不敢費他太多精神。

此後一直耐心等候，偶爾想起，心懸懸若有所憾，但遙想余先生燈下伏案，興亡百感，家國牽心，正不知如何將有限時間分派給無限難題，因此也就釋然了。其間余先生先後數次寫電郵來道歉，說因為工作太忙仍抽不出時間寫序，但已經找了相當多的資料，未來一定不負所託。如此懇切自責，看得我內心惶恐，急急又寫傳真去道謝。

這中間有一次，鄭樹森教授給我找來一張著名學者葉嘉瑩教授在台灣大學主講汪精衛詩詞的光碟，看了光碟後更堅定了出版「雙照樓」的決心。葉教授在演講中引用了她的「友人」汪夢川先生詠汪精衛詩詞的四首七律，因為寫得實在好，我還耐心跟着光碟一字一句將四首詩都筆錄下來。

終於有一天，余先生告知序要傳過來了，本來以為一兩張紙的篇幅，提綱挈領而已，誰知傳真機一直吐紙不停，讓我既驚又喜。收齊後粗略統計，應該有一萬多字，余先生不但談汪的詩詞，還分析汪的人格、他所處的時勢、他的詩詞的歷史地位。當下珍重收好，又寫傳真去道謝（除了道謝，真不知說甚麼好）。

余先生序有了，我有了更大想頭，還想請葉嘉瑩教授為這部詩詞集作註釋。葉教授長期任教溫哥華的UBC，我就請在那裏定居的老朋友陳浩泉幫忙，陳浩泉告知，葉教授現在天津南開大學任教，我又輾轉寫了信到南開大學。

葉教授回信婉拒，說她年紀大了，註釋工作量太大，她負擔不了，但推薦她的學生汪夢川博士擔任，她可以對註釋做一次審訂。我對汪夢川這個名字有點印象，細心一想，原來他就是葉教授演講中朗誦四首七律的作者。

我當即同意了，並請葉教授也寫一篇短序，同時，又向余英時教授報告了請汪夢川作註釋的事，順便將汪夢川詠汪精衛的四首七律抄給余先生看。余先生也很欣賞那四首詩，對由汪博士來作註釋深慶得人。

到這個地步，所有的大事都辦完了，後面就是我們編輯、包裝、出版的工作了。書出版前，有一次在港大龍應台的沙龍碰到董橋先生，閒談中我提起手上有一篇余先生的文章，寫汪精衛的詩詞，可惜稍微長一點，否則可以給《蘋果日報》刊登一下。誰知董橋先生不假思索即說，只要是余先生的文章，多長都要。結果序文給了董先生，隔幾天《蘋果日報》以兩大版的篇幅一次過刊完，而汪精衛詩詞集即將重版的消息，也就廣為人知。到此，為《雙照樓詩詞藁》所做的準備工夫，可算功德圓滿了。

也還是書出版前的事，當年的香港書展正在籌備，一次與亞洲週刊的江迅先生提起，天地圖書即將重版汪精衛的《雙照樓詩詞藁》，余英時教授為這本書寫了長序，書展方有沒有興趣把余先生請來？江迅一聽大表興奮，很快答應了這件事。我說余先生年事高了，恐怕要提供一張來回香港美國的商務艙機票，江迅說沒有問題，我即正式寫了傳真給余先生，可惜余先生回覆，說他年紀大了，身體不太好，醫生勸阻他作長途飛行。

我又與江迅商量，說如果可以多提供一張機票，請余夫人陪同他來，或許對老先生更方便一點。江迅神通廣大，四處張羅後，又弄來一張商務艙來回機票，我又寫傳真向余先生報告。誰知余先生還是婉拒了，理由是他在香港有很多朋友和學生，先前多次邀請他來，都被他婉拒了，如果這次答應我們，對他的朋友學生很難交代，雖然如此，他還是很感謝我們的誠意邀請。站在余先生的立場，這完全是合乎情理的，但也因此，兩岸三地的讀者失去一次親炙余先生風采的機會。

中國作家劉亞洲說過，近現代中國就給三個美男子統治了：一個毛澤東，一個蔣介石，一個汪精衛。三人中，毛汪都是詩詞大家。毛澤東詩詞桀驁雄奇，倒海翻江，汪精衛詩詞傷春悲秋，感時憂世，兩個人的詩風正好對應了中國傳統詩詞的豪放派和婉約派兩路，少了《雙照樓詩詞藁》，總是中國現代文化的缺憾。

此事由動念到成事，總有十幾年時間，包括余先生在內的眾多前輩同輩文化人，對這件事的關注和支持，促成了《雙照樓詩詞藁》的重版，因此也成了我職業生涯其中一件值得回味的事。

工作成敗得失，最終是流水落花，唯有人間因緣令人低迴，與生命共始終。

# 逝影留心

## ——一些老照片勾起的回憶

近日整理家中雜物，翻出一些老照片來。我生性粗疏，大事糊塗，小事不拘，多年來四處搬家，一些舊照都隨便堆放，久在不見天日的角落裏。今日塵滿面鬢如霜，突然翻出十幾本舊照片來，不免有些逝者如斯的感慨。

和家人的合照當然佔了大多數，孩子年幼時，自己正踏入中年，頭髮還烏黑豐盛，額角光亮，那時初到香港，臉上還有一種惶惑不安的神色，工作辛勞，前程看不分明，還好拍照時都還挺得起胸膛，目光尚算堅定。

不知為甚麼，在那麼困窘的日子裏，一直對將來有信心，知道只要抱定一個宗旨，不斷用功努力，總能在這個大都市裏站住腳跟。八十年代初有一天晚上，家裏連買米的錢都沒有了，等妻子從工廠放工，帶回來剛發的工資救急。誰知那晚妻子又加班晚歸了，我和孩子等在家裏，等到她回來了，我心一橫說：今晚不煮飯了，上街吃飯去。

那是我們到香港後第一次在外面吃飯。北角英皇道上小小上海館子，一個很美的名字叫「杏花村」，一家人美美地吃了一餐，埋單時看着價錢肉痛——翻看老照片，無端想起這一件瑣事。

那些年我在《晶報》做校對，有一次公司組織了一次郊遊，我們站在一棵樹前留影，兒子臉色青白，女兒還抱在手上，然後，孩子在照片裏長大，我們在照片裏老去。

一些前輩都不在了，老祖母、父親、岳父岳母、姑婆叔公，當年他們差不多是我今日的年紀，他們的生命有部份與我重疊，有部份對我永遠是謎。

另外一些照片是多年工作和社會活動留下的剪影，上世紀八九十年代，是香港文化的黃金時段，那時文化活動很多，外面的人進來，我們也時常往外走。大陸改革開放初起，大江南北生機勃發，老一輩文化人紛紛「出土」，新的作家群雄並起，我生而有幸，還趕得及見到一些現代文學歷史上的大師。

照片堆裏有一張是和錢鍾書先生的合影，記得是九十年代初了，與陳松齡先生到北京參加書展，書展間隙我們去探訪錢先生。那應該是科學院的宿舍區，灰色的磚樓，室內空間感覺挺大，到處堆着書籍畫冊。錢先生大致問一些香港出版的情況，也介紹一下他們的日常生活。隔壁有人家在裝修，砰砰碰碰的吵翻天，楊絳先生稍微抱怨着，也是一種逆來順受的表情，比起當年幹校中的日子，只能說差強人意了。

告辭時錢先生送我們一套書，布面精裝，開本很大，卻是新疆出土的一些文物資料匯編，我們惶恐地道謝，知道那都是我們看不懂的書，但錢先生如果要送我們別的甚麼書，也一定是我們看不懂的了。

我們各自單獨和他拍了一張照片，錢先生穿藍色襯衣，灰藍色褲子，戴着眼鏡，額角很高，和藹地笑着，一隻手抓住我的手。多年來和各種各樣的人拍照，從來沒有一個人會抓住我的手來拍，這大概是他們那一輩文化人一種對人表達親厚的習慣。

另外有幾張是和李政道先生的合影。牛津大學出版社的林道群，有一次打電話給我，說他手上有一本李政道先生的書，他們不能出版，問我有沒有興趣，我當然表示歡迎。後來我們就出版了李政道的書。

這本書提及不少他和楊振寧的關係，兩位科學巨人交惡後，各有說法，林道群大概不想夾在中間不好做人，只好把李先生的書推出來。在我看來，那沒甚麼大不了，如果楊振寧先生看到李政道先生這本書，想交一本書稿來回應，我們也是歡迎的。書是出來給讀者看的，各說各的理，出版社本身不必有立場。

應該是九十年代後期，我和陳松齡、孫立川兩位去北京參加書展，正好李先生在北京，由科學院一個機構安排，我們和李先生見了面。李先生名滿世界，意外地非常親切隨和，大家隨便聊天，他總是微笑着，溫文爾雅，是他們那一輩人待人接物的禮數。晚飯前我們在一個小廳裏合照，李先生豐頤寬額，目光堅定而明慧，個子不高顯得頭大，誰知道那個腦袋裏，有一個我們永遠不可能橫越的知識汪洋。

那晚席上居然來了中央政治局常委宋平（好像是退下來了），老先生從頭到尾沒有一句話，板着一張臉，由着我們高談闊論。共產黨人真是特殊材料做成的，他們有這樣令人捉摸不透的習性。李政道先生並沒有因為來了當朝大官而誠惶誠恐，倒好像我們這幾個海外來客，才是他真正的客人。

那年聖誕，我收到李先生的賀卡，很高興地回寄了一張賀卡給他。以後好多年，我都一直收到他的賀卡，有時忙起來，竟很失禮地忘記禮尚往來。後來他出版了一本畫冊，還特地請科學院寄了一本給我。

他們那一輩中國知識分子，身上既有傳統的底蘊，又有現代的風采，既有智慧光芒，又有道德情操，他們的人格高度，是我們永遠都不可能企及的。

九十年代初，與陳松齡先生到北京公幹，那時我們正大力推薦大陸作家給香港讀者，策劃一個「天地文叢」，幾乎囊括了當年最活躍的一批作家：王蒙、張潔、劉心武、叢維熙、劉恆、梁曉聲等等，我們在酒店請他們吃飯，就在餐桌上，我們隨意分別拍了幾張照片。

那年頭文學藝術死過翻生，作家們意氣風發，席間個個談興都很濃，王蒙、劉心武都是能侃的，梁曉聲更舌燦蓮花，張潔身材很高，穿一件米色大衣，很有風度。

後來王蒙多次來香港，他在座談會上發言永遠妙語如珠，劉心武也有機會再見過，其餘的作家竟都沒有重逢的機會了。

文革後冒出來的作家，像賈平凹、蘇童、王安憶這幾位，因為都是我們的作者，也都一再來香港參加活動，我都留下不多的一些合照。和王安憶的合照，還是三聯書店舒非女士作東請吃飯後，在銅鑼灣街頭，車水馬龍側畔拍的，那時彼此還不熟悉，都有點拘謹。

一九九六年我和陳松齡、劉文良兩位去了一趟上海，那次順道去拜訪了巴金先生。巴老身體已經很弱，幾乎沒怎麼說話，但很禮貌地打招呼，一路瞇瞇笑。李小林女士在旁邊陪着說話，有時他說甚麼，我們聽不分明，李小林就在旁做「翻譯」。我們表達了誠摯的問候，介紹了他的作品在香港出版的情況，臨行前我們坐在他身邊，和他合拍了一張照片，我還有一張是他坐着，我站在他身旁俯身和他握手的照片。

在上海時也去拜訪了一下柯靈先生，柯老的作品雖然我們沒有出版，但當時我們想做一套書，介紹三四十年代著名的女作家，柯老給我介紹了北京女作家梅娘，我和他通了幾次信。柯靈先生住家是一幢小洋房，我們在客廳裏坐，滿室都是書，使本來寬大的客廳顯得擁擠。我們坐下聊天，看到桌上一部翻開的稿子，他說是有人請他寫序，幾十萬字的大部頭，要從頭到尾看一遍，求序的人很多，他根本沒多少時間做自己的事。

但人家求序是可以拒絕的啊，為甚麼要揹一些無來由的債在身上？老一輩的人厚道，又覺得培養年輕人是一種不可推卸的責任，但那樣無私的付出，又糟塌了自己寶貴的時間。

想起柯靈先生發表在《香港文學》上那篇《遙寄張愛玲》，那麼通透敏鋭的文字把握，不免更為他叫屈。那時他正計劃寫一部有關上海歷史的長篇小説，我在《收穫》上讀到他寫的前言，原準備寫一百萬字的。多少讀者期待他的這部巨著，可惜他的時間用來替別人讀稿寫序，而他的長篇最終也沒有寫成。

告別時柯老和他太太送我們到樓下，站在門口合拍了一張照片。老一輩作家總有一種儒雅的風采，説話慢條斯理，聽別人説話時一逕點頭含笑，柯老在照片裏也是那麼一副飽經風霜的笑容。

九十年代末新世紀初，香港的出版業蓬勃，我們策劃了一套「當代散文典藏」，囊括了不少著名學者作家。有一次白先勇先生來，公司請他吃飯，陪同的都是同一系列的作者：林行止先生、劉紹銘教授、董橋先生、鄭樹森教授、李歐梵教授和夫人，真是濟濟一堂。

還有一次，林文月教授來了，她也是同一系列的作者，我們也在福臨門請這些作者一起吃過一次飯，飯後也有幸和他們合拍照片，我還留有一張單獨和林文月教授的合照。林文月端莊嫻雅，一徑溫文地笑，她並不健談，但給人如沐春風的感覺。

台灣作家中來得最多的是白先勇，有機會我們總會見見面，一起吃飯聊天。白先生很喜歡聊天，說起話來眉飛色舞，有時會仰起臉來哈哈大笑，真性情流露。有一次我代表天地圖書，古劍代表《文學世紀》，我們一起請白先生吃飯，那次來的有葉德輝、李大洲、黃燦然、舒非等人，飯後大家也開開心心合影。想起那些無拘無束高談闊論的場合，真是令人懷念。

大約也是九十年代中，有一次似乎是作聯組織了一批香港作家到深圳活動，記得戴天先生、也斯、葉德輝等人也都去了，我和也斯、葉德輝一起拍了一張照片，那時大家看上去竟都年輕有朝氣，作家之間的關係都很融洽。戴天先生和我住一間房，雖然是第一次接觸，但晚上聊天到深夜，不知為甚麼，竟沒有和他合拍照片。

往往就是這樣，我們拍照時都不在意，以為都是例行公事，拍完就算，也相信以後還有很多機會，但實際上有的機會一過去就沒有了，一生一世都沒有了。我手邊真的沒有一張和戴天先生的合照。

反而和瘂弦先生留下一張合照。那是在溫哥華作家協會的一次活動中，和瘂弦、許行先生三人合影，瘂弦先生有他招牌式的溫厚委婉的笑容，許行先生手上不知拿着甚麼。那也是九十年代末期的事，瘂弦先生多次來港，每次出席活動，也都像說相聲一樣，削皮話連篇，有時甚至抖個包袱，惹得滿堂笑聲不斷。在我印象中，海峽兩岸作家中，最能講話的，一個是王蒙，一個就是瘂弦。

俱往矣，這些老照片，這些有幸親炙過的精彩的人，他們的身影留在照片裏，他們的音容笑貌留在我心中。

# 二、心事浩茫

# 電影是生命的第二場域

上世紀七十年代中，內地曾流行一個順口溜：「朝鮮的哭哭笑笑，越南的飛機大炮，阿爾巴尼亞的莫名其妙，羅馬尼亞的摟摟抱抱，中國的新聞簡報。」說的是當時中國人看的電影——真是夠幽默的，也夠苦澀。

那時大家都說，中國電影的當然男主角是柬埔寨流亡國王西哈努克親王，因為每期新聞簡報裏，頭條必然是西哈努克親王和他夫人在全國各地的參觀活動，他在鏡頭前媚媚地笑，雙手合十，逢人鞠躬。

在我工作的小縣城，有一回來了解放軍放映隊，事前兩三天，滿城已經人心騷動，等到開映那天，小廣場上擠滿上千觀眾，人人都擔心下雨，幸好天公又作美。那天放的是羅馬尼亞影片《多瑙河之波》，故事都忘記了，只記得女主角穿着緊身上衣超短裙，風情萬種在船上晃盪，後來男女主角抱在一起要接吻，銀幕突然黑掉了。回頭看放映機，原來解放軍放映員正一手摀着鏡頭，全場不免都「啊」了一聲嘆息起來。鏡頭黑了一陣，又亮了，卻原來兩個人還抱在一起，解放軍戰士慌忙又捣住，這一回索性捣久了，再鬆手時情節已經接不上。

這次觀影的結果是，因為人太多，散場時觀眾擠在路口推撞起來，混亂中我被人偷了錢包。

因為人人都有這樣強烈的「餓」電影的感覺，以致我臨來香港前，單位裏一位老工程師交代說，出去後甚麼事都別幹，先把街上的電影一部一部都看一次。

我到香港的第二天，母親給了十塊錢港幣作零用，我第一次在港的消費，是用七塊錢在樓下一家小書店裏，買了一本介紹荷里活類型片的小書。全書彩色，很多聞所未聞的劇照，見所未見的明星，看了半天就看完了，意猶未盡地有點失落。

第二天有親戚來陪我逛街，問我要買甚麼，我說想看一場電影。於是到隔街一家電影院，在售票窗口指定座位買了票進場。那天放的是一部武打片，銀幕上民初裝的男人拳來腳往，打得鼻青臉腫，後來女主角突然被壞人淩辱，拉扯間竟裸露出胸部來。鏡頭雖然一閃而過，但我好像遭雷擊一樣怦然心跳，即使在黑暗中，觀眾席上也沒幾個人，也突然覺得呼吸不順暢起來。

電影散場，走到陽光猛烈的陌生街道上，整個人像夢遊一樣，不辨東西南北。

對於長期「餵」以新聞簡報的人，裸露的胸部未免太過份了。這種電影散場像夢遊一樣的感覺，後來還發生過很多次，都是受到影片的故事、人物、場面、鏡頭的刺激，把自己代入得太深，一時難以自拔。

初到不久去看一個老同學，吃了飯之後也是就近去看電影。那天放映的卻是《第三類接觸》，後來我才知道，那是斯蒂芬·史匹堡震動世界的科幻巨片。那也是我有生以來第一次開眼界，看這種編導嚴謹、言之成理、高度像真的科幻片。巨大的幽浮時而疾馳呼嘯，時而高懸頭頂，外星人影影綽綽，詭異的氛圍，怔忡失魂的人群，在在撞擊我的感官。

那是七十年代末，在內地生活三十年，很難想像世上可以有這樣的科幻電影，而它竟可以如此傳神地以特技效果，把一個無中生有的故事，拍得那麼煞有介事，其中探討人類與外星人溝通相處的問題，又如此有前瞻性，有深度，而且有趣。

電影散場，天已黃昏，與同學走在街上，也有那種腳步虛浮，不知身在何處的失神感覺。電影是假的人世，卻比真人世更令人着迷，你在假的人世周遊一番，回到真人世，你的人已經不是原來那個人。

大衛連的《齊瓦哥醫生》我前後看了三次。那些年，電影商習慣將一些經典名片安排在早場放映，這項「德政」使我有機會觀賞到大部份幾乎已錯過的名片。早場票價便宜，入場人數也少，更沒有午夜場那些憤怒青年搞事，那幾乎是為我這種上夜班的人而設的專場。

我在當時最講究的銅鑼灣碧麗宮戲院看《齊瓦哥醫生》，那時我還不知道它是諾貝爾文學獎名著改編的影片。十月革命的亂世，一個善良的醫生顛沛流離，被政治漩渦裏脅着載浮載沉。他與家人生離死別，與情人悲歡聚散，人在大歷史裏身不由主，而人性的善與惡，卻在內心對峙，掀起風暴。

革命洪流席捲下艱難的求生，西北利亞大風雪中憂傷的眼神，圖書館裏情人偶遇的驚喜，還有，隔着電車玻璃窗與情人擦肩而過的生死片刻，這些都像你親臨其中的活生生的人世，悲喜情仇，一一體驗。影片中的男女主角，好像我們的親人一樣，他們的巨大的痛苦和卑微的快樂，都讓我們感同身受。

這是一部編導演攝影美術音樂都無懈可擊的影片，《齊瓦哥醫生》之後，我沒有再看過這種幾近完美的影片。

電影散場，主題音樂的旋律還在耳邊盤旋，街頭車水馬龍，和遙遠的雪地裏孤單的木房子，恰成鮮明的對照。人還在似真還假的傷慟裏，然後我回到真實世界裏來，心下豁然明白，不管有沒有幸福，做一個真正意義上的人，這是一生的功課。

還有一回，我在京都戲院裏看到黑澤明的《羅生門》，黑白片，奇異的風格，三個男人用不同的角度講同一個故事，講出不同的人性來。印象最深是三船敏郎鬍鬚賁張眼神凌厲的一張臉，氣咻咻在樹林裏奔走騰跳。小婦人在不同角度的故事裏，一時幽怨一時悲憤一時又媚態十足。看完電影走出來，外面陽光匝地，人又在現實和虛幻世界的邊界游移。這部影片好像擊中我心中一座堡壘，裏面有東西崩解了，紛紛揚揚落下，一時間不知從何收拾。

後來我才知道，《羅生門》是世界電影史上的一座豐碑，黑澤明是電影大師，他不是在說一個日本人的故事，他向人類提出一個根本性的問題：你真的知道自己嗎？

當然，像這種能直窺人性深淵的影片，始終還是不多，我們日常看到的影片，大部份都平庸，有的甚至是垃圾，但我們總是不斷地去追逐新片，在一個陌生的場域裏感受一番陌生的人生經驗。我們和裏面的男女角色相處，自以為是某一個遇難書生，或者是智勇雙全的巾幗英雄，我們經歷過另一番愛恨生死，情感起伏，五內翻騰，好像中了蠱一樣，久久不能回魂。

沒有人能計算他一生中看過或將要看多少影片，很多影片看過就忘記了，也有一些永久地留在我們的記憶中。它們具有一種奇異的能量，能潛移默化，悄悄地改造我們，把我們變成和先前不一樣的人，沒有人知道自己被電影改造了多少。

一些假的人物，假的故事，在假的時空裏，把我們收納進去，移形換影，讓我們參與他們的人生，並因此給我們在現實生活中沒有機會得到的感受和省悟。你沒有殺過人，也沒有為一個偉大的事業受難，你沒有愛得顛狂，也沒有參與過一個驚天大陰謀。電影將你的人生場域擴大了，它相當於你的第二人生。

我們何其有幸，活在有電影的時代，儘管看了劣等影片難免臭罵，但我們還是會不斷地進電影院，因為我們永遠不滿足現實人生，我們期望在好影片裏洗滌自己，讓自己昇華。

# 光影風華

## ——一個時代的美麗與哀愁

時光無情，甚麼都會過去，繁華不可長在，美麗轉瞬即逝，對中國人來說，唯有苦難長相隨，莫非這是我們的宿命？

有如此的感慨，是因為前不久在電視上看到一套陳年舊片《舞台姐妹》，因此聯想起我們那個時代一長串女明星的名字，她們有的早已香消玉殞，有的即將走到生命的盡頭。國色天香的一眾麗人，彷彿一個時代的背影，相繼掩入歷史，而一個被金錢武裝起來的革命中國，又在雷聲隱隱的原野上甚囂塵上。

《舞台姐妹》並不是一齣值得重視的影片，雖然文革中大受批判，但整部戲的基調正是泛政治文藝政策下的產物。角色正邪分明，主題明確，故事足夠老套，人物標籤化。擔任影片女主角之一的謝芳，扮演充滿正義力量的崑曲女演員，拒絕金錢引誘，與惡勢力鬥爭，結局當然邪不能勝正。這樣的影片值得今日再提起，當然不在影片本身，只在謝芳。

謝芳以《青春之歌》成名，一個名不見經傳的女孩子，憑着一雙深幽幽的大眼睛，渾身蘊藉的書卷氣，令革命年代的激情有高度傳染性。鬥爭使人性粗糙，唯有美麗不可抹煞，即使旗袍臃腫埋沒了身材，怒目相向時掩蓋了溫柔與靜雅，但美就在那裏，令人目眩。我們那時覺得，革命合該是美麗的，崇高與壯烈，血與火，說到底，都不是為着容忍醜陋，為着煮鶴焚琴，而如此美麗的女子獻身拯民於水火的偉大事業，使那些殘酷的歲月有相當的合理性。

謝芳與香港有點緣份，她在香港居住過兩年，父親是神學院教授，一九五〇年她十五歲時才回大陸。《青春之歌》與《舞台姐妹》之外，她還主演過根據左翼作家柔石中篇小說改篇的《早春二月》，三部影片在文革中都受到猛烈批判，被斥為資產階級情調、投降主義等等。幸運的是，謝芳在殘酷鬥爭無情打擊的革命狂飇中，竟沒有遭遇太多苦難，文革後她復出影壇，還拍了不少影視作品，直到兩三年前還參與幕前演出，只是年華老去，又攤不上好角色，她從此也沒有甚麼作品讓人記掛了。

與謝芳在《舞台姐妹》和《早春二月》都合作過的上官雲珠，命運就完全不同了。上官雲珠容長臉，丰韻襲人，或許因為演過歡場女子的角色太神似，她總讓人聯想起舊上海十里洋場的民國江湖。在中國電影史上唯一一部有史詩氣魄的影片《一江春水向東流》

裏，她飾演一個漢奸夫人，我忘記在甚麼場合居然看過這部陳年黑白片，只記得她煙視媚行，一身風塵味大搶風頭。

上官雲珠大謝芳半輩，在《舞台姐妹》裏演一個次要角色，但《早春二月》的文嫂卻擔戲頗重。她演的寡婦文嫂，一個企望愛情又內心膽怯的民國女子，最終敵不過封建勢力自殺身亡，那部影片憂鬱傷感的情調，後來也成了文革大批判的標靶。上官雲珠還拍過一些革命題材的影片，不過都格格不入，她身上本來就沒有甚麼工農兵的味道。

因上海市長陳毅的傳喚，上官雲珠被毛澤東召見，後來在一次伴舞時，她向毛澤東訴說自己因丈夫的政治問題受牽連的委屈，事後她的境遇有點改善，可惜文革很快就來了，她的日子陰雲密佈。文革中有小道消息，說毛澤東「寵幸」過的女性名單中，有上官雲珠的名字，這種事情當然無從證實，但其時為上層鬥爭「日理萬機」的江青和林彪，都撥冗成立「上官雲珠專案組」，不擇手段要她交代與毛澤東的關係，可見伴舞和伴枕都是政治，預後凶險，不是好玩的。

一九六八年十一月，在經過專案組搧耳光拳打腳踢審訊兩個多小時後，上官雲珠被警告第二天要繼續交代，但她明白自己的生路走到盡頭了，她不想再向他人交代，只向自己作了最後的交代。凌晨時分她飛身跳樓自殺，終年四十八歲。

與上官雲珠一樣命運坎坷的還有另一位明星楊麗坤。楊麗坤只演過兩部影片，一部是成名作《五朵金花》，她憑這部影片榮獲埃及開羅第二屆亞非電影節的最佳女主角獎；另一部是《阿詩瑪》，這是中國首部寬銀幕立體聲歌舞片，文革中兩部影片都毫無意外地遭到猛烈批判。

楊麗坤在被批判時竟然說：《五朵金花》是周總理肯定的影片，江青要批判它，她就不配做文化旗手。那時她才二十四歲，出生在窮鄉僻壤的彝族家庭，心靈純淨如山澗清泉，政治理解能力只有小學水平。她不知道當時江青已經一手遮天，而作為共和國元勳的周恩來，都要看江青的臉色做人了。

楊麗坤的美是空谷幽蘭的美，山水鍾靈秀，彷彿不食人間煙火，圓圓臉，兩隻眼睛會說話，笑起來滿臉陽光。十二歲入雲南歌舞團學舞，一九五九年被《五朵金花》的導演偶然發掘出來，此後又主演《阿詩瑪》，紅到國際影展上去。可惜好日子太短暫，文革中《阿詩瑪》被康生斥為「宣揚愛情至上」，遭到殘酷批判，楊麗坤被關在舞台下陰濕的黑房間裏，日夜不停審訊鬥爭，精神崩潰。從此她頻頻進出精神病院，憔悴虛胖，臉色灰黃，目光呆滯，直到一九七一年嫁給一個普通的上海工人。她長久從公眾的視野中消失，沒有人知道她在哪裏，是生是死。

文革剛結束，老電影工作者陳荒媒在《人民日報》寫了一篇文章，題為〈阿詩瑪，你在哪裏？〉，這篇文章引起上海記者的注意，終於把楊麗坤從茫茫人海中打撈了出來。她生了一對雙胞胎，家庭生活應該平穩，但有時仍會發作精神病，跑到電影製片廠門口去，說要等她的愛人。

楊麗坤五十八歲死於腦梗塞，一生只演過兩部影片，卻為這兩部作品賠上沉重的生命代價，就像一道流星，劃過深沉無垠的夜空，無聲無息地消逝。

和楊麗坤一樣圓圓臉的王曉棠，是她們那一輩明星中最幸運的一個。王曉棠的美是那種無可挑剔的美，五官精緻，氣質脫俗，一個技法純熟的畫家，依自己想像中的中國美人的理想模樣，畫一幅油畫出來，那就是王曉棠。可是真正懾人的美，總要多少帶一點異樣出格，令人生出一點好奇和想像，王曉棠美得來太規整，太圓滿。

說起來王曉棠也主演過不少令江青們咬牙切齒的影片，她在《英雄虎膽》中演一個美軍特務，風騷蝕骨，扭腰擺臀大跳倫巴舞，令全中國的男觀眾神魂顛倒。她又和男明星王心剛合演過以海軍軍官和民兵女隊長的愛情故事為主線的《海鷹》，片中一個坐在吉甫車上吃蘋果的鏡頭，因為吃得太美了，遭江青忌恨，也揹上「宣揚資產階級生活方式」的罪名。

她的演技發揮得淋漓盡致的，是根據長篇小說改編的《野火春風鬥古城》，在片中她一人飾演金環、銀環兩姐妹，都是國統區的中共地下工作者，姐姐剛烈果敢，妹妹熱情天真，王曉棠細緻把握人物性格的分寸，把兩姐妹的角色都演活了。

文革中她也被下放，幸運的是得到所在地幹部群眾的保護，似乎沒遭甚麼大難，文革後回到八一電影製片廠，官至廠長書記，軍銜少將。她的家庭生活也算幸福，丈夫是歌劇演員，近年兩人還時而出現在電視上，一起唱歌娛眾，夫唱婦隨，幸福滿溢。

另一位一生平穩無大風浪的女明星是王丹鳳。多年前蔣芸女士請王丹鳳和她先生柳和清吃飯，我有幸叨陪末座。我在內地時看過她主演的《護士日記》和《女理髮師》，那時面對一位慈眉善目的老太太，很安靜地坐着聽大家說話，年華老去了，眉眼間的清秀仍不染歲月風塵，彷彿從當年巧笑倩兮的活潑少女，一跳就跳到香港銅鑼灣功德林素菜館，而中間掠過生靈塗炭的災難日子，她毫髮無損地回到人間。

可惜的是，王丹鳳也沒留下令人回味無窮的作品，她的美是嬌俏無邪，像鄰家少女，身世平凡卻光彩照人，一生規行矩步，清正做人。

另一位至今仍出現在公眾視野的明星，是秦怡。秦怡的美是那種令人不敢逼視的美，她高雅而端莊，美得來有侵略性，懾人魂魄。抗戰時期劇作家吳祖光在重慶初見秦怡，據說「驚為天人」，後來秦怡與韓籍明星金焰在香港結婚，也是吳祖光操辦，主婚人是郭沫若。

秦怡也是容長臉，目光明亮清澈，眼神幽深不見底，語氣不徐不疾，笑起來溫婉，近年頭髮全白了，八十多歲老太太仍舊如中年婦人一般皮光肉滑。經歷過那麼多苦難，她仍保持一種豁達大度的心態，不怨天尤人，人家說她偉大，她說所有的母愛都偉大。她只是默默揹她的十字架，揹到頭放下了，她還是活生生一個秦怡。

她的十字架就是兒子，兒子年輕時就患精神病，直到五十多歲離世，都是秦怡一人在照顧。工作之外，兒子成了最大的負累，不僅要照顧衣食住行，還要陪他看病，進出精神病院。兒子發作起來追着她打，她就滿屋子跑，找地方躲，躲不過了，只好抱着頭任他揮拳。有一次她對兒子說：你不能再打我了，再打我就給你打死了，我死了就沒有人照顧你，兒子從此以後不再打她。

秦怡沒拍過多少有影響的戲，最受重視的是《女籃五號》，一個運動員訓練比賽的故事，中間夾雜小量點到即止的愛情。我另外看過她主演的《摩雅傣》，是邊境對敵鬥爭的故事，秦怡在戲中穿起傣族民族服裝，緊身的短褂，難得地性感了一回。據說為了那套服裝她曾經和導演吵架，說導演是想拍一部「色情戲」，在政治禁忌多多的時代，連穿一套少數民族的服裝都有罪惡感。

雖然活得堅強開朗，但秦怡對自己的演藝事業是不滿意的，她崇拜好萊塢女明星嘉寶，曾嘆說：「像我們這種演員都是甚麼哦？都是些不大喜歡的角色，勉強演演。」在自己著作的序言裏，她更提到：「如果生命還能重複一次，我一定不會像今生這樣活着。」

美麗的女演員碰上好的電影角色，這種事沒有必然性，只有偶然性，但在政治鬥爭籠罩生活，工農兵佔領文藝舞台的大環境下，好劇本通常被閹割，導演不敢越雷池半步，演員要按「三突出」的創作原則塑造形象。在違背人性的政治壓力下，戰戰兢兢附和政治時髦，數十年「勉強演演」的結果，不能沒有遺憾。

她們辜負了自己，時代更辜負了她們。如今她們的時代過去了，逝者風華已矣，生者歲月難追，她們當年那些「奉命」的作品，大多沒有藝術生命力，不會令後代瞻仰紀念，只合留在電影資料館裏，她們的美麗與哀愁，也只讓懷念她們的影迷憑弔。

在毛澤東「在延安文藝座談會上的講話」又沉渣泛起的今日，強盛起來的中國，將有怎麼樣的文化前景，未免令人牽掛，不過這些都與她們無關了。

# 硬漢與小鮮肉

最近關於小鮮肉的話題多起來。

我對屏幕上那些長相俊秀、作派姿整的男孩子一向沒甚麼在意，甚至叫不出來一個小鮮肉的名字，但有時翻報紙雜誌，見到很多女性化十足的男孩，佔據娛樂新聞的大量版面，便明白現在男人女性化，可能是一種時尚了。

本來這也是他的自由，不過蔚為風氣，長遠看總是讓人擔憂。

在我的經驗裏，中港台三地，男明星一向都以硬漢為主流。文革前中國影壇，像趙丹、于洋、崔嵬、謝添，都很有陽剛氣，王心剛和孫道臨比較俊秀，但也很少給人「娘娘腔」的感覺。孫道臨在《早春二月》裏，飾演一個軟弱書生，穿一襲長衫，一條圍巾，書生氣十足，善良而懦弱，看上去也只是沒甚麼擔當的男人，還不至於粉妝玉琢，嬌柔嫵媚。

八十年代港台男明星，也多以硬漢形象示人。台灣的柯俊雄，相貌堂堂，聲如洪鐘，是那種大難臨頭頂天立地的角色。秦祥林高大挺拔，有一點憂鬱，有時也會衝動，但也沒甚麼脂粉氣。秦漢斯斯文文，五官俊秀，渾身濃濃的書卷氣，舉止也一點都不女性化。

香港那時有個朱江，不怎麼會演戲，卻有一把磁性的嗓子，人木訥沉鬱，動作沉穩，也捕獲了很多女性觀眾。稍後的周潤發，早期像街頭小潑皮，後來便是行走江湖的草莽英雄，凡事敢做敢當，身歷險境有靜氣，讓人覺得是男人就應該這樣。四大天王裏，劉德華、張學友、黎明、郭富成，都是五官輪廓鮮明，各有風采，也沒有一點點女聲女氣的習性。成龍更是打不死，履險如夷，分明五內俱傷了，翻身起來又是一條好漢。還有一個劉松林，有點書卷氣，卻讓人覺得靠得住，有擔當，災難臨頭腰杆能挺得起來。

當年日本片風靡港台影壇，最厲害的角色是三船敏郎，經常飾演流浪漢和刀手，《羅生門》裏演那個盜匪，與軍官在樹林裏纏鬥，氣咻咻，身手矯健，滿臉鬍鬚賁張，眼光凌厲，雖然是壞人，壞得來竟不讓人討厭。至於高倉健，那更不用說了，內心深沉，神色肅穆，動作雖少內在動靜很大，總覺得他的角色內心澎湃，痛苦與快樂都足以壓倒他，但他又都倒不下。《遠山的呼喚》、《幸福黃手絹》都是沒甚麼重大情節的影片，幾乎平鋪直敘，換一個人來演就沒戲了，但他從頭帶到尾，心裏的苦從未說出口，觀眾卻感同身受。像《追捕》、《夜叉》這種，有時是勇猛警探，有時是捨命好漢，都有一種一往無前的氣魄。

還有一個叫緒形拳，能正能邪，正得來氣足，邪得來又生鬼。《楢山節考》裏演一個把老母親送到深山等死的男人，其間腳下千斤重，那段上山的路走得悲苦萬端。《火宅之人》裏一個男人和三個女人周旋，其間有點無賴，又有點好色，有點善良，也有點邪心，真是活生生一個真實的男人。

另外一位仲代達矢，也是動靜皆宜的演員，文戲有內涵，武戲有氣勢，在黑澤明的《亂》裏演男主角，目有殺氣，聲音嘶啞，老態龍鍾了，還鎮得住場。

我不知道影星的小鮮肉潮流是從甚麼時候開始的。日本有一個木村拓哉，似乎有點女性的氣質，香港的張國榮，也有一點嫵媚惑人的本事，台灣林志穎那種鄰家男孩的樣子，清秀得來細緻，似乎也能眉目傳情。但那時的觀眾，都覺得男人中有個把這種薄薄的女性化的個例，並不是甚麼壞事，我們偶爾也能在現實生活中碰到一個這樣令人眼前一亮的秀美男孩，但我們心目中，男人還應該是高倉健。

任何文化現象都是真實生活的反映。當我們年輕的時候，日子還很艱難，男人要面對困苦的生活，張羅養家活口，一個個都奶聲奶氣，如何披荊斬棘？飢寒交迫的日子裏，免不了都將男性本色中的粗豪堅忍全搬出來對付，沒有閒情去感受生活中委婉甜膩的細節。因此那年頭男人如果女性化起來，總被人目為異類，好像不太正常。

進入新世紀，中國人的物質生活好得匪夷所思了，男人們一窩蜂去發掘生活中的美感，酒色財氣方顯本色，艱難困苦宛如虛構，然後慢慢的，一代更比一代講究，勇猛氣力不知使在哪裏，粗豪更等同於鄙賤，如此走到反面，似乎男人帶點女性化，倒容易顯得貴氣，優遊溫順，得到女性認同，讓年紀大的女人疼惜他，又讓年輕的女孩迷戀他。

平常與香港朋友談起，都覺得現在都市男孩很多都不長進，有時甚至比不上女孩。女孩在職場征戰，為自己爭一席地，她們本來被男人壓在底層，做男人的附庸，慢慢的撐起一片天，現在不但與男人分庭抗禮，甚至都佔據公司要津，與業內翹楚打交道毫無懼色，使起手段來心如鐵。反倒男人越來越懦弱，越來越小心眼，越來越無擔當。

女人要爭上游，男人卻慣於「卸膊」（意指逃避責任），等於男人騰出高層位置來，讓女人補上，而女性原本的低層位置，男人倒甘之如飴了。

男人胸無大志，打遊戲過日，安於做宅男，女人們卻披掛上陣，使出渾身解數，東征西討建功立業，這樣的時勢之下，男人們一天天女性化起來，似乎又是合理結果了。

朋友說他有個晚輩，男孩十七八歲了，和母親到親戚家去，「依偎」在母親身邊，乖乖聽大人講話，時不時還摸摸母親的手臂，她說這樣的孩子長大起來（十八歲還不算長大了嗎）能有甚麼出息？還有一個朋友，兒子已經四十歲了，單身另住一個地方，每天早上父母要去給兒子送早餐，去幫他摺被掃地，兩個老人簡直鞠躬盡瘁了，兒子卻當自己是天潢貴胄，有事找爹媽，沒事當他們透明。

有人把兒子從小當女兒養，給他穿女孩衣服，替他梳辮子，親友上門了，把兒子叫出來表演，他兩夫婦簡直很自豪，卻不明白自己好玩，活生生扭曲了孩子的天性！很多年前有個報道，中日兩國小學生夏令營，集體參加野外訓練，中國孩子稀稀拉拉，都要父母陪着，幫忙揹背包，半路掉隊一大半；日本孩子卻精神抖擻，一路唱歌行軍，意氣昂揚。

我們怎樣養孩子，孩子就成甚麼樣的人。小鮮肉變成一種時尚，男人靠一張臉行走江湖，沒事調笑，有事卸膊，「侍兒扶起嬌無力」，長此以往，這個民族的脊樑，可能就挺不起來了。

# 《老炮兒》中的三個密碼

《老炮兒》似乎沒有在香港公映，但這倒是我近年來看得最有興致的一部國產影片。

劇本寫得好，人物個個立體，連「京城十二少」的小飛也有豐富內心，很濃的京味，編導要傳達的信息也多層次。因為對內地的社會生活很隔膜了，我只是有點疑惑：這影片反映的是真實的現實生活嗎？

情、理、義是老炮兒們的生存哲學，影片着重描繪親情、愛情、友情，在底層社會，維繫一個人的人際關係，情永遠擺在第一位。其次是理，甚麼事都有個是非，這些是非的標準，在民間有根深蒂固的傳統，這一套標準維持民間社會的運作；三是義，義是指道義，老哥們生死相許，休戚與共靠的就是道義。

影片初段六爺為燈罩兒出頭，活現江湖上的兄弟「情」。撞壞車燈賠三百塊、無證擺賣交平板車、以耳光還耳光，三件事三條理，這是以「理」服人。路見不平，拔刀相助，掏錢助友之外，還替他討回一個耳光的賠償，這便是「義」不容辭。

這部影片令人印象最深刻的，便是在圍繞六爺發生的一連串事件中，「老炮兒」們一直是編導塑造的正面形象，六爺臨終前橫拖日本軍刀在冰湖上疾走，那種悲劇英雄慷慨赴義的形象，被編導用長長的特寫鏡頭來渲染。

一張疲憊空洞的老臉，眼裏已全然沒有殺氣，最後把彎刀高高舉起來，也只是一個姿勢而已，他在完成一個儀式，死到臨頭，一股氣還在，可以被打敗，不能沒有尊嚴。

與此相反，在六爺對立面的惡勢力，除了小飛這夥「衙內」之外，還有借執法而欺侮百姓的城管。胡同裏刀光劍影，公權力宛然缺席，那時江湖隱約現身，正邪交手，生死不在話下。

民間正義體現在這些老炮兒身上，法律與政府的權威太遠，要就近定是非，只有靠內心的道德法則。六爺斥責問路不稱呼人的年輕人、斥責偷人錢包又扔證件的小偷、斥責以執法為名欺侮小百姓的城管，他都在扮演一個民間正義的代言人，憑自己行走江湖的膽識，一腔古道熱腸，不肯對世間不平袖手旁觀。

六爺為救兒子不惜犯險，親情固然是內在驅動力，更重要的不如說是要去見識一下「京城十二少」這些新時代的「衙內」。世路不靖，豺狼當道，老炮兒那一股「明知山有虎，偏向虎山行」的舊日情懷又發作起來，因此不惜孤身犯險，一再吃虧。

兒子被打昏迷在醫院，他本沒有必要再去赴一場「約架」，明知無勝算，卻志在顯示老江湖面對生死劫難的姿態，在人格上壓倒那些有勢力而無道義的後輩。到最後，六爺來不及跑完他冰湖上生命的最後一程，但不管編導還是觀眾，都覺得他贏了，他贏在心理上、氣勢上、道義上，他以精神的力量戰勝肉體的力量，讓那些站在岸邊旁觀他「儀式化」從容赴死的年輕人心怯了。

在六爺救子這條故事主線外，編導埋伏了三個需要仔細解讀的密碼：一個是六爺搧城管的那兩個耳光，一個是他讓兒子開的聚義堂，還有一個是從鐵籠裏逃脫的那隻鴕鳥。六爺搧城管耳光，那是「以下犯上」的出位動作。城管執法，拉車罰款本來都是職責所在，但法律並沒有賦予城管打人耳光的權力。六爺替燈罩兒出頭，借勢在城管臉上拍了兩下，下手不重，卻也讓城管顛了兩三步。這兩個耳光非同小可，它說明官府與民間並不是「上下」關係，而是平等的關係。百姓要守法，官府也要守法，官府不守法，本來應該由官府依法懲辦，但法律太遠，民間情理卻是現成的，一報還一報，彼此公平。

作惡會有現眼報，這個細節也提醒那些手上握有權力的人。他們掌握執法的權力，但權不可濫用，任何法律，都不是建立在羞辱人的基礎上的，即使升斗小民，也有自尊，不可隨意剝奪。

打城管的後果可大可小，六爺的膽氣來自他的正義感，也來自他在胡同裏的威望，更來自他可以呼嘯群集的「哥們」。挨耳光的城管知道此中利害，當然只好啞忍了。一個人在世上行走，總要有相當的依憑，才可以為朋友兩肋插刀。

六爺與波兒和解的一場戲，充滿情感張力。父子的矛盾造成父子的隔閡，從前之事對兒子有愧，今日之事對兒子有怨。談到理想，兒子說他想開一間酒吧，六爺建議他擺一些平常的桌椅，中間放一張太師椅，椅上覆一塊虎皮，門外掛一個橫匾，上書「聚義堂」三字。片末六爺殉了自己的道義，兒子康復回家，果然在胡同裏開了一間酒吧，酒吧外果然掛了一個「聚義堂」的橫匾。「聚義堂」三字有來歷，可堪咀嚼。

世道惡濁，邪氣橫行，善良的人處世，不免有種種擔憂。惡勢力背後有不可想像的強大庇護，一個人孤單行走，難免吃虧，因此，小百姓的處世之道便只有「抱團」：互相取暖，相濡以沫。「聚義堂」「義」字當先，強調道義的價值，小百姓沒有互相輸送利益的本錢，但互相輸送道義，倒是身無長物的人唯一可以做到的。聚義堂上人人平等，個個無權無勢，但大家聚在一起卻可擰成一股繩。編導以「聚義堂」的隱喻，暗藏「抱團」密碼，渡盡劫波後，中國歷千年而不散的民間，仍有生命力。

至於那隻衝破鐵欄跑出大道的鴕鳥，更是突如其來的一筆。鴕鳥得到自由後在馬路上狂奔，那一幕惹得從頭到尾沒有笑容的六爺，在生命的最後時光裏難得地一笑。鴕鳥離籠在馬路上狂奔，結果當然凶多吉少，六爺騎車赴死亡之約，也抱着有去無回的決心。鴕鳥離籠，本來暗喻重獲自由，但自由之後有死神等候，六爺去赴約完成自我，也有死神在召喚，他也將得到終極的自由。

這隻鴕鳥與整個情節沒甚麼交集，是編導特地為結局埋下的一個密碼。關在籠子裏被人豢養，苟活無憂，唯失去自由才是最大的痛苦。為了那短短時光中的自由，為了宣洩長時間圈禁的苦悶，即使前方有死神招手，也值得為身心片刻解放豪氣一回。

六爺為鴕鳥喝彩，也等於在為他自己喝彩。人活着是要有一點精神的，千難萬險，生關死劫，正是彰顯人性光輝的關鍵時刻，在這裏不能後退一步。但是，囚禁鴕鳥的是鐵籠子，囚禁六爺身心的又是甚麼呢？這又是另一個有意思的問題了。

# 蕭條異代不同時

## ——也談《黃金時代》

因為《黃金時代》，才去找丁玲的《風雨中憶蕭紅》那篇文章來看，那真是一篇拙劣空洞的文章，用那麼多花哨的詞語，只抒發做作的情感，是他們那一代左翼文風的通病。但這部影片又是否給我們留下一個內在世界豐盛的蕭紅呢？似乎也沒有。

電影雖不能把重心放在蕭紅的創作生涯上，那樣就沒有觀眾了，但因此涉及到她生長的故鄉、親情、初戀等等，那些她的文學生命起點的情節，都蜻蜓點水，甚至後來她與蕭軍在創作上的互相扶持，與魯迅交往中對她寫作的幫助，都完全忽略不提。整部影片將重心放在蕭紅與若干文化人的交往，也就是她的人際關係上，這當然也是一種選擇，但問題是，只看見關係，看不見人。

這樣處理蕭紅，很不幸地應了她在影片中的一句話，她說多少年以後，或許不會有人記得她的小說，而她的緋聞會永遠被人記得（大意如此）。說到底，整部《黃金時代》，說的也就是蕭紅和她身邊男人的關係（包括魯迅），儘管不那麼「八卦」，說的還是八卦。

窮是一方面，人情冷暖是另一方面，此中恩恩怨怨，都來無蹤去無影，不知底細，只有結果，沒有過程。跟蕭軍，除了被打和出軌有一點交代，還有一次各奔前程的選擇之外，兩個人的生活都表面化，窮到拿臉盆喝水倒拍得仔細，但蕭軍搞婚外情蕭紅卻沒有反應，以至那段婚外情到底是否存在，都彷彿成了問題。跟魯迅，照蕭紅自己回憶的場景，她熟悉魯迅就像熟悉家人，但影片中的蕭紅，卻都只是臨時路過進屋閒坐，穿紅衣的細節算是具體一點的了，此外多的是魯迅的內心獨白，那些內心獨白與蕭紅也沒有關係（關於吃藥、戰鬥等等）。從影片中得來的印象，蕭紅既不是一個左翼文人（沒有參加任何具體的活動），也不是一個作家（沒有任何寫作的跡象），她只是一直在找一個對的男人，卻一直都沒找到，最重要的倒是，在找的過程中，順便也把自己毀了。

也就是說，觀眾如果入場想真正了解蕭紅這個人，那個願望落空了，要了解蕭紅的文學生涯，也一樣落空，真正留下的，便是蕭紅與蕭軍、端木蕻良和駱賓基，再加上魯迅的關係，更糟糕的，都是很浮泛淺薄的關係。影片涉及的左翼文人不少，但是浮光掠影，甚至要記得他們都不容易。胡風太出名了，他說幾句話都有份量，但胡風與蕭紅也沒有建立起甚麼深厚的關係，對她一生沒產生甚麼影響。至於其他出出入入的文化人，更都只是點綴，這種點綴多了，就分薄了蕭紅自己，蕭紅變成這些人的陪襯，扮演串連起這些左翼文人的角色，而蕭紅就成了一個走來走去的人物。

在她的時代，蕭紅是一個反叛舊體制、追求個性解放的勇敢女子，很年輕時就和有婦之夫私奔，分手後又重投懷抱，離家出走後又回家，回家後又出走，如此來回折騰，窮困潦倒，其間多少煩難和折磨，沒有將她擊倒。可惜這些當年曾引起軒然大波，後來又改變她命運的事件，卻只有一個概念，沒有現場。這個女子膽大妄為，又時常把持不定自己，率性、激情、單純、認真，是她靈魂的底色，可惜影片裏足以表現她個性與內心世界的戲都沒有。她與蕭軍分開以後，並沒有像她說的愛着蕭軍那樣，等着她愛的男人回到身邊，而是與那個她也不怎麼看得上眼的端木蕻良搞在一起了。在兵荒馬亂的時代，雖有這種「自由」和方便，但究竟是甚麼讓蕭紅和端木走在一起，這件影響她命運的大事，好像不需要甚麼理由，她在背叛之前沒有掙扎，背叛之後也沒有後悔，後來三個當事人重逢，至少蕭軍有憤怒，端木有心虛，而蕭紅卻沒有內疚。

蕭軍做過出軌的事，蕭紅也「你做初一我做十五」，兩個人在夫妻關係上互相背叛，彼此扯平了。蕭軍是花心大男人，蕭紅也不是省油的燈，可惜的是，我們都只看到他們命運中這些轉折，看不到他們的內心。

蕭紅的內心世界，被編導掩蓋起來，只把她生命中的一些表象，借她身邊那些文化人的嘴巴講出來，如果觀眾只是要了解蕭紅的生平，那看一些文字資料就足夠了，入場看電影，是想看一些文字上看不到的東西，哪怕編導稍微調整一下，能讓她的感情世界豐滿起來，透視她內心的幽微之處，那也好過現在這樣，把她一生的甘苦和追求，作一番潦草的交代。

這個缺陷是根本性的，由影片最初的結構手法就決定了。把蕭紅一生切割成不同的片段，不是內在的呈現，而是外在的講述，每到一處都是隔靴搔癢，無數的隔靴搔癢合起來，也還是隔靴搔癢。

不管如何，看完影片還是有點感慨，幾乎影片中所有人物都一生坎坷，受盡磨難，當年滿腔熱血報國，一心拯民於水火，到頭來理想虛妄，生命虛擲，更重要的是，作為一個作家，後來竟都沒留下甚麼好作品。端木重寫《紅樓夢》，當然是最安全的選擇，但明顯不討好，蕭軍留下讓人談論的，竟只是日記。至於胡風和丁玲，能活着回到人間，還見到一點人身自由（僅此而已）後的光景，已算不幸中之大幸。說到底，至少蕭紅死得早，在她短暫生命的那三十多年，她敢做敢為，於一個風雨如磐的時代，雖然遭遇困頓，九死一生，至少選擇還是自由的。這在黑牢中和流放地的胡風和丁玲看來，蕭紅的時代，果真是「黃金時代」了。

再想到魯迅，他也死得早，「如果魯迅活到解放後，他如果不是封筆了，就是在牢裏」，這種驚心動魄的話，從「偉大領袖」嘴裏說出來，更證明魯迅死得早，對他也未嘗不是一件好事。如此看來，對魯迅來說，他的時代也不失為「黃金時代」了。

「悵望千秋一灑淚，蕭條異代不同時。」我們也有自己的「黃金時代」嗎？或者，我們對自己的「黃金時代」還有甚麼想像嗎？

# 做王后或做自己

「國家地理頻道」做了一個戴安娜王妃的專題節目：「戴安娜的自白」，披露不少她在生時接受傳記作家訪問的內容，配以硬照與視像，更豐富地勾勒出這個命運多舛的當代麗人的身世。

再次從熒屏上看戴安娜，她真當得起我們中國人說的「傾國傾城之貌」，除了少女時代有一點肥嘟嘟的可愛之外，她成年後都是以一種橫空出世的美貌讓全世界驚艷。

大凡我們說起女性的美，可以有五個層次：一是五官，二是身材，三是氣質，四是性感，五是韻味。戴安娜無論從哪一個層次去看，都是出類拔萃，放眼我們目光所及的各種現代女性，無人可出其右。

她的五官，側面看起來幾乎是古希臘雕塑維納斯的那種完美，身材高挑勻稱，氣質清純中兼有高貴，性感是含蓄而又豐富，至於韻味，那是她身上諸多優點融合蘊藉而不由自主散發出來的魅力。

女性的五官、身材、氣質、性感，基本上都是天生的，遺傳自父母兩系家族，唯有韻味是後天養起來的，那與她的舉止、性情、修養有關，說到底，是她自己每天的功夫磨練出來的。不那麼漂亮的女性可以有韻味，漂亮的女性也可以沒有韻味。

戴安娜說她童年很不快樂，時常目睹父親與母親爭吵，父親刮母親耳光，母親痛哭流涕的情景。父母離婚後，她與弟弟交給保姆照顧，親情缺失，童心早熟。幼年的心靈創傷，對她一生應有深遠的影響，從她斷續零碎的自述看來，她相當獨立、敏感、任性、倔強，雖然一再說她沒有朋友，沒有人教導她，但她特立獨行，真性情未被磨蝕，離婚後也盡做一些讓皇室「頂心頂肺」的事，證明她的個性中有強悍的一面。

因為天生美人胚子，她自己和她的家庭，都對她的未來寄予厚望。戴安娜很年輕的時候，就說她會在西敏寺結婚，又說她幻想會嫁給一個外交官，足見潛意識裏她早已認定自己會有不平凡的未來。因此直到二十歲結婚，她都沒有結交男朋友，說男孩子危險。她潔身自愛，是為了等到最後完婚時，保持一種最經得起質疑的貞操名聲。「天生麗質難自棄，一朝選在君王側。」白居易的詩句，恰恰足以形容戴安娜的非凡身世。

她與查爾斯王子交往，也是如履薄冰，一點點深入，等到查爾斯正式求婚，已經是水到渠成的事了。訂婚後她陪查爾斯王子出席一場音樂會，她穿一件露肩的黑色晚禮服，裏一身引人遐想的神秘感，美艷不可方物，從此她的衣着成為社交界的話題。連查爾斯王子都對她這件晚禮服有點微言，意思是不太適合那個場合，但戴安娜說那不是皇室的場合，她才十九歲，當然可以穿。事實證明她的眼光比查爾斯好，那件性感的晚禮服，使她看起來比實際年齡成熟很多。

結婚前她已經約莫知道查爾斯王子與卡米拉的戀情，為甚麼一直沒有打退堂鼓的打算呢？大概英國王室和貴族的風流韻事，流風所至，習以為常，一個人沒有一點惹人話柄的情事，在社交界的耳語裏，幾乎是個人魅力不濟的話題了。戴安娜的母親也有婚外情，在戴安娜看來，或許婚前的查爾斯，作為全世界第一的黃金單身漢，如果有女性主動投懷送抱，那也是無可厚非的事。二十歲的少女，生命於她正優雅地展開，往前去有無限可能性，她應有充份的自信，認定憑自己的美貌和性情，可以在婚後斬斷查爾斯那段不尷不尬的地下情。

這當然都是筆者的推測，但除此以外，我想不到還有其他的解釋。

可惜事情沒有像她想像的那樣簡單，婚後她面臨的是皇室種種的清規戒律，她不斷被記者追堵，面對各方責難，巨大精神壓力對一個年僅二十歲不食人間煙火的女孩，有如夢魘日夜糾纏。她患暴食症，又孤立無援，個性被壓抑，內心飽受摧殘，而她除了屈服之外，在那個死氣沉沉的宮廷裏沒有別的出路。

一個自視甚高的美女，面對整個王室禁錮的高牆，如果她乖乖就範，慢慢調整自己，適應新環境，學會觀顏察色，討人喜歡，那她會安安穩穩做到英國王后也不一定。可惜戴安娜不是這樣，她掙扎、抗議、不聽話、我行我素，找機會表現自己，日復一日，漸漸不得查爾斯歡心，也不得皇室歡心，這幾乎是她命中注定的事。

從一九八二年結婚，到一九九二年分居，戴安娜用十年的時間掙扎，她一直在與自己拔河：一個現實的戴安娜，一個本真的戴安娜，時而向未來王后的冠冕屈膝，時而又向自己真實的性情回歸。換一個「識大體」有心計的女子，放走半個丈夫，得回畢生榮耀，這筆賬可能還是划算的，然則壓抑性情的痛苦，夜半無人獨守空幃的椎心怨恨，天長日久又如何消受？

結婚後她多次與查爾斯提及卡米拉，可惜查爾斯總是顧左右而言他。在她看來，既往可以不咎，但用一生的時間，忍受一個打折扣的丈夫，假裝看不見那些偷來暗去的醜陋，卻是無法煎熬下去的。有一次她斗膽去參加卡米拉的派對，到了那裏與其他人聊天，這才發現不見了查爾斯和卡米拉。她一個人到處找，找到查爾斯時，他果然與卡米拉在一起，現場還有另一個男人。戴安娜支開兩個男人，直截了當向卡米拉說：我知道你和查爾斯的事。卡米拉說：你還想要甚麼呢？你已經得到你想要的一切，全世界的男人都為你瘋狂。戴安娜說：我只想要回我的丈夫。

是的，戴安娜只想做回一個本真的自己，只想要回一個百分之百的丈夫，可惜連這樣最基本的要求，她都無法實現。她說在她情緒低落無法自控的時候，曾經五次自殺未遂。有一次她姐姐來看她，發現她胸前有傷口，問她發生甚麼事。戴安娜坦承，昨晚與查爾斯爭吵，他不理睬她，她用他桌上的小刀割傷自己的胸口和手。另外一次，也是爭吵完查爾斯離開，她當時懷着哈利王子，一氣之下自己從樓梯上滾下去，想以此自殘來報復丈夫，她說當時連英女王都嚇壞了。

為發洩內心的不滿，連肚子裏的孩子都不顧了，她的憤恨強烈如此，難怪夫妻關係危如累卵了。

這些以傷害自己、展示痛苦來要挾查爾斯的行為，也說明她一直不由自主地被自己的任性和倔強所操控。她一定極端不甘，在情場競逐上輸給一個年老色衰的女人，那個女人除了手段高明之外，大概沒有任何一方面可以和她較量。可惜，在英國皇家那個龐大而森嚴的系統內，手段恰恰是最有用的，而任性只會被視為幼稚與偏執。

如此戴安娜一入宮門深似海，她長時間像佈景板一樣履行王妃的職責，無數的儀式，僵化的教條，身前身後無時無刻像蚊蠅一樣嗡嗡叫的狗仔隊，然後，還有那個人在心不在的丈夫，那個在公開場合親密地摟她的腰身，而當她痛不欲生時卻施施然走掉的未來皇帝。這個現實中的自己，與那個本真的自己日夜格鬥，沒有休止，這種非人的生活，始終要有終結的一天。

關於婚外情，戴安娜說過一句最精闢的話：在一段婚姻關係裏面有三個人實在太擁擠了。可惜這句話沒有在「戴安娜的自白」的專題節目中再現，沒有機會聽聽她進一步闡述。「太擁擠」這個說法，生動地描述了身處婚外情中的三個人共同的處境，要改變擁擠的處境，唯一的辦法是有一個人退出。

戴安娜終於選擇自己退出，她因此蒙受了巨大的損失，也對兩個孩子造成無可挽回的傷害。而對查爾斯來說，他除了丟掉一個「麻煩的老婆」的包袱之外，又可與老情人共築愛巢，他是最大得益者。

戴安娜離婚後，沒有因此消極避世，她仍抱定為世人服務的宗旨，探訪愛滋與麻風病童，參與公益活動，支持排除戰區地雷的義舉，她變成一個獨立有抱負的心懷天下的現代女性，這是她鳳凰涅槃優雅轉身的美妙姿態。她的本真戰勝了現實，她強悍的自我戰勝了浮名與榮耀，也因為這樣，她去世後贏得全世界千千萬萬普通人的痛惜與緬懷之情。

有評論曾批評她離婚後結識新男友，是為羞辱英國皇室，這是説不通的，如果查爾斯離婚後可以與卡米拉出雙入對來羞辱戴安娜，那麼戴安娜與自己喜歡的男人出海暢泳，也不過是拿回作為一個現代女性的自尊心與自主權而已。

戴安娜去世後，走在她殯葬行列裏的女王王夫、查爾斯王子、威廉、哈利，三代四個男人都是一副撲克牌的面孔，連兩個孩子臉上都沒有悲戚的神色，他們都被訓練成公眾眼裏的標準的角色，唯有戴安娜頑強地堅持本真的自我，而她到底還是輸了。

戴安娜死後，骨灰安葬在一個人工湖的島上，所有採訪的媒體為表達敬意，都止步於島的岸邊，只有她的家人可以登島。據説她的紀念碑上刻着她的一段話：「幫助這個社會最軟弱無助的人，是我最大的快樂，這是我生活的內容，也是命運的安排。遇到任何困難，只要你向我呼喊，無論我身在何處，都將向你飛奔而去。」——這是戴安娜，不是王妃。

不管如何，時移世易，沒有人會記得查爾斯王子是一個怎麼樣的男人，而戴安娜，她紅顏薄命的一生，將令千古以下世人為之長嘆息。

# 雜説胡蘭成

關於胡蘭成，漢奸問題是不必討論的，因為事實俱在，要討論的是：他的漢奸身份，是否影響他的作家身份？

其實這也是不必討論的，因人廢言不是客觀的態度。

汪精衛的古典詩詞造詣，不應因他的大漢奸身份而被否定，《雙照樓詩詞稿》放在中國現代詩詞的框架內來看，也是不可低估的傑作。周作人投敵被後世恥笑，這一人生污點永遠不可能洗脱，但他的散文平淡雋永，苦澀回甘，也必定可以不朽。

今日看胡蘭成，如果仍將政治與文學的範疇混淆來看，那問題永遠都搞不清楚。把政治的歸政治，文學的歸文學，才有平正的心態來討論。

我們今日知道的胡張關係，絕大多數是從胡蘭成的《今生今世》來的，張愛玲從不在自己的文章裏提到胡蘭成，雖然她在給夏志清教授的信裏，曾對胡蘭成表示了一點不屑，但那已經是分手多年後的事。

沒有張愛玲，胡蘭成不會廣為人知，但沒有張愛玲，胡蘭成的作品遲早也會在文學史上立足。

胡蘭成認識張愛玲之前，在國內文化圈內已經小有名氣，曾主編《柳州日報》、任香港《南華日報》總主筆。胡蘭成在汪偽政府因故被囚，張愛玲竟動了憐才之念，和蘇青去過周佛海家，想有甚麼法子可以救胡蘭成出獄。那還是在她與胡蘭成認識之前，足見胡在當時的文化圈子裏，早已受一班文學青年敬仰。

胡蘭成認識張愛玲後，被張的才氣所迷，以他情場浪子的手腕，不旋踵將張愛玲追到手，之後兩個人在人生和創作上都互相影響。胡蘭成究竟年長，學問也淵博，不可能對張愛玲沒有助益（夏志清教授曾說胡蘭成教張愛玲舊體詩），而張愛玲看胡蘭成的思想論文，也自有她的意見。胡蘭成說，張愛玲「卻說這樣的體系嚴密，不如解散的好。我亦果然把來解散了，驅使萬物如軍隊，原來不如讓萬物解甲歸田，一路有言笑。」

胡蘭成與張愛玲結婚後，就不斷勾搭身邊女子，在他自己，似乎理直氣壯來去自如。而以張愛玲高傲的性情，自己的男人變了心，自然不會一哭二鬧三上吊，終於冷冷地分手。

兩人後來一直斷斷續續有聯絡，張愛玲也曾寫信向胡蘭成要書，而《今生今世》這書名，據說還是張愛玲為胡蘭成取的。

一段人世孽緣，在胡蘭成是佔有一個曠世才女的滿足感，在張愛玲是青春期愛情破滅的傷痛。

因為幼年家庭生活的陰影，張愛玲本來就對人世抱灰暗頹唐的心態，再加上被胡蘭成始亂終棄，更令她對人間失去起碼的信心，她一輩子離群索居，遺世獨立，都是有來由的，而胡蘭成對此也難辭其咎。

關於胡蘭成的一生，我們從他的《今生今世》中基本可以明白，因為這本書清心直說，自暴其短，毫無扭捏作狀之態，從這個角度看，《今生今世》可能是中國人迄今為止最好的一部自傳。

中國人寫自傳，總習慣替自己評功擺好，將醜事隱去，把惡行遮掩，唯獨到了胡蘭成手上，他就把自己真實的人生，一五一十暴露於光天化日之下。按理說，種種醜事他不說也不會有人知道，尤其是他幹着壞事時的心態，如何詭秘下作，醜陋不堪，寫出來只增加公眾對他的惡感，而他居然不稍加掩飾，這中間是甚麼心態值得研究。

莫非他真的坦然到不計身後名，要為真實人生作一番見證，或者他根本缺乏是非觀念，將那些齷齪的心事當作正常？

好心一點揣測，會不會胡蘭成寫自傳時，只想將自己歷練人間的生命實感都原汁原味地記錄下來，是非曲直任人評說，而他自己也早就將社會對他的評斷視作等閒。

大半生行狀都在一部書裏，只讓人覺得他是一個極端不負責任的男人。他不但對家國民族不負責任，對親人不負責任，對愛人不負責任，甚至對他報効的漢奸政府、對他個人的仕途、家庭生活，也都不負責任。

他做甚麼事都隨心所欲，不計後果，時而講道義，時而冷峻無情，不請自來，不辭而別，該做事時就胡混，大局不堪時他又螳臂擋車。絕頂聰明用來做漢奸，心思細密用來騙女人，他最大的本事是不論做了甚麼壞事，都可以替自己找到堂皇的理由。

這樣的男人居然讓冰雪聰明的張愛玲自動獻身，這不能不說是張愛玲命中難逃的劫數。

中國現代散文中，憂國憂民的題旨一直佔主流地位，山河破碎、邑有流亡時，中國文人挽狂瀾於既倒、救生民如倒懸的迫切心態，都藉他們自己的文章振臂疾呼，因此整個現代文學史，都是救國拯民的呼聲，都是關心民瘼、追求正義的大道理。

唯獨到了胡蘭成手上，國家民族的道義退居次要地位，反而個人的生命歷練和感悟，人生與社會的互相關涉成了風景所在。一個人的生命實感成了至關重大的題旨，民族危亡社會變故只不過是個人生命的背景而已，這不能不說是現代文學史上的一個異數。

當然，在一些左翼作家的筆下，兵馬倥傯、社會動盪中仍有親情的抒發和愛情的點綴，不過那種親情愛情也無不打上階級鬥爭和民族自救的烙印。胡蘭成如此肆無忌憚的宣洩自我，把個人的喜怒哀樂視作天經地義的大事，因此他寫的百分之百都是自供狀，是對人生的真實體驗，是生命感覺的真實記錄。雖然不免令人有國難當頭匹夫失義之譏，但站在文學作品的角度來看，卻又是個人心路歷程的生動記錄。

如此另闢蹊徑的寫法，一方面是胡蘭成從來都沒甚麼家國民族的切膚之痛，有的只是一種遊戲人間的浪子作派。另一方面是他寫作《今生今世》時，人在日本，對國內甚至台灣島上的文學潮流也大有隔膜，因此他談到中國，都只是文化的抽象課題，寫散文也就只操心個人的命運。

不管如何，他的散文是中國現代文學中的另一路，或許上承魏晉文人散淡優遊的自在懷抱，此外也受日本文學中關注人生根本問題的路數的影響。

張愛玲從來也不關心政治，她兩部有政治意味的長篇（《秧歌》與《赤地之戀》）差不多都是「應制之作」，說不上有太多個人的東西，也未必有太過人的文學價值。她也是游離於政治大環境之外，經營自己的小天地，又經營得如此出類拔萃。他們二人在中國二十世紀文學大潮流之外保持了某種獨立性，這對於中國現代文學來說，或許竟是一種意外的補充。

即使是那些苛刻的評論者，也都無法否認胡蘭成的才氣，《今生今世》內地版的主編止庵，在他的序言中說：「我又曾提出有一路『才子文章』，從林語堂、梁實秋、錢鍾書直到董橋，皆屬此列；現在不妨把胡蘭成一併算上。才子者，首先真的有才；形之於文，是為才子文章。以此而論，胡蘭成堪稱就中翹楚，確實絕頂聰明，處處鋒芒畢露。雖然，才本身有品，才之後有識有學。至少前一方面，作者不無虧欠；可是才氣太大，似乎又能有所彌補。才子文章，無論意思文字，難免取巧做作，彷彿不甘寂寞，着意要引得讀者叫好；胡文亦不例外。但是意思上能做作到『透』，文字上能做作到『拙』，這是其特別之處，自非一般膚淺流麗者可比。我讀《今生今世》，覺得天花亂墜，卻也戛戛獨造；輕浮如雲，而又深切入骨。附帶說一句，近年來散文領域整理發掘之功甚偉，有所成就者大都已經出土；大概夠這個檔次的，也只剩下這麼一本了。該書面世，庶幾功德圓滿。」

止庵這段話，除了說胡蘭成文字「拙」我有點保留之外，其餘的都同意。

胡蘭成的才氣不但表現在他的文字上，也表現在他對生活細節的觀察和描摩上，表現在他對生命事件的細緻感覺和體悟之上。《今生今世》中，種種令人耳目一新的描寫和省悟，真是俯拾即是。

只看他寫張愛玲：「愛玲種種使我不習慣。她從來不悲天憫人，不同情誰，慈悲佈施於她全無，她的世界裏是沒有一個誇張的，亦沒有一個委屈的。她非常自私，臨事心狠手辣。她的自私是一個人在佳節良辰上了大場面，自己的存在分外分明。她的心狠手辣是因她一點委屈受不得。她卻又非常順從，順從在她是心甘情願的喜悅。且她對世人有不勝其多的抱歉，時時覺得做錯了似的，後悔不迭，她的悔是如同對着大地春陽，燕子的軟語商量不定。」

幾句話就把一個張愛玲寫活了，一個人這樣複雜多層面，互相矛盾又充份協調，可愛中有一點可怕，平常中又出人意表，真是看上去風光無限。他的本事是驅使文字的功夫，把適當的詞句安放在適當的地方，讓文字泛發出別樣的韻味，即使把一般慣用的文字放在不適當的地方，也有出人意表的別致效果令人驚喜。

他又善用比喻，「她的悔是如同對着大地春陽，燕子的軟語商量不定」，一順手就將宋詞的意境牽出來了。人世是大地春陽，愛玲的抱歉是燕子的軟語，讀來叫人低迴。

又如他寫庶母：「庶母這樣好勝逞強，紅樓夢裏鳳姐似的人物，做女兒時卻是個很怯生人，外事不知的，會遭人拐賣，那糊塗就像三春的明迷，花事草草，也不知是已經過去了沒有。」平凡的婦人比作三春花事，人的糊塗正如花事的明迷。「明迷」一詞是他創出來，既明又迷，真不知是甚麼，而細細咀嚼起來，又真是那麼一回事。胡蘭成每每在寫細節時，突地將心思拉開來，看得很高很遠，像人的精神突地昇華，令平凡世相莫名地着了斑斕色彩，顯出很不一般的意味。他寫村戲：「財神則白麵，細眼黑鬚，執笏而舞，倒是非常文靜，白麵象徵銀子，卻只覺是清冷冷的喜氣，財富可以這樣的文靜有喜氣，這就真是盛世了。」

胡蘭成的字裏行間又常有一種濃重的滄桑感，山河歲月與人間恩怨都很無奈似的，人隨命運走，人世隨天道變，一切都會過去，唯有生命的實感留下來。

他寫父母親的墓：「自彼時以來，又已二十餘年，民國世界的事誰家不是滄桑變異，不獨我家唯然，我父母在郁嶺墩的墳，他年行人經過或已不識，但亦這自是人間歲月。我在溫州時到過葉水心墓，斜陽圻壠，旁邊尚有宋元明清幾朝及今人的墓，上頭一漢墓最古，他們生前雖只是平民，但與良將賢相同為一代之人，死後永藏山阿，天道悠悠皆是人世無盡。」

余光中教授談到張愛玲的文字有精確的評論：「……文筆輕靈圓潤，用字遣詞別具韻味，形容詞下得尤為脱俗」；又說胡蘭成，「《山河歲月》的佳妙至少有二：第一仍然是文筆，胡蘭成先生於中國文字，鍛煉極見功夫，句法開闔吞吐，轉折回旋，都輕鬆自如，游刃有餘，一點不費氣力。遣詞用字方面，每每別出心裁，自鑄新語，不襲陳規。……『清嘉』而又『婉娓』的絕句，《山河歲月》之中，仰摘俯拾，真有五步一樓之感。『胡體』的文字，文白不拘，但其效果卻是交融，而非夾雜。……第二個優點，是作者的學問與氣度。從《山河歲月》一書，可以看出作者學兼中外，對於中國的文化傳統與民情風俗都頗有認識，且能處處與外國文化相比並論，頗多卓見。至於作者的氣度，大致說來亦可謂胸襟恢宏，心腸仁厚，對於世間一切人物，都表示尊重與同情，字裏行間，充滿了溫暖而清明的樂觀精神。」

中國現代文學中的獨行俠，胡蘭成比很多左翼文人都更具個人風格。我以為，至少《今生今世》，是所有有志於文學創作的年輕人不應錯過的。

# 建築是城市的面孔

清明回鄉掃墓，這次多逗留了幾天，有時間到家鄉的新區走走。到處都還在動土，新街道也整潔（舊區街道邊垃圾成堆），著名的五里橋畔新闢了公園，橋邊引來海水，公園裏種了樹，建了步道，礙眼的是立了幾個石碑，上書「商會林」、「青年林」等莫名其妙的標誌。商會和五里橋景區有甚麼關係？百思不得其解，同行朋友說：大概商會捐了點錢造林吧——也只能這樣猜想了。

從小到老，我們不知道建五里橋惠澤後代的人是誰，近年有維基百科，才知道是北宋紹興年間，安海財主黃護和僧人智淵各捐一萬緡，僧人祖派主持修建，建到一半黃護與祖派相繼亡故，後由郡守趙令衿續建，歷時十四年完成。橋中有亭，亭上有對聯，年少時我們都會背：「世間有佛宗斯佛，天下無橋長此橋」，但橋上橋下，沒有黃護、智淵、祖派和趙令衿的名字。

今人與古人，竟有如此分別。

新區的建築皆無足觀，比起記憶中的老安海，只覺平庸俗氣，非但格調不高，連那種古老沉潛的韻味也消失無蹤。樓高路闊，車多人少，道旁光禿禿，一棵樹都沒有，大熱天在街上走，中暑的機會很高。我不知道其他市鎮新區的建設是否都是這種風貌，我是走了一次就怕怕了。

後來有一天，老同學開車帶我去看母校養正中學的新校區。養正中學是閩南名校，周圍鄉鎮的孩子都翹首企盼有機會在這裏接受教育，因此學校規模不斷擴大，近年來在近郊闢了新校區，建築已近尾聲，據說要趕得及九月開學。

校園規模很大，以我的感覺，幾乎與香港浸會大學、理工大學的校園都不相上下，因為從無到有規劃設計，甚至比上述兩間香港的大學還更有合理佈局。包括辦公大樓、教學樓、學生宿舍、運動場、會議中心等，十幾幢高樓錯落分佈，建築風格統一中又各有特色，建築物之間有足夠空間，闢兩個小湖泊，有些步道邊已經種上樹木，一個圓形噴水池也完成土建。

雖然道路還在平整，內部有待裝修，但未來一個有氣派、有品味的校園已經略具芻形。看到這個新校園，只覺滿心歡喜，也為家鄉的孩子們慶幸。

建築物的美感很難用文字描述，它給人的感覺，就是這樣的建築放在這樣的地方，就是對的，令人看上去順眼舒服，沒有違和感，感覺觀賞它是一種享受。

我們每天身處不同的建築物，在遮風避雨之餘，總希望帶給我們額外的美感享受，每時每刻身處一些雅致、雄奇、華美、異色的建築，令我們身心愉快，啟發我們的創造性，填滿我們心頭的某種空虛，撫慰我們百孔千瘡的心靈。

建築是百年之計，一幢建築物建好後，輕易不會推倒重來，因此在規劃設計階段，就應該慎而重之，集思廣益，請有品味的規劃師和設計師，主事者也要有鑑賞美好建築的修養。建築是一個城市的面孔，五官扭曲，即使衣飾華美，也難掩醜態，相反的，五官生得清秀，哪怕素面朝天，也自有風采。

養正中學的新校園，就給人這種耳目一新的感覺，有氣派而不張揚，富美感而不做作，春華秋實，孩子們在這個賞心悅目的環境中學習，能更好地發掘敏銳細緻的靈感，培養更開闊的心胸。據說政府正爭取在這裏主辦世界中學生運動會，如果成事，我相信這座美麗的校園，也將令世界各地的年輕孩子們讚嘆。

不久前香港太古坊一個展覽館，舉辦過英國女建築師扎哈·哈迪德的作品展覽，以她的筆記本、草圖、作品錄像、虛擬現實等形式，展示她大膽超前的想像世界，她的作品在世界各大城市都成為標誌性的建築，香港理工大學創新樓也是她的作品。

當然，很多展品我們都不容易領會，但那些新奇瑰麗的草圖，幾乎每幅都是一張抽象畫，變化多端的線條和色塊，流動如音樂，大氣如崇山巨川，有一種震撼力，衝擊觀眾的感官。後來觀賞她的建築作品錄像，目睹她那些神奇想像的成品，那些建築物都奇異如夢幻，完全在我們的想像世界之外：理工大學的創新樓宛如一層層薄餅堆壘而成，整體又像一隻仰首欲飛的鷹；北京銀河 SOHO，像一個未來世界的飛船停靠站；阿塞拜疆阿利耶夫文化中心，像小孩子畫筆下的童話世界。這都是純粹個人的感覺，但好的建築便是可以任人投入、任人想像、任人解讀的，它們會變成我們生活的一部份，美感經驗的一部份。

當然，拿扎哈．哈迪德的作品來和安海相提並論，難免距離太遠，但古話說：取法乎上，得乎其中；取法乎中，得乎其下，我們總得仰望那些高峰，才可以從身邊小路上起步。

後來我們在泉州住了幾天，臨走前那晚，坐的士經過一個十字路口的圓環，圓環中心立着一根高高的柱子，形狀曖昧古怪，好像下方上圓，最慘的是，柱子四面各有一個嵌上去的雕像，雕的是背上長着翅膀的天使，天使手上還持着弓，作出射箭的姿態。大概每個乘車經過的故鄉人，都難免遭不同方向的天使射中一箭，至於他們回去後會不會有甚麼艷遇，那就天曉得了。

天使和古老的泉州有甚麼關係？值得將她立在交通要道上，讓每個經過的故鄉人，被這不中不西、不今不古、不尷不尬的「東西」污染我們的視覺？活到這麼老，還真從來沒有見過這麼醜陋無品的街心立柱。看到這根故鄉人每天都要被它「玷污」的柱子，心裏只想罵一句：是甚麼樣的草包官員，拍板建這麼一個丟盡故鄉人臉面的街心立柱，應該趕快把它炸掉。

網上有「十大最醜建築」，看到這些不堪入目的建築，只覺身為同胞都沒臉見人。這些花巨資建起來的高樓，有的像陽具，有的根本就是銅錢，有的乾脆就是福祿壽三巨人。是甚麼樣的人，基於甚麼樣的想法，才會建起這樣的樓宇，讓當地人每天與它們相處？

香港也曾有城市建築被社會廣泛批評，維多利亞公園旁邊的中央圖書館，被斥為像街市，尖沙咀文化中心因整面無窗高牆，被批評破壞了維多利亞港灣的風景線。一個城市的普通市民，應該好好愛惜城市的建築景觀，對每一幢公共建築物都應該有要求。市民沒有要求，官員就可以隨意拍板，而再醜陋的建築物，最終都會被我們習慣。我們習慣了那些低品味低格調的建築，也會對周遭的一切麻木，最終，生活在無數醜陋建物群裏的人，會對美好生活有怎麼樣的想像，那也只有天曉得了。

# 筆下萬象，心底千秋
## ——全球水墨畫大展觀後

早前獨自去觀賞「全球水墨畫大展」，展場很大，畫幅也很大，一把老骨頭，走得腰痠背痛。據説共有五百幅作品，一半是投稿中選出，一半是特約，短時間內餵飽藝術欣賞飢渴的心，真是不亦快哉！

滿目琳瑯應接不暇，有的熟口熟面，只好快步走過，見到一幅別致新鮮的，眼前一亮，由不得駐足細心品賞一番。一個沒有理論修養的人，想要略窺藝術堂奥，唯一的辦法是打開自己的心靈，以赤子之心，去親炙作品的美感與內涵，弱水三千只取一瓢飲，所得觀感，只要出自本真，便不計淺陋，偶有一得之見，則更可自珍了。

筆者向來對工筆畫印象麻麻，只覺得那種事無巨細、一味求真求細的畫法，有時反倒失去生活真味。這次在展覽中看到一些工筆畫家，大膽創新，工筆描繪的同時，在立意、構圖、佈局、用色等方面，破格立新，獨闢蹊徑，令人印象深刻。

有一幅「鳴翠圖」，便是工筆，畫面分割成兩部份，前面部份是竹石飛禽，後面部份是山牆殘荷。前面是完整的畫幅，後面山牆上有一個木格的窗櫺，窗櫺下一株殘荷，畫面卻給前面垂直的畫幅遮去一半，如此看去，畫中有畫，此畫不同彼畫，此畫彼畫又在同一時空。如此設置像立體的畫法，將一個庭院中的不同場景，巧妙集中到一個畫面中來。

這幅畫的另一個特色是，整幅畫統一用的是偏灰褐色的色調，看上去古色古香，有一種令人癡迷的往昔風情，與通常大紅大綠的工筆作品大異其趣。

千古以下，梅花都給畫爛了，展覽中也有一些梅花畫，其中有一幅也是別出機杼，構圖與慣見的那種畫面蕭疏、枝葉橫斜的清冷格調大大不同。整個畫面滿滿的就是一樹梅花，粗大的老幹在中間，虬曲的枝條掩映在花叢裏隱約可見，密密麻麻的黃白小花和棗紅色的結子（？）幾乎佔滿整個畫面，那種汪洋恣肆的繁茂，大張旗鼓的霸氣，有一種撲面而來的旺盛生命力，彷彿有無數花間小妖在那裏縱聲喧囂，引人共鳴。

一幅山水畫「黃山西海群峰」，也給人耳目一新的感覺。黃山群峰壁立，遠近層次豐富，近處峭壁上的危岩綠樹，幾乎用工筆描繪，遠處的山與樹，卻以寫意出之，像罩在薄薄霧氣中，有一種千岩競秀、萬物靜觀的恢宏懷抱。黃山也是給歷代畫家畫爛了的題材，潑墨潑彩欲顯其大，反顯其空，這一幅群峰疊現，遙相峙立，靜觀宇宙，千古無言，畫前站立良久，彷彿有一股真氣從胸中升起。

就題材論，整個畫展最令人驚喜的是一幅名為「老宅」的水墨畫。這真是藝高人膽大，老宅有甚麼好畫？破破爛爛的建築，從哪裏去提取美感？畫家選取的是兩個房間中一個類似過道的地方作正面，過道頗寬敞，上有頂蓋，其下散置枱櫈雜物，兩側房間只見外牆。畫面近處像是天井，其上透天，過道往外又是天井，天井往外可見大門，構圖取左右對稱的均衡佈局，正面又有縱深感。屋瓦在陽光下呈灰白色，屋內陰影裏不同區塊顏色有深淺層次，過道下的各種家用雜物，又有一種濃厚的農家生活氣息。老宅建構有氣派，設置講究，顯然是舊時大戶人家的大宅院，雖然古舊，氣勢不減。這幅老宅出奇制勝，是整個畫展裏最令人有新鮮感的作品。

此外，「雪域生靈」畫一群風雪中的犛牛，風雪迷漫，天地變色，一群野性的犛牛默默站在風雪裏，以牠們的堅忍對抗暴風雪。牠們無從知道暴雪會延續多久，往前去可能迷途，往後退沒有去路，牠們只有選擇站在野地裏，等候暴風雪過去。暴風雪會過去的，本能告訴牠們，所以牠們結伴苦捱等待風雪初晴的日子。犛牛與藏民，這也是司空見慣的題材，但一場暴風雪，提煉出「堅忍」兩個字，犛牛遂不只是犛牛，而是天地生靈掙扎求存的角色。

香港畫家參選的作品也不少，最令筆者神往的是「嶺南四大家」，畫家畫的是四位嶺南畫派名家趙少昂、楊善深、關山月、黎雄才。水墨畫人物，形似不容易，神似更難，這幅畫以四幅黑白長條幅組成，左右兩邊黎雄才與楊善深站立，中間趙少昂與關山月端坐，如此整幅畫看起來錯落有致，避免呆板。畫家用心勾勒畫中人的臉部，其餘身體部份基本上虛寫，也沒有任何傢具背景，只有黎雄才手上持書，趙少昂面前有紙，四人或穿西裝、或穿長袍，或穿便服，也僅略有意思，寫意交代。

觀者站在畫前，不由自主都會將視線集中在四位大畫家的臉部，黎雄才沉鬱剛毅，趙少昂開朗達觀，關山月自信開闊，楊善深靜穆深思。筆者不知道四位大師的性格是否如此，只是從畫中人的形象中去領悟，但他們的真實性格是否與畫家的描寫一致，想深一層卻又未必太重要，重要的是畫家賦予他筆下的人物各自擁有活生生的靈魂，他們在畫家筆下活起來，引領觀賞者去與他們所處的時代、他們的藝術追求作一番神交，這對觀賞者來說，便已足夠，便不枉此行了。

另一幅香港畫家的作品是「古城晨曦」，莽莽蒼蒼的塞外清晨，晨曦像霧一樣籠罩在古城廢墟上，眼前一望無盡土黃色的斷垣殘壁，早已分辨不出遠古的城廓人家，只見「一片白茫茫大地真乾淨」。畫家着意描繪的便是那種物換星移的陳跡，一世繁華終難敵千年時光剝蝕，當年市聲消融於荒漠，後來人踏足在這片被遺棄的土地上，想起時空無垠、生命短促，該興起「大江東去，浪淘盡，千古風流人物」的感嘆吧！

整幅作品描寫的就是一種「空」的感覺，難處只在，「空」中應有物，無聲中應有聲，觀者不只看到廢墟，還看到未成廢墟前的城廓人家，那裏或是古絲路的必經之地，駝鈴處處，酒旗飄飄，曾幾何時，商旅不再來往，繁華數度起落，人間一隅最終歸於塵土，滄桑變幻人逝地空，唯有日月星辰無恙。

香港畫家中也有以港九鬧市區的摩天樓為題材的，但筆者看來成功的很少，畢竟水墨畫講究的是意境，萬丈高樓平地起，擁擠作一堆，雖然參差起伏，也毫無意境可言，萬一畫來歪斜古怪，更添幾份滑稽。像這類作品，反不如像畫漁村的「晨曦」，至少有老香港的風味令人緬懷。

不管如何，這是一次中國水墨畫的大檢閱，讓我們局外人得知這些年來中國水墨畫的新成就，我們得嚐一次水墨的盛宴，炎夏裏一番透心清涼，令人回味再三。

# 英雄與時勢互為表裏

說故事學歷史，是學歷史的不二法門。

歷史就是人的故事，將無數歷史人物的故事綜合起來，再深入分析，歸納出歷史發展的規律，這是史學的方法。讀歷史的最終目的是要認識歷史的發展規律、認識歷史文化的積澱、從而探究歷史發展的方向。

歷史是人創造的，人民的集體意志決定歷史發展的方向，但歷史發展的形式又有漸變與劇變之分。歷史發展的動力，既來自人民的理性追求，也來自重要歷史人物的個人作用。所謂「英雄造時勢」、「時勢造英雄」，便試圖解釋個人與歷史的關係。

英雄與時勢，不可截然兩分，很難說是誰造就了誰，只能說兩者互相造就。英雄與時勢不是對立的，不是非此即彼，而是相輔相成，互為表裏，沒有英雄，時勢就不是那個時勢，沒有時勢，英雄也就不是那個英雄。

英雄如何造就時勢，時勢又如何造就英雄，其間全部都是故事。晚清大變局中，變法與守舊之決鬥，從朝廷到民間，各種力量集結，互相交手，各有進退，涉及各色人等，各有懷抱，各有算計。到最後決生死，既是時勢的作用，也有英雄（或奸雄）的作用。每一個回合都是故事，千鈞一髮，手起刀落，朝野驚變，河山崩解，其間故事套故事，人物套人物，前事之果，後事之因，歷史發展的邏輯於中可尋。

歷史是故事提煉出來，故事是人的行為組成，人的行為是人的性格和他所處的時勢決定，因此說到底，那些撬動歷史的人物，他們在自己所處的時勢中，由自己的性格出發，去做一些事，不做一些事，那便是我們認識歷史的門徑。

歷史人物各有性格，他們的性格體現在他們的行為中，而他們的行為，又構成歷史的一部份——歷史中有故事，故事中有歷史。

林則徐未出仕前是窮書生，在長樂知縣身邊掌管書信，一天縣太爺突然接到巡撫張師誠的信，命令將林則徐捉拿解省，公文又沒有說明林犯了甚麼罪。縣官知道林則徐是好人，便給他一筆錢讓他逃走，誰知林則徐婉拒了，說如果有罪就不避刑罰，沒有罪可大白於世。縣官只好親自把他解到巡撫面前。

巡撫把他帶進簽押房，拿出幾封信來，問是不是你寫的，林則徐看了看，承認是自己筆書。正不知犯了甚麼天條，巡撫卻趨前握他的手，說我早就知道你賢明有本事，想請你來屈就我這裏的書記官，但心裏沒底，只好用這樣的辦法來試試你，說罷大笑。

從此林則徐做了張師誠巡撫的書記官。當日巡撫要捉他歸案，如林則徐依縣官的好意，拿錢逃走了事，那不但他的「罪名」無從洗刷，以後的仕途也截然不同了。但林則徐為人清正，有自信敢承擔，機會便如此來到他面前。

林則徐做了巡撫的書記官，每逢過年都要起草給皇上的賀歲拜表，那雖是官樣文章，卻不能馬虎，文字要好，謄寫更不能隨便。林則徐過年前寫好拜表，歸心似箭，誰知張師誠巡撫卻在拜表上改了幾個地方，那其實都是可改可不改的，改完文字，又得重新抄一遍，功夫不少，林則徐想不通這個頂頭上司為何如此不通人情，但他還是勉為其難，小心端端正正重抄一遍，寫完後等待巡撫回來敲定。

等到天亮，巡撫到行宮賀歲請聖安回府，連夜把拜表再看一次，感慨地對林則徐說：從前看你的書法，越到結尾越有精神，早就留下好印象，今天過年前人人心急，再試你一回，果然心定神足。我看人無數，憑這件事就知道你日後前途無可限量，我願將子孫都託付給你。

林則徐趕回家，他母親才告訴他，說昨天撫台派人送了二百兩銀子來，說你要今天才能回家。原來那都是張師誠在試他的定力和忍功。

性格清正篤實，辦事堅忍認真，這都是林則徐的為人之道，在虎門銷煙那一番大擔當之前，他早已在一些小事情上彰顯自己不苟且不因循的德性。

康有為是另一種人品。戊戌變法還未失敗，康有為就跑了，晚年見大勢已去，便到處做說客，以為自己還能當個縱橫家，游說軍閥政客經營天下，其實都是賣嘴皮子，順便打打秋風。

他到陝西西安，督軍劉鎮華收留他，他大談治國之道，督軍也隨便聽聽。一日康有為說起陝西皮貨，督軍心領神會，便挑選上等皮貨送給他。大概康有為嫌他送得太少，第二天就說天氣冷，要買狐皮袍，請督軍代他打電報向家中取錢。督軍聽出他話裏意思，只好再派人叫皮衣莊挑幾件皮衣送去，康有為全部收下，卻叫皮衣莊去找督軍算錢。

康有為自稱懂得古董，到一個地方，有人拿祖傳的古錢拓片來請他鑑別，康有為說要看古錢原件，一拿到古錢，二話不說就收藏到自己衣袖裏。來人再三說明是傳家之寶，希望他歸還，情願送他一兩枚答謝，可是康有為卻顧左右而言他，把古錢強行帶走。

更過份的是在西安偷取了臥龍寺的藏經，準備私帶出關，陝西士紳聯名告到政府和法院，要把藏經取回。康有為耍賴，向督軍劉鎮華要求賠償名譽損失二百萬，另外更提出三個補償條件，一是要將一批家藏圖書賣給西北大學，取價二萬元；二是要求督軍私人投資二萬元，作為康有為主辦的《不忍雜誌》的股本；三是要求聘請他的弟子張扶榮等為西北大學教授。

諸如此類下作的行徑，能想像是「康聖人」的作為嗎？

想當年公車上書，與光緒皇帝密謀變天，自許鐵肩擔道義，辣手著文章，如以他晚年行事下作的故事來看，如此人格，怎當得起挽狂瀾於既倒的重任？想必戊戌的失敗，進退失據，種種不堪，都因他的性格鑄成。

林則徐能做一番大事，功在社稷，由他青年時代的小事便看得出來，但他銷煙時，清廷還有一點底氣在，假使林則徐處在康有為的時代，也未必能幹此轟轟烈烈的大事。康有為晚年行事下作，正可推測他早年未能擔當救國重任的內在原因，當其時清廷與民間都準備不足，以其三寸不爛之舌，難敵死而不僵的王朝，失敗可謂天注定。

所謂英雄與時勢，便是這種互為表裏、相輔相成的關係。

說故事，讀歷史，成王敗寇，興亡百感，有沒有興趣，只看你如何去讀而已。

# 歷史的蝴蝶效應
## ——張作霖二三事

歷史教科書上，只有朝代、人物、年份、數字這些枯燥的材料，那不是真正的歷史，是經過教科書編寫者歸納提煉出來的、歷史的籠統面目。歷史是活生生的人的故事，是不同時代的人物，以他們的個性，塑造自己的人生，並與同時代的人發生種種互動，最終留下無可違拗的結果，而這結果又以不同方式影響後世。

中國近現代歷史，最有趣的要數民國初年軍閥割據的年代。那時草創的國民政府羽翼未豐，民心徬徨，先進和保守之間攻守尚未底定，而軍閥蜂起，逐鹿中原，翻手為雲，覆手為雨，軍政戲碼無日無之。再加上，清帝退位後，封建文化動搖崩解，新的文化未曾建立，中國基本上處於無政府狀態，英雄豪傑各以其本色立身處世，於混亂政局中謀取個人最高利益，正是八仙過海各顯神通。當其時，能於混沌蒙昧之中崛起而叱吒風雲者，無不具有鮮明特異的個性，也因此，在他們身上最多讓人津津樂道的故事。

張學良的父親張作霖，便是有很多故事的軍閥。

張作霖本是土匪，打家劫舍，無所不為。當時東北土匪多如牛毛，到最後，卻讓張作霖一統東北江山，主要原因便是，此人與一般土匪見識不同，能及早作長遠打算。

有一次張作霖的部隊攔截一支馬隊，卻原來馬隊護送的是清廷奉天督軍增祺的二姨太，連帶數之難盡的金銀珠寶。張作霖部下有小頭目看中二姨太美色，正想佔便宜，沒想到張作霖大聲喝止，隨即跪倒在二姨太車前，說：手下人冒犯了督軍夫人，罪該萬死，請您息怒。張作霖長跪不起，又誠懇地說：我張雨亭雖是土匪，但有自己的規矩，我是劫富濟貧，從不作賤婦女，今日雖闖了您的馬車，我擔保決不動您一粒珠子，一根布絲，車馬箱籠一概歸還。請夫人到我屯子裏去，我要為夫人擺酒壓驚。

話說得漂亮，究竟張作霖是否那樣民胞物與替天行道，也只有他自己知道了，只是當其時，他的部下個個如墜五里霧中，不知道他肚子裏打甚麼算盤。張作霖事後和部下解釋，說打家劫舍終不是長久之計，連年征戰，十室九空，終有一日搶無可搶，綠林這碗黑飯勢難長久。古往今來，上山為匪沒有好結果，梁山泊英雄都要受招安，我早就有心找機會和官軍講和，受招安吃一碗安樂飯，現在有督軍夫人送上門來，不如趁此機會服侍好她，搭一條路作長遠打算。這一番話，說得他部下個個心悅誠服。

督軍二姨太到張作霖駐地後受驚得病，張作霖又請來當地名醫徐子義為她診治，一面派人小心服侍。二姨太身體漸好，對醫生徐子義感激不盡，徐子義又乘便在二姨太面前說盡張作霖的好話。二姨太不知如何報答張作霖，徐子義又告以張作霖早有棄暗投明的歸順之心，只苦於無人保薦。

二姨太心領神會，便於張作霖護送她回新民府後，對知府增韞說起張作霖有意歸順的事。增韞是二姨太丈夫增祺委派的官，不敢不從，但張作霖是慣匪，官府難容，又擔心引狼入室，自招麻煩，於是便想了一條借刀殺人之計，要求張作霖攻打另一土匪侯佔山，拿侯的人頭來見。張作霖知道增韞故意刁難，但還是把心一橫，真的滅了侯佔山，以其血淋淋的人頭，換得一套官服。

自此以後，張作霖脫胎換骨，以江湖習性領軍行政，用心經營自己的地盤，一步步擴大勢力範圍，終於成大氣候。

有一次張作霖招待賓客，內中有日本浪人，起鬨要他的墨寶，盛情難卻之下，張作霖寫了一個「虎」字，然後落款寫「張作霖手黑」。張的秘書在旁提醒，說他將「手墨」寫作「手黑」了，張作霖這才發現出醜，但當場改字又太難看了。幸虧他腦筋轉得快，一時計上心來，便公開大聲說：我當然知道「墨」字下缺個「土」字，我這不是寫給日本人的嗎？我少寫了「土」字，這叫做「寸土不讓」，憑此一「腦筋急轉彎」，反換得來部下的喝采。

這雖然是小事，反應之快卻異於常人。既自我解窘，又正氣凜然，多年行走江湖，如履薄冰，大概都有點臨危不亂的急智。

張作霖有六房妻妾，正房早死，以後各房以數字排行，分別是大、二、三、四、五，後來進關自封陸海軍大元帥，又改各房妻妾為盧夫人、許夫人、壽夫人、馬夫人等。其中五太太壽夫人最受寵幸，「事無大小，多以諮之」。

當時地方上法紀鬆弛，稍有勢力的人，乘火車都不買票。壽夫人的廚師狗仗人勢，上了車不買票霸佔頭等車廂，恰好碰上軍警執法處長兼鐵路局長常蔭槐同車，常親自去處理，該廚師仍仗勢耍橫，被常蔭槐叫人拉下車去，打得皮開肉綻，「重致不能行動」。事後壽夫人向張作霖抱怨，説常蔭槐目中無人，張作霖竟説：「這傢伙敢在太歲頭上動土，連你娘家人都敢打，真是有種！我正需要這種鐵面無私的人呢！」從此一路提拔常蔭槐，以至升任中央政府交通部長。

這也是小事，但張作霖雖寵幸壽夫人，卻也不失是非分寸，於小處識大體，選賢與能，有此見識，也非常人。

壽夫人雖是婦道人家，卻也不是全無見識，她之得張作霖寵幸，也不僅僅憑自己的美色。有一次張作霖部下犯錯，張作霖準備嚴懲，該犯官妻子去求壽夫人，壽夫人便勸張作霖說：「此人如罪不容恕，當然要依法懲處，否則不如網開一面。」張作霖拍桌子道：「我豈能輕信婦人之言！」壽夫人冷冷道：「你不是有大志於天下嗎？誰能得天下？不嗜殺的人才能得天下！」一句話卻又如醍醐灌頂，讓張作霖收回成命。

張作霖從一個土匪頭子，混到東北王，如果不早死，甚至有問鼎中原的機會。他有匪性，也有見識，敢作敢為，經營地方也肯用心，他這些稟性，多少遺傳給張學良。後來張學良與蔣介石議和，又於西安事變兵諫，促成全面抗戰，兵諫後負荊請罪，數十年甘心被軟禁，也算是影響中國近現代歷史的風雲人物。

歷史一環扣一環，前因後果，邏輯分明。沒有張作霖當初受招安，自然也沒有後來張學良東北軍的一番作為，沒有張學良的兵諫，也便沒有全面抗日，中國歷史又是另一番面目了。但張作霖之受招安，又得助力於地方名醫徐子義，又與督軍二姨太有關係，如此溯流而上，今日中國，與近百年前東北小地方上一次偶然的土匪惡行，又似乎冥冥中有某種內在聯繫，所謂蝴蝶效應，便是這樣的來龍去脈吧。

歷史發展有必然性的因素，也有偶然性的因素。中國當日的局勢、張作霖個人的性格和心態，都有必然性，但山路上截劫督軍二姨太，卻完全是偶發事件。萬一當時錯過了，或截劫的是一個普通商人婦，那就沒有張作霖的被招安，張作霖在東北，可能與一般土匪一樣，最終被剿滅。如此張學良也就沒有他的東北軍，也就沒有兵諫的機會，中國甚至沒有全面抗戰這個大局面了。

擴而觀之，在中國漫長歷史中，又有多少諸如此類的偶發小事，它們如漣漪般一圈圈散開，一路牽動各種必然因素和偶然因素，起各種化學反應，最終滙入一條巨流，成就一個民族的起伏興衰。

# 胡適與千家駒

歷史學家唐德剛是胡適先生的學生，在胡適晚年經常侍奉左右，撰述胡適本人的口述歷史，因此也順理成章地成為胡適的研究專家。在唐德剛的《書緣與人緣》中，記述了一段與千家駒先生的來往，其中也涉及胡適先生的一段佳事。

一九八五年四月中，千家駒先生到紐約訪問，經友人牽線，與唐德剛見了面，唐德剛贈送自己的著作《胡適雜憶》給千家駒，千家駒回國後，讀了唐德剛的書，寫了一封長信給唐德剛，講述了一段受知於胡適的往事。

一九三二年，千家駒即將在北京大學經濟系畢業。他在課餘常為一些二三流的刊物寫文章賺點稿費，有一次他寫了一篇〈抵制日貨之史的考察並論中國工業化問題〉的文章，發表在一個刊物上，他藉助考察中國海關的報告，發現凡是抵制日貨的第二或第三年，日貨輸入反而激增，他認為這與國人的「三分鐘熱度」無關，實因中國工業不發達，所以根本之圖，應該使中國工業化。

說來也巧，有一次胡適搭火車去南京，恰與該刊的主編在同一個車廂，無意中讀到千家駒的文章，大為激賞，即向主編查詢作者，得知千家駒還在北大就讀，尚未畢業。胡適回北平後，通過他的高足吳晗找到千家駒（吳晗與千家駒是同鄉兼同學），約他見面。談話中問起千家駒畢業後準備去哪裏工作，千家駒說工作還沒有着落呢！胡自告奮勇，介紹千家駒去陶孟和主持的社會調查所工作。

陶孟和也是「五四」新文化運動的領導人之一，當然尊重胡適，但後來一打聽，原來千家駒是北大學生會的頭頭，又是一個著名的搗亂分子，更可能是共產黨，於是躊躇起來，又去問胡適。誰知胡適說：「搗亂與做研究工作是兩碼事，會搗亂的人不一定做不好研究工作，況且一個研究機關，你怕他搗甚麼亂呢？」陶想想也有理，只好接受了。

胡適明知千家駒的政治立場偏左，堅持作中間人為千家駒安排出路，終使千家駒未畢業就有了一份工作。

一九三四年，胡適又主動介紹千家駒去北京大學兼任講師，北大經濟系主任趙乃摶嫌千家駒只畢業兩年，資歷不足，怕他「下不了台」，更嫌他思想左傾，不同意接受。千家駒寫了一封信給胡適，發了一通牢騷，胡適又去說服趙乃摶，最後因胡適的堅持，趙乃摶也不得不讓步。如此千家駒便在畢業不足三年時進北大當了講師，教四年級的課，那時他的學生中，竟有不少是他的同學。

胡適明知千家駒服膺馬克思主義，在政治立場上堅決反對國民黨，但胡並不因此而歧視千家駒，反倒處處提拔維護，幫他的忙，更從來沒有嘗試要以自己的思想強加或影響千家駒，處處表現出一種寬容精神，即所謂儒家的「恕道」。千家駒在給唐德剛的信中說，這也許就是資產階級的所謂「民主作風」吧。

後來，千家駒結婚，胡適先生還親自擔任主婚人，而胡適在北平辦《獨立評論》時，也約千家駒寫稿。千家駒因為胡適在進步青年中「臭名昭彰」，不想以真名署名，胡適也一笑置之。當其時在《獨立評論》寫稿的，都是丁文江、翁文灝、蔣廷黻等名流學者，一個毛頭小子居然不肯以真名並列其間，真有點不知輕重，但胡適也不以為忤。

抗戰勝利後，千家駒在香港參加民主同盟，一九四八年北上參加政協籌備會，並出席第一屆大會，此後先後擔任政務院財經委員會委員、中央私營企業局副局長及中央馬列主義學院副院長、中國科學院社會科學部學部委員等職務，在建國初期的經濟建設上發揮了自己的作用。

被胡適慧眼識才愛護和扶持的中國各界精英有多少人呢？沒有人做過這種統計，但胡先生的開明思想、醇厚人格，卻足以令後人景仰。

吾生亦晚，沒有親炙胡先生風采的機會，但因為工作關係，倒與千家駒先生有過一些接觸。當時他已經七八十歲了，因為出版他的著作，有時他來香港，我們也會約他聚聚。我們稱他千老，作為小輩，常希望多聽他說一些家國大事和個人際遇方面的慧見，但千老話不多，每開口都字斟句酌，也從不暢懷大笑，或舌燦蓮花。

印象中千老只提過兩件事，一是他是深圳特區草創時期的顧問，而且特區政府授與他榮譽市民的稱號，他持有的更是榮譽市民的第一號證件。深圳特區初設時，市領導都不是財經方面的專家，千老當時大概為特區「獻策」不少，因此政府給了他如此尊崇的榮譽。

另一件事是，一九八八年千老在政協七屆一次大會發言，以《關於物價、教育、社會風氣的幾點意見》為題，講了三十分鐘，竟然獲得三十一次全場掌聲。千老與我們提起這件事，頗有一點欣慰的感覺，意思是改革開放本就是民心思變，他對時政的這一看法，獲得廣大政協委員們的積極回應。

千老個子矮小，面容形體近乎乾瘦，背有點彎，他為我們簽書時，頭幾乎貼到桌面。那些年他有時在日本，有時又去美國，有時又回來香港，年紀很大了，走路很慢，但步履還穩健。

我們最後一次與他見面，不記得在哪一個酒家，那次好像他的夫人沒有陪同，吃完飯出來，他說要到附近走走，我們便與他在酒家門口道別。走幾步我回頭看他，他依舊微微駝着背，一步一步蹣跚走在銅鑼灣街道上。

那時滿街路人，千老走幾步就淹沒在人叢中了。沒有人知道他是胡適的學生，中國著名的經濟學家，沒有人知道他對建國初期和改革開放曾經作出甚麼貢獻，他就是一個普普通通的老頭。

依唐德剛的說法，胡適晚年在美國處境淒涼，日常生活窘迫，門前車馬稀，不知他會不會偶爾想起千家駒，想起時又作何感想。

# 人心齊世道移

最近在一個公開場合，一位建制派風頭人物教訓身旁的年輕人，說：歷史是由少數精英推動的，多數人未必佔有真理。年輕人說：我在跟你說平等的選舉權利，言下之意是：少數精英也不能代表我去投票。

歷史是不是由少數精英推動的？這真是一個問題。中國古老的命題——時勢造英雄，或英雄造時勢，便嘗試回答這個問題，當然那也不是答案。

我說過「大多數人的共同意志決定社會發展的方向」，歷史怎麼走，不是少數精英指一條路來讓大家走，是大多數人的共同意志，啟發了少數人，然後由這一批精英帶領，終於把那條路走出來了。

少數精英如果沒有把握多數人的意願，沒有從他們的心聲中看到歷史行進的方向，沒有提出呼應多數人政治要求的口號，建立體現多數人利益的政治組織，他們也不過是人群中較為聰明的一個而已。

相反的，少數精英如果違背多數人的意志，以政治謊言和手腕去愚弄多數人，最終他的下場只是被多數人拋棄。當然，在多數人仍被愚弄的時候，領袖的光環還在，但領袖的光環在他的謊言被揭穿的過程中不斷消耗，在他違背多數人意志的過程中不斷稀釋淡化，直到多數人一朝醒來，眾人一聲喊，領袖的雕象就倒下來了。

羅馬尼亞政治強人齊奧塞斯庫就是被人民的噓聲轟下台的，那一幕當年在電視上我們都親眼目睹。齊奧塞斯庫在陽台上演講，突然從角落裏發出一陣噓聲，初時噓聲很微弱，後來加入喝倒彩的人越來越多，那噓聲越來越大，齊奧塞斯庫還準備再講下去，但噓聲已經大到蓋過高音喇叭了，他臉上露出一種驚訝、無奈、恐慌的表情，隨即和他老婆親信們退入房間裏去。再過幾天，我們就見到他橫屍野地的照片。

精英就是這樣被多數人拋棄的。起初，只有一個人發出噓聲，這是一個勇敢的人，他代表大多數人發出第一個噓聲。在往日，他可能即刻被身邊熱愛齊奧塞斯庫的人扭送當局了，但那天，站在他身邊的人都不熱愛齊奧塞斯庫了，他們心裏也都準備了噓聲，如此一人噓萬人應，就在那個片刻，歷史在羅馬尼亞拐了一個大彎。

在歷史轉折的時候，我們經常只看到少數精英的身影，多數人在洪流中沒有姓名，但沒有多數人，如何形成歷史洪流？中國人說：水到渠成，水未到，渠難成。每一個人就是一滴水，少數的水不能成流，等到多數人聚在一起了，水成洪流摧枯拉朽，所到之處就成渠了，這渠就是歷史的走向。

一九七八年我移居香港，那剛剛是改革開放之初，深圳還是一個破漁村，那年頭中國人剛從文革噩夢中初醒，心有餘悸，那時誰敢提出甚麼自由民主人權法治的話題？當年香港還在英國人治下，自由固然是有的，也沒有人去計較民主不民主，但此一時彼一時，今日在香港，即使建制派頭面人物，也不敢站在普世價值的對立面，他們也要講民主和人權，雖然用的是他們自己的一套話語。至少，今日的世道和三十多年前已經全然不同了，世道變了，不是少數精英主張要變，而是人心變了——人心不變，世道依然，人心要變，世道就跟着走。

所有歷史的變遷都是多數人決定的，一個歷史事件推動另一個歷史事件，前者的果是後者的因。如果歷史在某一個關頭沒有轉彎，那是因為多數人還沒有轉彎的意願，多數人旁觀，少數人舉事難成。但少數與多數是不斷轉換的，多數也是由少數累積而成。等到有一日，多數人的意願集結起來，那時世道就要變，就有少數精英站出來，帶領多數人去實現他們的夢。

世道是很奇怪的東西，老人們說世道變了，有時是指改朝換代，有時是指社會的價值觀顛覆，有時是指生活方式更新。人類社會發生質的變化，多數都是因為科學技術的新發明和發現，看看這十幾年來，我們的生活發生了多大變化？現在離開電腦、網絡和手機，我們還能正常生活嗎？我們的經濟和社會還能正常運轉嗎？全球化一往無前，把我們帶到不可知的地方，人心就在這十幾年間發生巨大的變化，人心變了，世道還能不變？

從集體主義的社會，向個人主義的社會轉變，每個人都以自身利益而不是以所謂整體利益為基準，為維繫多數人的共同體，需要建立全新的規則，這便是人心變了世道也要變的道理。少數精英在這種關頭有他們的位置，但要明白的是，不是他們感召和引領人民，是人民把他們挑選出來，把他們放到適當的位置上的。

# 態度決定命運

## ——善惡在一念之間

早前看到一單新聞：某地農村一個十八歲少女到小城去找工作，不料被人扒了錢包，沒錢買車票回家。正徬徨間，有個三十一歲打扮鮮麗的女人上前關心她，聽說她丟了錢包，便表示可以幫她買車票。兩人交談起來，後者表示正好有親戚在招聘工人，便帶這女孩去見親戚。

到了「親戚」家，一個男人竟是人販子，兩個歹徒討價還價之際，卻給這十八歲女孩偷聽到了。女孩也不是省油的燈，隨後表示正有兩個女同學也在找工作，想幫幫她們。那女人販子見獵心喜，就被女孩帶到另一個男人家裏。沒想到這男人也是人販子，女孩當即以五百塊錢的介紹費，把這歹毒心腸的女人賣給第二個男人。

女孩離開後，那男的人販子即強姦了那女的人販子，而女孩回家後與父母說起整件事，才由父母帶着到公安局報案。

整件事令人震撼的是：

- 一個小城鎮居然有兩個獨立「營運」的人販子集團；
- 事件中的兩位女性，既是受害者，也是加害者；
- 牽涉事件的四個人，沒有一個是好人；
- 女孩本來可以報案依法處置壞人，但她沒有，她以惡懲惡。

不久前有另一單新聞：某高級中學一個女班主任，在教師節因為收不到學生送禮而對學生大發脾氣，口出惡言，原因據說是其他教師都收到禮品了，唯獨她沒有，很沒面子。顯然，在她心目中，收受學生禮品是絕對合理的事，收不到才叫不合理。這女教師班上的學生，自然有不同身份的父母，比如官員、醫生、機關幹部、公安警察等等，只要是手上有權的人，都會在不同情況下收受別人的禮品，但他們在收禮的同時，也不得不為孩子的利益向這個女班主任送禮。

同理，女教師在學校向學生索取禮品，轉過身來，在辦事需要時，也要向做醫生（或官員、或警察）的學生家長送禮，整個社會就是以收禮和送禮的方式在運作，金錢成了社會生活的潤滑劑，沒有這個潤滑劑，人便寸步難行了。

二十多年前，老岳父在泉州做了一次腸癌手術，在醫院裏，主治醫生、手術醫生、手術室護士、住院部護士，每個人都要打點，因為忘記送紅包給掃地的工友，結果有好幾天病房都沒有清潔，後來奉上紅包，才有人來打掃。

現在政府厲行反腐，老虎蒼蠅一起打，也見到一些成效，但我有點擔心，如果一個社會都靠賄賂在運作，政府部門怎麼可以獨善其身？一個惡質的社會，才養得起一批惡質的官員，反之，如果社會正氣盎然，政府官員能壞到哪裏去？

十多年前我上齶生了一個腫瘤，在香港做了手術後，化驗出有惡性細胞，一星期後又生出另一個腫塊。當時有外科醫生認為要再做大面積手術，鋸掉部份上齶骨頭，以後吃飯說話都會有困難。幸而後來瑪麗醫院口腔科醫生認為可能是手術增生，建議暫時觀察處理。那些日子心中恐慌，在網上與北京腫瘤醫院院長聯絡，依約到北京請他診視。院長剛從朝鮮開會回來，星期天上午也沒有休息，在他的辦公室接見我，替我做了檢查，詳細解釋來龍去脈，也是建議可以再觀察。得到如此結果，當然喜不自勝。因為那天沒有到門診掛號，也不知道如何付診金，我就準備了一個紅包，依香港專科醫生的收費標準，準備給五百塊錢人民幣權充診金。誰知道院長當場拒絕了，理由是「我們這裏不搞這一套」。

那是二〇〇三年的事，距今十餘年，我很不該忘了這位院長的名字。因為有老岳父的經歷，我知道醫生索賄是很普遍的事，但我還有點小小的堅持，便是我只按約略的標準付診金（當然這個標準是香港的標準，但我相信以當時的社會慣例，一個北京腫瘤醫院院長的身份，即使是內地的標準，也應該不只五百元那麼小家子氣），誰知道院長先生連標準診金都不收，還要說：「我們這裏不搞這一套」，好像在內地根本沒有醫生收賄這件事，你們香港或許才有這回事吧。

說起以上這些事，是因為最近看到廣西師大出版社出版了龍應台的《野火三十年紀念集》，龍應台在她那本三十年前寫的影響深遠的書裏，第一篇的標題便是：「中國人，你為甚麼不生氣？」

面對社會的不良現象，每個人都應該生氣。因為生氣是一種態度，你的態度決定了你的立場、你的對策，而所有人的態度集合起來，便決定了我們所處的這個社會的品質，而我們所處的這個社會的品質，也決定了我們以及我們的後代的命運。

社會惡質化了，沒有人會從中得益，即使貪官和他們的子女，一時好像得益了，但整體和長遠地說，他們還是活在這個社會裏，這個社會所有的惡，都必然加諸在他們身上，他們仍舊要身受其害。這也是為甚麼會有那麼多裸官，他們在一個惡質的社會裏撈錢，然後到一個優質的社會去生活，他們很聰明，明知道這個社會有病，他非但不生氣，還要為私利加劇社會的淪落，最後自己跑得遠遠的，把一個無可藥救的社會丟給人民。

但是如果每一個官員，每一個手上握有不同權力的人，都像上述那位腫瘤醫院院長那樣，面對「紅包」時都能說一句：「我們這裏不搞這一套」，那又是怎麼一種情況呢？那時大家都不收賄，也同時不用去賄賂他人，每個社會成員（包括官員在內），都在法律的範圍內和良知的閘門裏生活，那是一種良性循環的社會，每個人都很放心、很泰然地過日子，依自己的本事去謀生，窮則獨善其身，達則兼濟天下，那豈不是比每天生活在收賄和行賄的日子裏更舒心順意得多！

當然，一定有人會說，你說得倒輕巧，你來試試？在一個紅包行遍天下、空手寸步難行的社會，你要大家獨善其身，真有點「站着說話不腰疼」！面對一個惡濁的社會，個人的能力真的非常有限，有時候你真的不能假清高，無視社會潛規則，因為那樣你一定沒辦法安頓自己和家人。但我想，有時候賄賂他人或許無法避免，但收賄是可以避免的，收賄只是你利用手上握有的權力，得到工作之外的好處（憑自己的工作你已經得到應有的報酬），你有時不得不行賄，但如果你省悟收賄與行賄都損害了你生活其中的這個社會，而在面對賄賂時，能說一句：「我們這裏不搞這一套」，那還是做得到的，而且除了得不到那點不義之財外，你的利益並沒有怎麼受損。

每個人都不收賄的話，還有誰需要去行賄呢？實際上是不需要了，因為所有人都在一個乾淨、有序、良善的環境裏生活，大家彼此是平等的。

前不久在網上看到一套微電影，片名忘記了，故事説兩個熱戀中的男女坐長途巴士回鄉下探親，開車不久上來兩個劫匪，車行入深山即露出凶相，持刀搶劫全車乘客。後來一凶徒垂涎女孩子的姿色，百般調戲，持刀逼走她男朋友，欲行不軌。全車人面對暴行都靜默旁觀，只有一個中年男人看不過眼，出言阻止，給兩個暴徒按在地上打了一頓。

結果凶徒在眾目睽睽之下強姦了那女孩，之後施施然走到車前，坐在司機位旁邊。那目睹女朋友受辱的男孩走回女孩身邊，想稍作安慰，但女孩卻不理他，逕自走到車前，竟坐到姦污她的凶徒身上。這時那挨打的中年男人，很不解地盯着女孩看，女孩趁機發作，叫凶徒把中年男人趕下車去。影片結尾，車過山崖，女孩轉身扭過司機的方向盤，整架公車朝萬丈深崖衝下去，全車人無一倖免，都做了凶徒的陪葬品。唯一逃過大難的，竟是那個被趕下車的中年男人，因為他的正義，他受了一點皮肉之苦，但也因為他的正義，他逃過了死劫。

在此之前，如果全車乘客都挺身而出，保護那個女孩，或許會有人受傷，甚至有人會喪命，但至少，不至於有車毀人亡那樣慘烈的結局。

故事自然是虛構的，但編導的用意很明顯：態度決定命運！

在極端的情況下，態度決定你的生死，在平常的日子裏，態度決定你的禍福。

# 台灣的通姦罪有點荒唐

看一個台灣電視節目，討論「通姦罪除罪化」。節目主持請來法官、檢察官、律師、私家偵探、媒體人等，一起就「通姦罪」是否應廢除發表各自的看法。

原來在台灣，通姦竟是刑事罪，罪名成立可判一年之內的監禁。據說全世界除了朝鮮之外，就是一些中東地區國家還有通姦罪。當然，世上還有更野蠻的，連相關法律都沒有，妻子犯了通姦即遭親友處死。

台灣社會對通姦罪除罪化（意思就是廢除這一條法律）爭論很大，據說民調是反對的佔多數，也有婦女團體大力嗆聲，倒是電視節目中的專家，基本都不支持保留這條法例，民意紛紜，搞得當局有點進退失據。

不可否認，通姦罪對婚外情有阻嚇作用，但問題是，社會發展到今天了，如果有人一時行差踏錯，就要付上一年監禁的代價，身敗名裂，一輩子抬不起頭來，個人事業與家庭幸福泡湯，這樣的刑罰又會不會太重？

婚外情的原因複雜，不可一概而論。有的真是一時軟弱受不了誘惑；有的是丈夫做初一，太太做十五；有的夫妻性格不合感情早已淡漠；有的是結婚後才找到真愛義無反顧，如此等等。

更有一種極端的說法是：婚姻中不被愛的那個才是第三者，不知是誰如此曲折地為婚外情站台。但一個男人喜新厭舊，那他去通姦尋快活，錯的倒是在家裏那個被家務壓得直不起腰來的太太，那於情理上也說不通吧。

不管是怎麼樣的婚外情，一定都是自私的，一定對身邊人造成傷害，但這種傷害是否嚴重到要他（她）受一年刑罰之苦？要毀了他原先擁有的一切？一個人過馬路闖紅燈，你不能將他五花大綁遊街示眾，量刑應該與過失的後果相對應，輕罪重判與重罪輕判，性質是一樣的，都是法治的缺失。

節目中有女法官說，通姦罪的實施並沒有真正起到保護女性的作用，她舉一個例子，是一個女人遭丈夫家暴，兩個人協議離婚，離婚後女子又嫁了一個丈夫，生下一個孩子。可是那個孩子受孕的時間，被推算出她還未與前夫正式離婚，因此被前夫告上法庭，指她犯了通姦罪，據說還要求巨額賠償。

不知道該女子後來是否被判一年監禁，但她先遭家暴已經不幸，力爭脫離魔掌後，找到愛她的人，有了愛情結晶，只因未與前夫辦妥離婚手續，造成法理上的一段婚外情，她又要再被告以通姦罪，被判一年刑期，世道於她，豈不是太不公平？

婚姻的基礎是愛情，婚外情的原因是愛情的崩壞，人們往往認為，沒有愛情的婚姻是不道德的，因此托爾斯泰筆下的安娜，有權去追求她的情人渥淪斯基，但我們講到婚姻，還有責任、忠誠、寬恕等等道德範疇，這些道德範疇孰輕孰重，不同的人可以有不同的衡量，做不同的抉擇。禪宗有云：唯難抉擇。做抉擇的當下，固然糾結，但一旦做出抉擇，又是一段新的生命歷程。

有一位前輩結婚第三天就發覺妻子有心理和情緒問題，但他不想新婚仳離遭親友恥笑，因此忍下了，後來子女生下來，更令他舉棋不定。文革中他被迫害，妻子提出離婚；文革後他平反獲賠償，妻子又要求復合。然後妻子比他先一步來香港，竟在報上登廣告徵婚。他來港後一起生活，也三天兩頭吵鬧。前輩多次向我表示，一定要和她離婚，可每次都只聞樓梯響，不見人下來。這樣一直拖到前輩患不治之症，妻子照顧他到臨終，究竟盡不盡心，我們也不知道了。

前輩性格懦弱，生活上又需要人照顧，他將窒息心靈的一段婚姻作為一個苦果，用一輩子那麼長的時間來咀嚼，中夜起坐，捫心自問，恐怕要長嘆不已。我不知道他是否曾經有過一段婚外情，他相貌堂堂，身材魁梧，又是文化人，年輕時會受女孩子喜歡。如果他有段婚外情，而且得到真愛，那至少還算得上是他烏雲密佈的生命中的一抹亮色。

一位朋友的丈夫發生了一段婚外情，她和我談起時，我即以上述這位前輩的遭遇作例子供她參考，勸她盡快決斷：要麼就原諒他，盡快修補互相之間的感情；要麼就一了百了，盡快和他離婚。這種情況下最糟糕的選擇是不離不合，不尷不尬地維持一種各懷鬼胎的關係，然後一生生活在積怨中。後來她選擇寬恕，她丈夫也從此守護家庭，現在孩子也長大了，他們也生活得很好。

當然，做這些選擇的前提是對身邊人的本質判斷，花心男人無藥可救，不花心的也難免一時行差踏錯。做了壞事內心負疚，面臨家庭破裂更惴惴不安，這時如得到妻子的寬宥，多數會痛悔自己的行為。畢竟他還愛着妻子和孩子，婚姻與家庭對他來說是不可取代的安身立命之地，與其被妻子掃地出門，一腳踏空，不如痛改前非，從此珍惜身邊人，老老實實過日子。

雖然夫妻之間難免有一個疙瘩，但時間會消磨一切，相對一輩子那麼長的相依為命，那只是一個坎，跨過去就可以了。

還有一對夫婦，妻子在婚前問過未來的先生，說她日後如果喜歡上別的男人，他會怎麼樣？她先生説，只要不告訴我就可以了。虧她敢這樣問，也虧她先生能這樣回答。自古以來，婚姻就和性綁在一起，夫妻雙方對對方的忠誠，也成了衡量婚姻實質存在的一個前提，但婚姻的捆綁性質，始終與人的自由天性相抵牾，也與夫妻雙方感情需要的現實不相協調。如果在托爾斯泰的年代，安娜的出軌已經有一定的合理性，那麼在今天，還要為通姦定罪，那就有點可笑了。

每個人對愛情、婚姻、責任、忠誠、寬恕等等理念的理解都不同，當我們面臨生命中的抉擇，我們都是以自己的人生觀、性格、心態作依據，做出自以為明智的選擇，並做好心理準備承擔選擇的結果。因為每個人的成長背景不同，生活軌跡也相異，每個人面臨個人感情危機時，也會做出種種不同的選擇，我們可以不同意某人的選擇，但大可不必把他們關到牢裏去。

時代匆匆往前走，現在的年輕人結了婚不生孩子的很多，有的連結婚都省了，長期保持同居關係，方便隨時分手。我身邊親友同事中的女孩子，單身的百分比很高，她們平日與女伴一起飲茶看電影，結夥旅行，在她們看來，孤獨打發日子，比起嫁一個不長進沒良心的丈夫更自在舒服得多。

在個人至上、娛樂為王的時代，還要討論「通姦罪除罪化」的問題，而且還得不出社會共識，這委實有點荒唐，台灣甚麼都現代化了，只有這一點，給人一種還留在農業社會的感覺。

# 魯迅活到今天，莫非也要判刑

看了一個台灣電視節目，討論通姦罪除罪化，因覺得這年頭通姦居然還要服刑，簡直不可思議，因此寫了一篇文章，原本的標題是「台灣的通姦罪有點荒唐」，結果編輯將標題改作「從幾個故事看婚外情是否能夠寬恕」，如此這篇文章變成不是討論「通姦罪」，而是討論婚外情了。

婚外情很難一般地評斷，更很難說寬恕不寬恕，應該討論的，就是在這年代是否可以為婚外情定罪？我的意思只是：不管甚麼樣的婚外情，對社會都沒有造成實質的危害，如果說它造成惡劣的社會影響，那也不能因為一種壞的影響而由社會將他們定罪，奇怪的是，台灣社會還為「通姦罪除罪化」找不到共識。

文章發出來後，網民的評論令我吃驚。網民罵人已是新常態，這倒罷了，筆者老皮老肉，也還受得起，但很多人反對婚外情，理由是夫妻合不來為何不離婚？有的人又將婚外情視為破壞社會穩定的惡行，我只想勸勸這些義憤填膺的網民：不要一般地為婚外情定性，不同的人有不同的婚外情，要討論也只能作個案討論。

上世紀八十年代，大陸曾發生一次因托爾斯泰的《安娜．卡列尼娜》而產生的社會爭議，當時也有一部份評論認為，安娜的婚外情是要不得的，破壞家庭的穩定。當時我看到這些爭論，覺得很好笑，原來在托爾斯泰那個年代已經解決的問題（關於安娜的婚外情是否正當），到八十年代的中國還沒有解決。今日看到眾多網民的回應，我才發覺，原來安娜的問題至今也沒有解決。

安娜的問題是她與丈夫沒有愛情，而丈夫又不肯離婚，那麼安娜有沒有權利去發展一段婚外情呢？

熟悉中國近現代歷史的人，都知道魯迅也有過一段婚外情。魯迅奉母命娶朱安為妻，一直在沒有愛情的婚姻關係中，後來他與許廣平熱戀，兩個人同居，而魯迅也一直沒有離婚。魯迅為何不離了婚才與許廣平結婚呢？這就不知道了，大概魯迅仍難免覺得離婚是一件麻煩事，而朱安也是他應該照顧她生活的妻子吧。

胡適也有過婚外情，很多史家都寫過這件事。他與曹誠英的關係，已經發展到曹為他懷孕並墮胎的地步了。胡適老婆厲害，據説以殺死兒子為威脅，而胡適又大概是一個優柔寡斷的人，因此婚沒有離成，而婚外情後來也不了了之。

蔣經國也有過婚外情，他在江西與章亞若同居，並生下一對雙胞胎，這對雙胞胎章孝嚴、章孝慈還是蔣介石取的名，蔣經國去世後，兩兄弟還有「認祖歸宗」的新聞。

我們知道的大人物的婚外情，還可以舉出很多實例來，各人遭遇不同，婚外情的性質也不同。這年頭婚外情已不是罕見的社會現象，都要把當事人抓去坐牢，恐怕政府要多蓋很多牢房。

我的意思只是，我們不能隨便給一段婚外情下結論，也不能隨便對遭遇婚外情的人作甚麼道德評判，各人頭上一片天，各人處境不同、性格不同，可以承受的後果不同，只有當事人才知道其中的苦樂和得失。如果一段婚姻不幸，就可以簡單地以離婚來解決，那人間就沒有那麼多煩惱了。

說到婚外情，多數人都認為不道德，因為他（或她）背叛了曾經互相有過誓約的伴侶。背叛固然是負面的行為，問題是任何婚姻關係都是死的，而人是活的，一個活人被綁死在一段有名無實的婚姻關係裏，如果可以解除，當然應該重新來過。萬一因為種種原因無法解除，那麼局中人只有兩種選擇：一是繼續壓抑自己，維持一段沒有實質的婚姻；二是掙脫婚姻名義上的束縛，去爭取一段有真實感情基礎的婚外關係。背叛伴侶是不道德的，然則，一個人一輩子壓抑自己、以永生的痛苦折磨自己，又是不是道德的呢？

一個人寧願折磨自己，也不肯或不敢為自己爭取一丁點值得爭取的幸福，那外人有甚麼好說的呢？就讓他一輩子去咀嚼自己的痛苦好了。

如果魯迅沒有婚外情，他乖乖與朱安廝守一輩子，他就成了某些網民眼中標準的好人了。但魯迅一輩子聲討的「禮教吃人」，反倒應驗在他自己身上——他自己被「禮教」吃掉了（他的婚姻是家庭包辦的，服從家庭的包辦婚姻，就是「禮教」）。更慘的是，他如果生活在今日台灣，免不了要被告上法庭，證據俱在，光天化日之下被判以一年監禁，出獄後留案底，沒有面目見親友，他要寫稿，只怕報館還未必敢刊登。

那麼，也有不正當的婚外情嗎？當然有，而且很多，但不管正當不正當，都是他們家的私事，既然他們有機會作選擇，就讓他們去承擔自己選擇的後果，與他人無尤，也與整個社會沒有半毫子關係。因為一段不知道正當不正當的婚外情（清官難斷家務事），就要判他們坐牢，雖然如此的嚴刑峻法替大量衛道之士出了氣，但恐怕更多時候，只是讓一些夠膽為自己爭取幸福的好人受磨難吧！

所以，請那些暴怒的網民略微用一點腦子，不要動不動就罵娘，罵娘不能顯示他的強大，只顯示無知和怯懦而已。

# 不要讓網絡狂躁症毒害自己

因為看一個台灣的電視節目，討論台灣地區的「通姦罪除罪化」，對一個現代化的地方居然還保留這麼野蠻的法律而深覺詫異，因此寫了第一篇專欄文章，標題是「台灣的通姦罪有點荒唐」。此文發表時編輯將標題改為「從幾個故事看婚外情是否能夠寬恕」，這樣就讓很多網民誤會我是在一般地替婚外情開脱。

於是我再寫了一篇短文辯解一下，標題是「魯迅活到今天，莫非也要服刑？」，説明婚外情很難一般談論，要談也只能就個案來談，而將婚外情定罪與一個開放的現代社會的倫理相違背。結果發表時編輯改成「不能隨便給一段婚外情下結論」。很不幸，文章發表時碰到王寶強的離婚事件，很多人又指責我替馬蓉説話。

編輯有權改我的標題，編輯的心態是「惟恐天下不亂」，越是刺激的話題越是吸引眼球，我完全能理解。我想申明的只是，王寶強與馬蓉之間的泥漿戰，與我一點關係也沒有，我也真不想對這件不應該引起舉國討論的個案發表甚麼看法，台灣人説：人在做，天在看，各人咎由自取，不勞我費唇舌。

今天倒想談談網絡狂躁症，婚外情話題到此為止。平時我有空也會看看網民的回帖，主要是希望從中看到一些用心的評論，看看自己甚麼說對了，甚麼經不起推敲。如今社會分化，一個問題總會有截然相反的立場和結論，有時看看反面意見，對自己的思考也有好處。

但專欄跟帖上通常充斥大量網絡語言暴力，不管涉及的話題是政治、思想、歷史還是生活，都有人以刻毒的語言罵人。我說過多次，我老皮老肉了，經得起罵，但自從網絡誕生以來，罵人成了普遍現象，而且越罵越粗鄙，越罵越下作，這倒讓我有興趣來探討一下。

能到「大家」專欄來讀一點文章，應該說，還是有一點文化追求的了，否則不去喝老酒玩遊戲更舒服刺激一點？至少他想知道有一些人經歷了甚麼，在想甚麼，那些信息和思考對他有這樣那樣的啓發，不管如何，總是他的理性驅動他去讀這些文章吧。

人有理性，是人與動物的根本區別。一個人抱着理性的動機，去讀一篇文章，讀完以後，他的理性突然消失，他內心充滿刻毒的怨恨，充滿壓抑不住的無名火，非得用最髒的話、最歹毒的詛咒來侮辱他，這種心理的轉折是怎麼發生的呢？

最基本的當然是他自己內心的不平衡，他或許一直遭遇很多煩心的事，諸事不順，有時甚至自尊心受損害。在現實生活裏，他要扮演一個好人，為此受很多委屈，他如果隨便對身邊的人發火，羞辱他們，他會被視為一個野蠻無教養的小癟三，得不到周圍的人的尊重。因此，日常生活中他會將自己小心地掩藏起來，碰到不如意的事，咬咬牙忍下來，或者在內心暗自咒罵幾句。可以想像，長此以往，他積鬱了太多怒火，這些怒火平日不容易發洩，但一進入網絡，他就可以隨心所欲了。

網絡給這種人提供了最方便的發洩平台，因為網絡可以隱形，沒有人知道他是誰，他用了再刻毒的字眼去罵人，也沒有人可以當面指責他。他躲在網絡後面，一輪機關槍發洩完了，拍拍屁股走人，誰也拿他沒辦法。他一定很驕傲地說：罵了你又怎麼樣，你能拿我法辦嗎？如此他似乎就贏了，千瘡百孔的自尊心得到某種修補，然後可以倒頭大睡，直到明天再找另外一個捱罵的。

一個對社會和人生有基本的信念，對自己的生活也抱持樂觀和積極態度的人，一定不會動不動在網上罵人，而且是用一種陰暗的心理、下流的語氣罵人。他們一般會與人為善，雖然不同意別人的看法，但會尊重他人表達意見的權利。説到底，先尊重別人，然後得到別人的尊重，是我們行事做人最基本的規則。

我相信有一小撮人是依靠每天在網絡上罵人來過日子的，他們利用這種粗鄙的生活方式，來「修補」自己殘缺的人格，因為不這樣，他們就很難把日子過下去。

魯迅當年寫阿Q，阿Q罵人的口頭禪是「我是你爸爸」，感覺在口舌上佔了上風，他就當堂高大起來了。今日網上橫行的這些口舌莽漢，心態與阿Q還是一樣，這又證明：這麼多年來，我們中國人沒甚麼長進，阿Q在網絡時代還遍地都是。

網絡狂躁症已經不是個別的現象，香港、台灣都有不少這類人存在。按理說，他們應該認真去請教一下心理醫生，看看有甚麼辦法讓自己袪除這種心理毛病，但通常，有心病的人都不會承認自己有心病，他們覺得自己很有本事，很優越，別人又怎麼幫他們呢？

一個人生活在現實與網絡兩個世界，以兩種不同的人格去表達自己，這真是一種危險的生活方式。人格分裂不是好玩的，甚麼時候你不能把握好自己，你在現實生活中也很容易被自己那種負面人格綁架了，那時你要回頭都不可能了。

網絡帶來種種方便，但也徹底改變人的生活方式，社會文化遭遇前所未有的衝擊。早前看一篇有關網絡的文章，作者提出三個觀點，我覺得很值得深思，這三個觀點是：

（1）在理論的意義上，數字化的效應，應視為開放社會既有規範的失靈和崩解；

（2）我們遠離我們原先所認識的自己；

（3）技術帶來的變革甚至改變了人們對於理性的定義。

我看別人的文章有時隨手摘錄下一些要點，可惜時間過得久了，忘記原作者是誰，在此謹向作者道歉，並供有興趣的朋友參考。

# 生命隨想

【一】

生命的本質是運動。在一定的時間和空間內，從無到有，從有到無，其間有種種變化、起伏、興衰，以各自獨特的韻律推進，煥發一定的光采，終結於不可知的刹那。

一粒單細胞受精卵，依目前還無法破譯的遺傳密碼，自行分裂組合，長成骨架血肉、四肢五官，以無中生有的感覺和認知能力，不斷積累信息，又能自主地分析歸納，產生個別的思想，融會社會文化，變成一個完整意義的人。

以往我們都認為，是生命這個主體攜帶遺傳基因一代代傳下去，現在科學家說，事實恰恰相反，是遺傳基因依託生命的形式，頑強地讓它自己一代代傳下去。換句話說，是基因主導了生命，不是反過來，由生命決定基因如何傳遞。

生命只是基因的載體，它將基因的密碼呈現出來，以種種不同的形式，經歷一番塵世的洗禮歷練，參照不斷更新的信息，對基因作必要的修改，完成繁衍的任務。

千萬年來基因經無數代的傳遞，變成今日的自己，而自己無非是無數個代際的基因傳遞環節中的一個，如此想來，個體生命的卑微根本是先天的。

## 【二】

生命的形式是一定的必然性加上無數的偶然性。必然性包括出生的國度、種族、父母親的遺傳、性別、排序以及因此形成的獨特性格、心態和精神文化等等；偶然性就是在他生命中遭遇的無數不可預測不可掌控的外部事件。

人總是以他生命中帶來的那些必然性，對外部世界的偶然事件作出自主反應，由此使他的生命得以完成。

必然性是不可改變的，偶然性是無法避免的，生命之無常即由此決定。

因為生命無常，人們無法理解，就把一切解釋權歸於冥冥中的神祇，由它來發落一切，並相信它的解釋。其實神的解釋說到底也是人的解釋，只不過沒有人會相信某些人的解釋，於是先祖就虛構了神，藉它的意旨來解釋生命。耶穌、佛祖、真主都是人創造出來的，人創造了神，目的是解釋人無法解釋的一切，說到底神的解釋也是人的解釋。

其實可能甚麼都沒有解釋，只是權宜之計，只是一種對無知的搪塞，因為面對生命中的必然性和偶然性，你又有甚麼好說呢？只有接受而已。

接受了、經過了、完成了，這就是生命。

## 【三】

生命是一個可以把握又無法主宰的過程，可以把握的是每一個瞬間，不能主宰的是全過程。

一條單程路，預先看到終點，但其間天虹海雨朗日缺月風光無限，一個卑微的生命於塵世中崛起，逢山開路遇水搭橋，有時閒庭信步，有時風雨兼程，到最後回頭看去，一切都說不通，一切也都無可說。

生命是一個過程，是一步一步走出來的，生命是無數細枝末節積累而成，所以把握每一個生命的瞬間，便是人對待生命應有的姿態。

快樂與痛苦，惆悵與憂傷，種種人對外部事件的真實感受，便是生命的實質過程。外在事件是因，生命實感是果，事件會消逝，實感卻會沉澱下來，無數實感累積，生命的豐盈便在其中。

對生命最大的浪費不是虛度光陰，而是對生命實感的漠然。有時無所事事也是一種消磨時光的方式，無所事事的同時，如果有一點靜養、一些恬然的欣悅，如果讓心安閒下來，享受片刻空白帶來的適意，那也是好的。相反的，一天到晚忙碌莽撞，卻沒有一點感悟可以留下，那才是虛度光陰。

細緻地感受生命，痛和快都刻骨銘心，以你的真性情，享受和承擔生命帶來的多重內涵，如此就不會辜負生命。

有意義的生命不是由數量決定，是由質量決定的。

# 時間隨想

## 【一】

時間的概念有兩層涵意：一是指時間計量，包括時間間隔和時刻兩方面；二是指在哲學上，與「空間」一起構成運動着的物質存在的兩種基本形式。

前者是計量的問題，只要有一個相對準確的鐘錶，每個人都可以相對準確地量度出時間的長短。

需要討論的是後者，物質存在的兩種基本形式，就是空間與時間，兩者缺一不可。一種物質存在於某一空間，但卻不能以時間來表述，那是不可能的，相反也一樣。

空間有三維，再加上時間一維，任何物質都是以四維來表達。

別忘了，這些以空間和時間兩種基本形式存在者的物質，是「運動着的」。世上沒有不「運動着的」物質，也沒有不能以空間與時間去量度的物質。

【二】

古人認為時間是無始無終的，不知道從哪裏開始，也永遠都不會終結。後來科學家發現，時間是從宇宙大爆炸的那一刻開始的，而時間的終結處，在宇宙塌陷寂滅的那一刻。

但問題是，在宇宙大爆炸的那一瞬間之前，一定有某種物質形式存在，否則大爆炸又從何而來呢？但既然有某種物質形式「存在」，而且顯然它是在「運動着的」（否則為甚麼會從不爆炸發展到爆炸？），那麼在大爆炸之前，實際豈不是也已經存在着時間和空間嗎？

然後，直到幾乎無限遙遠的未來的某一刻，因為宇宙不斷收縮塌陷，最終歸於寂滅，理論上時間空間都不存在了，但原本存在着的那些物質又去了哪裏呢？只要有一丁點剩餘的物質去了另一個地方，那豈不是說時間和空間又在另一個地方出現了嗎？

這些問題都沒辦法想，一想上帝就要發笑了。

【三】

時間是如此奧妙玄虛，又是那麼實在可感。時間讓你捉不着摸不透，但又讓你切身體會。

每時每刻你都感覺到時間經過，呼吸之間，時間已不知不覺流走。日出日落，四季輪替，百年老樹，千年歷史，億萬年不朽的河山。時間在所有我們目之所見或目不能見的事物上都留下刻度。

它標示一切生老病死，標示歲月剝蝕的經過，萬物腐朽的速度，標示已逝者與未逝者的距離。它標示過去、現在和未來，它是宇宙和人間的一切從無到有、從有到無的坐標，是一切起承轉合的見證。

時間是線性的，它是一條有去無回的河，是一條沒有高低、快慢、寬窄之分的刻板的河。它是如此單調、平穩，節奏劃一，沒有韻律可言，把它單獨抽離出來，它一點意義都沒有，但沒有它也就沒有萬物的形式。

時間是上帝手中的魔杖。它點化生命，又任意收回；它替萬物賦形，又任意摧毀；它規劃有形無形的秩序，又任意打亂這些秩序。它只聽命於上帝的旨意，而上帝有甚麼旨意，沒有誰可以預知。

## 【四】

時間只有一種，但天下萬物又都分別佔有它。萬物分佔了時間，不會令時間減少。萬物佔有的時間加起來，也不會令時間增加。

時間是無限的，但在有限的時間內，它又是有限的。

時間是有限的，但在無限的時間內，它又是無限的。

時間只是簡單的加減法，但要計算它卻有無數的方程式。不同的事物有不同的時間演化過程，但到最後都要用同等單位的時間來表達。

時間是客觀存在的，又是主觀存在的。

不管主觀感覺如何，客觀上時間用了多少就是多少。但一定數量的時間在主觀的感覺中，卻又是可多可少的。

因此時間是定量的，又是不定量的，是可伸縮的，又是不可伸縮的，是可把握的，又是不可把握的。

時間驟然而起，戛然而止，不可商量，不容修正；它又不偏不倚，鐵面無私，藐視一切，籠罩一切。

時間是宇宙大法官，監視所有的法則，隨時賦予，隨時褫奪，沒有任何事物可以違背它的鐵律，它高高在上，既威嚴又慈悲。

## 【五】

對於每個人來說，時間有兩重意義：

一是他一生中只能佔有一定的時間，二是他與世間所有的人都處在某一時間段裏，他與所有的人共同佔有了那段時間。

對於前者，那意味着他在某一段時間內只能做某一件事。當然，他可以一面呼吸一面吃飯，但呼吸並不是做事；他也可以一面走路一面打手機，但走路也不是做事。

因為在一段時間內只能做一件事，所以他便要替自己選擇在某一段時間內要做甚麼事。

禪宗有「唯難選擇」的說法，做人最麻煩的，是你要不斷為自己做選擇，有的選擇對了，有的錯了，人生便是無數選擇後時間替你算一次總賬。

對於後者，那意味着他在某一段時間內和一些人共處，大多數時間內他和別人做不一樣的事，那就是他獨特的生命；少數時間內他和別人做同一件事，那就是歷史。

【六】

人是時間的奴隸，人在時間面前匍匐而行，再偉大的人也要聽命於時間，受它束縛，被它驅策。

時間與道德無關、與倫理無關、與任何因素無關。在時間面前人人平等，好人不會擁有更多時間，壞人也不會少有。

你可以在有限的時間內比別人做更多的事，但你不可以用任何冠冕堂皇的理由要求擁有更多時間。你可以拒絕或耗費原本給你的時間，那只是你對自己厭倦了，與時間無關。你在時間也在，你不在了，時間還在。

因此對於時間，實在也沒甚麼好說。

# 激情隨想

【一】

激情是一種內在的能量，是人對客觀世界的刺激的一種回應。人的激情是一種本能，無需教育訓練，要來的時候無法阻擋，不想它來的時候，它會不請自來。

有的動物溫順，有的動物野蠻，但再溫順的動物被激怒都會發作。兩隻牛鬥起來也會你死我活，妖媚的貓也有利爪傷人，因此激情可能來自原始的野性，來自生存競爭中的搏擊，來自基因的遺傳。

科學家說：人在暴怒時腎上線素會突然大量分泌，因此人的激情根本是與內在的生命結構有關，或者是人在激情洶湧時需要補充腎上線素，或者是腎上線素過剩了才使人陡然激情澎湃。

原始人狩獵時，要與野獸追逐廝殺，沒有敢冒生命危險的膽識，沒有足夠的氣力，就沒有養家活口的獵物，因此激情本是求生的手段，是人類在大自然淫威面前掙扎求生的素質。

狩獵養成了人的粗毫膽氣，農耕滋生了人的優雅風格，文明發展了，生活安逸，人的優雅大長進，激情卻在消退中。

【二】

激情是感情的極端形式，大凡人的感情到了某種臨界點，非大爆發不足以表達，激情就不受控制地降臨。

激情是感情的異常發作，在特殊的條件下莫名產生。人不能永遠處在激情中，因為人的身心無法長時間輸送超常的能量，激情只是情感滿溢出來的那部份，只要洩去多出來的能量，感情就能恢復正常。

因此激情又是需要累積的，感情的能量不斷增加，就像水庫的水位日益升高，高到一定程度，情感的堤壩崩潰，洪水湧出，一瀉千里，一番摧枯拉朽，然後歸於緩和。於是水壩重修，水流正常，能量再隨機積聚，等待下一次爆發。

有些感情的能量在積聚中，有些正在逐日消解，從前足以引致大爆發的情感因素解除了，從前的某一些激情也不再重臨，但與此同時，另一些不知來歷的模糊的情感正在悄悄積累。永遠都是這樣：有的激情會消逝，有的會重來，有的來得不動聲色，有的來得大鑼大鼓，正因為人不會長時間維持激情的爆發，也不會同時有不同來歷的激情衝撞，因此人可以憑此而正常生活下去。

溫順是兩次激情發作之間的休歇，激情是靜極思變的大騷動。

【三】

愛與恨是人類激情的兩大表現方式。

愛不能淡然處之，恨也不能和言悅色，沒有足夠強烈的情感作後盾，愛和恨都做不下去，都會做得溫吞水，不痛不癢，無疾而終。

愛是佔有，是以心換心，不付出大量的情感，便得不到充份的回報。愛又是競爭，是以力搏力，情人一個，對手環伺，不燃起別樣光燄，不能使對手失色。因此沒有激情就無法逐鹿情場，不痛不癢，可有可無，那不是愛，那是幻覺。

當然，愛也可以是廣義的，對家國之愛、親人之愛、朋友之愛，都可以有激情，甚至愛一隻狗、一隻貓，也需要付出相當份量的情感。在這種愛面臨危機時，在異常的狀況下，也都會產生激情。

恨是個人利益受損的反應，恨到極致，以復仇完成。復仇是以命相抵，不管以甚麼方式，復仇都要裹挾刻骨的憎恨。要對一個人復仇，涉及對方的生死、禍福、利害，要泯一點良心，擔很大風險，可能付出身家性命的沉痛代價，沒有足夠的激情墊底，不可能狠下心來。

雖然人類文明進化到今天，求愛和復仇都可以用很斯文的方式，手段很多，花樣不少，可以很曲折隱晦，也可以談笑用兵，但直到今天，愛與復仇都還算是高貴的情感，因為事涉尊嚴，不容褻瀆。

禮讓和寬容也是高貴的，但在不可禮讓和不應寬容的情況下，不敢以身相赴，那種禮讓和寬容只是喪失激情的表現。

【四】

激情使你實現生命意義，使你維護生命尊嚴。激情的匱乏將導致人格軟化，失去明智的判斷，失去自我完成的機會。

有些人天生的激情澎湃，有些人天生的缺乏激情。激情的過剩和匱乏都是不正常的，從個人來說，那是性格的缺陷，從歷史來說，那是時代的病。

人類越是文明，社會的規條越多；人年紀越大，世故的心越重。激情隨着時代進步而消磨，也隨着年紀增長而減損。

激情消磨，生命再沒有驚喜，一切按部就班，歸於平淡，人生就成了一條筆直的河，沒有波鋒浪谷，只有消逝。

沒有激情的人生，每日柴米油鹽，上班下班，做愛睡覺，再沒有甚麼好奇，也沒有甚麼追慕，人生就像舊時照片，懸在鏡框裏，供兒孫瞻仰。

生命既有無限的可能性，就得以恰當的激情去迎候它。為那些降臨到你身上來的快樂與傷痛、為那些你獨有的強烈感受，裹挾你的激情去擁抱它，享用和承受它，尋得它應有的意義，記憶它留下的痕跡。

以激情去經歷的人生故事，是你平凡生命中的光彩，是生命長鏈上的珍珠，是生命海裏的燈塔。

## 【五】

因此，珍惜你生命中的激情，是人一生的大課題。

要抵制麻木，抗拒平庸，克服因循。要從滾動的日子中抽身出來，靜聽自己心底的聲音，看看有甚麼在呼喚，有甚麼在呻吟，有甚麼在引頸等候，有甚麼在掙扎。

在日復一日的機械生活中，內心會有一點波瀾，別讓它平伏下去，要抓住它給予的那一點微不足道的機遇，去聆聽它、理解它、熟悉它、放大它，讓它自由支配你的悲愁和歡喜，讓它生發和成熟，成為你的一個生命事件，然後從中領略它帶來的意義。

在這裏，別讓激情旁觀，讓那些情感的洪流積聚，將它們引發，讓它們衝決你百孔千瘡的生命堤岸，給它們機會來一次大爆發、大衝撞、大破大立。

別顧慮太多風險，人生本就是一次歷險的旅程。讓風險與巨大的生命實踐同在，讓生命張揚勇敢的旗幟，讓激情得到宣洩，讓人生得到高貴的證明。

# 知青三十年祭

一九六九年初冬，我們這一群從文革前線上潰退下來的紅衛兵游兵散勇，「響應偉大領袖毛主席的號召」，前往福建省漳平縣永福公社插隊落戶。這個對中國以至對我們個人都影響深遠的、曠古未聞的青春埋葬事件，至今已經三十週年。

如今想來，要安置經過文革洗禮、一身蠻力、血氣方剛的紅衛兵，再沒有比「廣闊農村」更理想更實在的地方了：留在城鎮，沒有就業機會，這些無法無天的人遲早是個禍害；年輕人食慾可怕，要耗費國庫金錢運糧養育；青年男女游手好閒，難免做出些尷尬事來，如果早婚生子，對已經不堪重負的人口，將構成巨大壓力。

中國農村簡直像海一樣，幾千萬紅衛兵投進去，無聲無息，連一點波紋都沒有。他們桀驁不遜，有數不盡的苦難等待他們，消磨他們的意志，挫敗他們的自尊，使他們和所有平庸的中國人一樣，接受平庸的日子。

偉大領袖高瞻遠矚，那時的毛頭小子，誰能想到這麼深遠呢？乍聽上山下鄉的消息，幾乎還有點雀躍，遙想山鄉日子，田園風光，還有種種浪漫念頭。「毛主席揮手我前進！」、「我們也有一雙手，不在城裏吃閒飯！」不知是誰發明的豪言壯語，又像文革初「橫掃一切牛鬼蛇神」的口號一樣，輕易煽動起這幫不知天高地厚的年輕人的「革命浪漫主義」情懷，終於，我們革命去了，浪漫去了，不知道正為自己的青春譜一曲悲哀輓歌。

有人說：沒有上山下鄉就沒有我們的今日，好像我們有今日，應該感謝上山下鄉的大恩大德。當然，沒有二十歲，也沒有今日的五十歲，但沒有上山下鄉，我們不是應該讀更多書嗎？不是應該有更好的就業機會嗎？我們不是可以少吃更多苦頭，有更安定的生活、更理想的家庭嗎？當了紅衛兵炮灰不算，還要再接受「貧下中農的再教育」，死了傷了殘了，也不敢問一句為甚麼，上天對我們這一代，豈不是太不公平了嗎？

就因為有上山下鄉，我們要揹負如此的身體隱患、感情創傷、精神痛苦、理想灰燼，我們的生命從此殘缺，對人生抱懷疑態度，赤子情懷蕩然無存，我們的青春過早埋葬了，只留下難堪的記憶。

上山下鄉給我其中一項較好的回憶，不是上山下鄉本身，而是山鄉霧晨雨夕的美好風光，那與我們家鄉的小鎮風情相比，是另一種叫人陶醉的詩情畫意。

撇開農村困苦單調的生活不提，山鄉的水光山色，一幅幅都像國畫：薄暮裏黛色的遠山，清晨輕霧中的溪流，若斷若續的蜿蜒山路，幽深的山坳裏清脆的鳥鳴，春天阡陌上的綠意，深秋微雨中的輕愁，種種世外桃源似的靜美，至今想來仍令人低迴。

有月亮的晚上，坐在我們屋外的小院裏，滿天滿地的朦朧月光，那時好像和整個宇宙都貼近了，遙望若隱若現的山影，拉一曲二胡曲《江河水》，那種苦楚哀吟的旋律，契合淒美悵惘的處境，直覺千古以下，人類的悲傷都是相通的，而比起整個人類的苦難，我們個人的哀愁又彷彿微不足道了。

此外，插隊初期那種同學間親厚的關係，也時常令人懷念。像戰友又像親人，高度平等而又非常簡約，沒有規則的日子，充滿初級共產公社的情操。互相分擔家務和精神痛苦，又分享食物和短暫的快樂。想起那些進山砍柴的日子，斧頭聲驚破山林寂靜；外村同學來串門，大鍋飯煮來有菜乾香；一起看書打牌吹牛談天，渾忘世外爭鬥，也渾忘渺茫未來。年輕人有用不完的精力，苦中作樂，見人歡笑背人愁，日子雖然嚴峻，青春的活力不減。

有一天和組裏兩個男同學閒聊，說到傷心處，三個人起了怪念頭，說如果要死，總得留下一份像樣的遺書，以便後人憑弔。於是每人伏案，各自對付心底的傷痛，用那種準備不朽的文字，寫一篇希望後人閱之垂淚的絕命書。寫完後吟哦再三，交換來欣賞，咀嚼彼此心底的苦味。後來我們將遺書放在桌上就外出了，等到組裏兩個女同學回來，見到遺書大驚失色，生怕我們真的尋了短見，還到處去找我們。我們那時怎知道生死大義？好像活得不耐煩了就可以一死了之，淺薄是夠淺薄了，但我們那時淺薄得可以拿死亡來開玩笑。

到後來，簡單的關係慢慢變得複雜，生活苦楚留下深重陰影，繁重勞動剝奪了人的尊嚴，思想的苦悶更消磨了理想。人性醜陋的一面慢慢浮現出來，集體戶最終也瀕於瓦解——同學之間生出種種齟齬，矛盾叢生，感情破裂，浪漫情懷一去不復返。

三十年來，有時也會想起當地的農民。中國農民真是苦！一輩子臉朝地背朝天，一年到頭沒有休息日子，有的人老死了還不知道火車是甚麼東西。我們村裏的貧協主席，老婆在困難時期跑掉了，他守着八十多歲的老母親過日子，看他身上補丁的粗線條，只覺一個男人活到他那樣悲慘的境地，實在沒甚麼話好說了。但他還一直樂天知命，閒來唱幾句帶點猥褻意味的山歌，笑起來露出兩顆金牙，微瞇起雙眼，苦與樂在他眼裏都失去顏色。

我們村裏還有一個地主兒子，一個好名字叫許斌，可惜時代沒有給他好的際遇。因為長得清秀，又有一點書卷氣，我們叫他「紳士」，他和我們頗合得來。「紳士」常給我們偷偷送菜，因為出身有問題，送菜也不能光明正大，生怕加給他腐蝕知識青年的罪名。他常常把菜藏在身後，走到廚房裏，不聲不響放在水缸蓋上，大家打一個眼色，心照不宣。

有一年村裏命我看守夏收打上來的穀子，晚上要睡在山坡上傳說有白衣女鬼的破廟裏，紳士偶爾來和我作伴，深夜我們開了收音機偷聽台灣的電台，可謂膽大包天，但又互相絕對信任。

一個資質過人的青年，因為生在山村，不幸父親又是地主，背着先天的恥辱，那麼孤單地四顧茫然，突然來了知青，難免同病相憐如逢知己。如果不是改革開放，他的一生也就嗚呼哀哉了，後來聽說他娶妻生子，做副業賺錢，在發展經濟的今日，應該有較好的機會在社會上謀生了。想起他，便覺得人世真沒有所謂平等這回事。

對我們個人來說，上山下鄉唯一的好處是：我們把人世要經的苦難都經過了，從此以後，再沒有甚麼苦難能把我們壓倒。文革鍛煉了我們的膽識，插隊培養了我們的生存意志，直至今日，有的同學發達了，有的同學安穩過起了小康生活，也有的同學處境仍不太理想。每個人的生活道路都是不同的，但我們都經過了人生的種種變故，將酸甜苦辣都嚐遍了，回頭看去，當年的苦難也都不在話下，都是人生必備的苦澀課程。頭髮白了，思想不蒼白，氣力差了，心性不差，視力減退了，視野卻更開闊，這是我們這一代老知青在今日應有的生活態度。

年逾半百，一生中最好的日子過去了，雖然是遺憾的事，但也不必傷感。年輕真好，那些對生命的好奇，青春的激情和率真，那些勇氣和感性，一一在我們的生命中留下印記。走過血與火的狂飈，喝過如許的苦水，歲月流逝，苦難在回望中褪色，一個人五十歲的時候，該問問自己還有甚麼事好做，還有甚麼心願未了。一個五十歲的人不應該再對不起自己，要尋找新的希望，現在還不算太遲，要討好一下自己，也不是甚麼自私的事。不管如何，對於民族和國家，我們盡了應盡的義務；對於社會和家人，我們也沒有逃避自己的責任。我們虧待了自己幾十年，現在要補償一下自己，也不算過份。

我們做過一些錯事，也因此付出沉重代價，三十年辛苦路一步步走來，如果有痛苦，痛苦是兩次快樂之間的代價；如果有快樂，快樂是兩次痛苦之間的補償。弘一法師對人生的總結是「悲欣交集」，我們對人生也應作如是觀，它有助我們靈魂的淨化和精神的昇華。紀念上山下鄉三十週年，紀念甚麼呢？上山下鄉沒有甚麼抽象的意義可供紀念，我們只盼望下一代、再下一代，讓我們的子子孫孫都不再需要走這段辛苦路。我們之所以懷念一些人，一些事，只因為他們是我們生命的一部份，與我們的血肉融為一體了。那些我們熱愛的、憎惡的、關懷的、感激的，一一鐫刻在我們的靈魂裏，有生命的一天，都不會離開我們。

# 四十年來家國

八月底一天，日光毒辣，經過灣仔大道東時，突想起四十年前的那個夏天，一樣毒辣的日頭，我與中學母校的同學一起，沿着福泉廈公路步行往福州去，準備參加八月二十九日在那裏舉行的揪鬥教育廳長王于畊的活動。王是當年福建省委書記葉飛的夫人。

那時我們都還不是紅衛兵，等到從福州回來，一個紅衛兵組織就在全省各地建立起來，因為八月二十九日具紀念意義，這個組織就命名為「八二九革命造反司令部」。

我中學母校的學長王雲集，是廈門大學中文系的學生，寫得一手漂亮文章，又擅演講，真是振臂一呼應者「雲集」，鬍子巴渣中帶一點落拓文人的浪漫氣質，他後來成了福建省八二九總司令部的司令。

我們在福州東街口看大字報，把一些新鮮感人的內容抄下來，毛澤東、周恩來、林彪、江青等人的講話，都像九天綸音，讓這些鄉下孩子感到革命的新鮮刺激，感到參與一項偉大政治運動那種千載難逢的幸運。那時革命浪漫主義盛行，循規蹈矩的學生突然生出對崇高事業神往追慕的激情，人人都準備投入文化大革命運動，準備必要時犧牲自己。

我們住在農學院，晚上和衣睡在地上，每天早晚出入，經過福州著名的風景區西湖公園，那裏大門洞開，也不收門票，但我們那時都神聖得過其門而不入。對鄉下孩子來說，公園是神奇好玩的地方，可是革命如火如荼，誰有心思去遊玩享受？我們那時意志堅定如此，因為革命本身正是一件家國大事。

從那以後，整整三年屬於我生命中的「八二九」年月。從初期的造反派與保守派之爭，到各立山頭，校園裏棍棒石頭的混戰，到介入社會，組織工人農民造反總部，再到衝擊部隊軍營搶槍，武裝割據，身邊有同學死傷。那時黨政機關癱瘓了，幹部也分成兩派，連「支左」的解放軍也各有「派性」。天下大亂，越亂越好，毛澤東如是說。

為「保衛偉大領袖毛主席」打了兩年，到六八年初夏我被推舉到北京參加中央辦的「毛澤東思想學習班」，造反派、保守派的學生與幹部同處一室，談判大聯合的問題，籌備建立福建省革命委員會。一九六八年底，全國各省除台灣外全部成立革命委員會，軍隊、幹部和學生三結合建立領導班子，「全國山河一片紅」，理論上說，文革結束了，而三年打生打死，造反保守究竟誰對誰錯，到最後也不得要領。

一九六九年初，毛澤東又有一個偉大戰略部署，號召知識青年上山下鄉，紅衛兵從「革命先鋒」搖身一變，成了「接受貧下中農再教育」的「臭老九」。毛澤東高瞻遠矚，深感血氣方剛的學生留在城裏終究是個禍害，養活數千萬年輕男女又要虛耗國庫的糧食金錢，因此把這些因為造反而野性不馴的孩子，投放到中國廣袤的土地上去，讓窮苦農民去收拾他們，讓漫長的放逐消磨他們的意志，讓清貧的日子瓦解他們之間的感情。紅衛兵飽嚐人間冷暖，革命革到自己頭上了，一時頹廢苦悶成了流行病。

到七十年代初，知青們先後抽調到城裏不同部門工作，領取微薄到可憐的工資，一個個如蒙大赦，感激涕零。然而，幾年跌宕的人生初級課程，使他們對現實產生了基本的懷疑態度，部份人開始質疑自己身處的社會制度，年輕人不安份的思想和探索真理的原始衝動又一次萌芽，這一次不是精神洗腦後的盲從，而是從個人觀察和思索裏生發出來的真切感受。馬克思的格言是「懷疑一切」，這一回紅衛兵們接過老祖宗的信條，把它用到現實中去。

一九七三年，林彪一夜之間從欽定的接班人，淪落為「不恥於人類的狗屎堆」，隨着林彪的倒台，毛澤東至高無上的神話也開始解體，毛澤東對「四人幫」的批評，也在民間的政治耳語中四處流傳，「天要下雨娘要嫁人」，革命革到自己親密戰友頭上，正如革到紅衛兵頭上一樣，令人對革命的神聖意義平添更多疑慮。

那是魏京生們在北京民主牆呼籲「第五個現代化」的年代，全中國每個角落都瀰漫各種政治的悄悄話，真真假假的小道消息揭示不同的政治行情，今日的座上賓明日成了階下囚。紅衛兵們被政治漩渦甩出來，閒極無聊，反倒貪婪閱讀各種到手的理論書，探討中外的歷史問題，小心翼翼地接觸現實政治制度的利弊。那時我們也看《聯共（布）黨史》、《法國革命史》、《巴黎公社史》、《第三帝國的興亡》，私底下提出「改善無產階級專政」這樣瞻大包天的問題。幾個朋友看書討論，彷彿對國家政治、社會制度頗有心得了，商量着準備把一些看法寫成大字報，張貼到福州鬧市東街口，以期引起更大反響。

因為個性疏懶，我們的大字報始終沒有寫出來，到後來工作調動，小圈子散了，我們過問國策、行使公民權的大計，終於也成了「偉大的空話」。也幸虧人太懶，正經事當作閒聊，又缺乏足夠的政治野心，否則大字報一貼出去，一定免不了牢獄之災，而各自的後半生都要改寫了。

現在看來，「改善無產階級專政」簡直是小兒科，不過在當時，僅僅是「改善」那樣輕描淡寫的想頭，也已經夠駭人聽聞。「偉大領袖毛主席」健在，他的世界共產主義藍圖方興未艾，豈容幾個毛頭小子來「改善」！但這種「改善」共產黨執政的念頭，在紅衛兵中廣泛流傳，在老百姓中發酵，後來成了鄧小平改革開放大轉彎的社會基礎。

政治滲入個人的日常生活，這是文革帶來的社會文化效應，也因此讓紅衛兵這一代，比他們的前輩更早也更深刻地思索現實問題，對現存的體制發出質疑，追尋各種社會變革的可能性。八十年代初起，有的人因此走上抗爭的不歸路；有的慢慢消磨了政治激情，回歸俗世生活；有的人走入建制，被提拔作各級官僚；有的人下海做生意，成了第一批經濟弄潮兒。紅衛兵分化了，在大變革的年代各奔前程。

在胡耀邦趙紫陽的寬容政策下，紅衛兵們開始成為社會中堅力量，在知識界形成文化引進、思想探索的熱潮，推波助瀾，蔚成風氣。

混亂而生氣勃勃的局面，時鬆時緊捱到八十年代末，到愛國學生民主運動形成高潮，這個運動的幕後智囊和市民中的呼應者，很大部份也是紅衛兵。那時紅衛兵們久違的理想主義又回來了，天地一股正氣從京城向全國流播，民胞物與伸張正義的激情像傳染病，人人都以為，民眾的訴求如此樸素真誠，人民子弟兵不會槍擊人民，可惜大家都錯了。

六四一役耗盡了中國人的道德正義感，愛國熱情被坦克輾碎，當年的沮喪和無助，隨着十幾年來的經濟上升、生活改善慢慢轉淡，民主自由的理想被追逐現世快樂的慾望麻醉了，人人日子都好過了，只是靈魂無法安頓。

等到六四的風波輻射到前蘇聯和東歐社會主義國家，卻在那裏引爆了另一些定時炸彈，前蘇聯解體，東歐共產政權土崩瓦解，民主制度在他們那裏草創了。正如俄國諺語說的：「人不能分兩次跨過壕溝」，他們的政治經濟改革同步到位，震盪療法起死回生。今日看來，俄國和東歐最壞的事情已經發生了，但中國最壞的事情似乎還沒有發生。

從文革的紅衛兵，到思想解放運動，到八十年代政治改革呼聲，再到六四，前蘇聯和東歐的變天，歷史發展似乎有某種脈絡，有一種內在的因果關係。以紅衛兵造反之惡開始，一浪接一浪，而以社會主義陣營崩析告終，用毛澤東的話來說，是「壞事變成好事」。如果說紅衛兵運動最終造成了世界格局的改變，有人可能會譏笑我們太過自我膨脹，不過亞馬遜河熱帶雨林中一隻蝴蝶搧一搧翅膀，也會引起美國德薩斯州的龍捲風，假設沒有紅衛兵，今日世界或許就不是這種面目。

七十年代初起，數以十萬計的紅衛兵擠開國門南來香港，這些當年的「阿燦」，三十多年來見證香港的盛衰。少年子弟江湖老，紅衛兵早已恥談當年之「勇」，不同派別的紅衛兵一起飲酒作樂時，說起四十年前的對立，十億中國人被毛澤東一人催眠的往事，也都只有苦笑的份。有的同學當官了，又下台了，有的同學發達了，又破產了，大部份同學都兢兢業業，專注於自己的工作，經營自己的小家庭，過起平凡而安穩的日子。

看看今日的中國，官場的貪腐與民間的惡質文化沆瀣一氣，經濟快速成長與精神極度混亂相呼應。中國就像一個初出牢籠的囚徒，放眼人間到處是機會，過去的陰影與未來的誘惑交織心頭，野心比本事大，麻煩比智慧多，一副陰陽失調的病身，揹負舊日淪落之怨與今日得意之狂，不知能不能捱過風雲變幻的世道。向好處看，這是復原振作無法迴避的過程，向壞處想，沒有大國手，不作一番刮骨療毒，終不知如何收場。

「四十年來家國，三千里地山河」，二十年前曾有過一次關於紅衛兵「懺悔不懺悔」的爭論，其實，對紅衛兵們來說，半世折騰又怎一個「悔」字了得？今日紅衛兵早已髮白齒搖，家國雖屢屢入夢，而心力卻早已不濟了。再來一次文革，我還會做一次紅衛兵嗎？在十幾歲上，空有一股初入世的激情，以世界革命、家國關懷的名義，偉大領袖催眠，億萬人裹挾，再怎麼荒唐的事，我們中國人都還幹得出來。更不用說，今日世道如此惡濁，人心如此險峻，再鬧一次，誰也沒有過公園而不入的那種真誠了，那會是怎樣一種局面，也不敢想像了。

# 三、於無聲處

# 時也命也，學者思者

## ——讀《余英時回憶錄》——

台灣允晨出版社近期出版的《余英時回憶錄》，是近期最令人神往的中文出版物，它是在內地著名文化記者李懷宇深入採訪的基礎上，由余先生親自擴充而成的。這本書與一般意義上的回憶錄有很大不同，它不重視個人經歷的鋪陳，也極少在家庭生活、事業起伏等方面落筆，反倒更像作者本人的問學史和思想史。讀這本書，不但充份了解余先生本人，更了解他所處的時代，了解花果飄零的近現代中國文化，了解我們民族崎嶇的發展道路。

讀這本書，令人感歎。余先生前半生身處苦難的中國，生涯幾度大轉折，但在關鍵時刻，彷彿冥冥中有上天眷顧，他總是選擇了對自己最優的生命規劃，使自己總是能躲避災劫，處於求學問凝煉思想最有利的位置。時也命也，余先生何其幸也，中國文化又何其幸也！

余先生一生有三件大事，都是逢凶化吉，於絕處現生機，這中間固然有偶然的因素，但歸根結底，都是余先生內在精神世界的必然反映。

余英時先生一九三〇年在天津出生，先後隨父親住過南京和開封，一九三七年「七七事變」，父親安排他回老家安徽潛山官莊避戰亂，那時他七歲，在鄉下讀私塾。十三歲那年，發生一件大事，當時潛山官莊駐紮桂系軍閥的一個營，營長杜進庭貪贓枉法欺壓百姓，余先生聽鄉親投訴，內心憤怒，竟動筆寫了一張很長的狀子，雖然只是洩憤，但不幸被營長勤務兵察覺，引起軒然大波。營長派人抓捕，幸而他去了外地，後來回鄉，聞訊躲到親友家中，避過一難。

以現代人眼光衡量，十三歲只是小學畢業的年紀，一般人尚懵懵懂懂，不問世事，而余先生內心早已建立起正邪分明的道德正義感，這當然與他的天性和從小接受的家庭教育有關。在善惡對峙的人生戰場初試啼聲，使余先生意外地結束了他的童年，而他那種堅定正直的道義感更矢志不移地貫徹了一生。

一九四九年余先生入燕京大學歷史系讀書，當年寒假，他回到香港探望父親和家人，原準備假期結束後回燕京大學繼續學業，後因家事耽擱，向學校請假一學期。就在秋季入學回北京途中，火車在廣東省一個叫石龍的小站發生故障，停車修理。就在幾個小時之間，余先生突覺內心擾動，精神徬徨不安，一則放不下香港的親人，二則考慮到內地政治形勢的發展，邊界日趨嚴控，日後究竟有沒有機會與家人團聚，也屬未知之數。余先生天人交戰，福至心靈，突然決定放棄北上，在廣州轉車南下，偷渡回到香港。

這一個人生大轉折，徹底改變了余先生的命運。當其時，多少港澳海外華人蜂湧回國報效革命，這些人大部份都在往後數十年的政治運動中受盡磨難，家破人亡，而青年余先生竟在一個偶然的契機裏美妙轉身，回到自由的香港，此後在專業中埋頭耕耘，遂成大家。

因為父親的關係，余先生在香港追隨史學大師錢穆先生，進入草創的新亞書院就讀，更受業於唐君毅先生，為他日後開創自己的學術世界，建立堅實的基礎。其間他曾參與友聯機構的工作，主編《中國學生周報》，如非命運安排，余先生可能在香港這個蕞爾小島生活下來，與我們一起經歷九七回歸，以及回歸後的社會變遷。

幸虧上天眷顧，余先生又遭遇生命中另一次轉折。一九五五年，美國哈佛大學邀請新亞書院推薦一位年輕學人到哈佛訪問，錢穆先生同時提名唐君毅先生與余先生以供哈佛選擇，但因余先生超過哈佛要求的年齡下限，初時他並不抱太大希望，誰知哈佛大學恰恰接受了他。

當時港澳人士赴美，需取得台灣的中華民國護照，台灣駐港特務人員，以余英時是反國民黨的「第三勢力」為理由，拒絕給予護照，即使錢穆先生寫信通融，也如石沉大海。

殊不知此事被當時亞洲協會駐港代表艾維得知，艾維敬重錢穆先生，約余先生見面了解詳情，之後親函美國駐港總領事莊萊德，希望領事館想辦法。莊萊德遂建議余先生在港宣誓為「一個無國籍之人」，由律師簽名作實，以代替護照，領事館即給予簽證。

如此周折一番，余先生終於開學後的十月三日啟程離開香港，此後如魚得水，於世界最頂尖的學術殿堂追求學問，最終自成一家之言。

余先生一生三件大事，恰恰對應他三個階段的問學歷程。自出生至離開大陸，余先生接受傳統儒家思想的啟蒙，一九四七至四八年，余先生在北平閒居，因緣際會接觸共產主義理論，讀艾思奇的《大眾哲學》、儲安平主編的《觀察》周刊和錢昌照主辦的《新路》，受左傾思想影響。與此同時，他也崇拜胡適，受「五四」運動「科學」與「民主」觀念的熏陶，他說：「我當時的思想是傾向於個人自由和民主社會主義（英國和北歐式）。」這個階段，可視為余先生思想上的摸索與徬徨的階段。

余先生在香港定居後，有幸追隨錢穆先生，又受教於唐君毅先生，兩位中國新儒家代表人物對余先生的學問和人格產生終生的深遠影響。初窺學問殿堂，即有機會打下堅實的基礎，儘管處境艱難，於時局昏昧中仍摸索出一生致力的方向。他不但獲錢唐二位大師傳授廣博文史知識，更重要的是學到了一整套追求學問的正確方法。這使他在日後有機會前往哈佛訪問時，已經羽翼漸豐，人格成熟，有足夠的思想準備，去接受更大的挑戰。

余先生進入哈佛後，問學於楊聯陞教授，又選修當時世界最頂尖的思想家與學者講授的哲學、歷史等人文科學課程，眼界為之大開，胸襟為之大展。不久後他又以訪問學人的身份轉而攻讀博士學位，其間藉助哈佛的藏書與資料，與同時期的中國留學精英互相切磋，余先生在學術思想的汪洋大海裏涵泳身心，再回頭鑽研中國歷史，更生出貫通中外古今、境界豁然開朗的思想與智慧。個人與環境、現實與歷史、理論與實踐，非常罕有地融洽地結合在余英時先生身上，這種獨一無二的機遇，只能說是余先生本人的幸運，也不能不說是中華文化血脈開枝散葉的功德。

在談論個人問學之路的同時，余先生花了不少筆墨，交代他所處時代的精神文化背景，關於五四運動、第三勢力、友聯機構，關於哈佛校園內外的歐美文化思潮等等，這些都對我們了解戰後香港、中國與世界的思想文化，有振聾發聵的作用。光是《中國學生周報》每期銷量達到二萬冊這一點，就足以讓我們這個時代羞慚不已了。

余先生高風亮節，在他的回憶錄裏從不為自己歌功頌德，反倒不時流露一些個人的愧疚、徬徨、感恩，呈現了真實的自我，以及他一生追求的精神價值，這一點讀來更令人沉吟再三，得益無窮。

本書只寫到到余先生的博士論文通過，之後大半生的個人經歷，只好期待他回憶錄的下冊。我們雖無緣親炙余先生的風采，但通過這本書，還是可以很形象地，看到一個前輩學者和思想者成功的人生道路。

# 成功是對痛苦的報復

劉紹銘教授舊作《吃馬鈴薯的日子》重版，新版還加上他近期另一篇憶舊文字「童年雜憶」。原著寫的是留學美國的生活，新作寫的是童年少年時期的遭遇，兩部份合起來，大約可窺見作者求學時期的酸甜苦辣了。

不同的人對痛苦的感受方式大有分別：有的人吃過了苦，就對人世生出怨恨來，有的人吃過苦，卻對人世生出寬容。讀這本書，深覺對痛苦最大的報復，便是永不放棄努力直至取得成功。

一個清貧孩子，從小被爹媽遺棄，寄養在伯父家裏，親情無着落，更要時時看人白眼。讀書沒有機會，做工備嚐苦辛，那年頭在這種艱難環境中長大起來的孩子不計其數，大多數都屈服於命運的安排，打一份身水身汗的工，省吃儉用後娶妻生子，一輩子很容易就打發了。如果這樣，作者也就不是今日那個海內外知名的學者了。

當然，當他寄人籬下，出入當舖，為免做工遲到，晚上和弟弟綑着繩子睡覺時，未必就立下當教授的雄心。路畢竟是一步一步走出來的，當起步時，或許並不清楚自己將去的地方，不過一個人如果自小就立定志向，要依自己的天性去活，活出自己的光彩，他一定可以在不斷的摸索中，看到那個冥冥中早已注定的目標。

到今天，回想童年所受的羞辱、窮困的窘迫，失學的煎熬，只覺對世間的種種尷尬，只有寬容和苦笑。雖然，成年人歷練了大半生，都能「看化」，但接受命運安排的無奈，和與命運抗爭得來的泰然還是不同的，而從痛苦中品味出人生的荒謬，於輾轉不平裏找到消解心頭鬱結的良方，失意時能自勉，得意時敢自嘲，那都是需要一點生命智慧的。

所以他說：「我和弟弟今天心理還能保持正常，多少是個異數。」

除了他自己的天性以外，他有幸遇到一些心地善良、無私相助的師友，也是大有關係的。家庭雖然冷漠，人間溫暖尚存，那使他對廣袤人世保有相對正面的看法。得肺病時幸有楊際光幫他打針救命，出洋深造又多次得到恩師夏濟安的指點扶助，「際光兄至今行蹤不明，濟安師作古已二十多年了，他們兩位對我的恩情，大概全沒放在心上，可是我時刻溫暖在心。」得人好處永誌不忘固然是性情所在，在人情淡薄的世間，以真誠來待人處世，終使飽經摧折的心靈不至扭曲。

經過多少折騰，一個苦孩子自學成才，未經中學階段就考進一流大學，學成後又因緣際會「空手」赴美國深造。沒有獎學金助學金，學費無着，衣食困頓，一個飄泊異鄉的窮學生，靠打工掙錢，不但讀完了大學，還修完碩士博士，其間種種苦辛，真不足為人道。有的同學因窮困而放棄了，有的又受不住金錢的誘惑半途而廢，促使他堅持到最後的，與其說是毅力，不如說是背負在身上的眾多知己和師友的期望，甚至不如說是要對多年來壓在他身上的諸般痛苦來一次徹底的報復。

一九六四年，他博士學位的學分已經修滿，準備參加博士候選人的預試。之前承受巨大精神壓力，幾乎因信心不足準備放棄。成敗在此一舉，數年生活清苦，孤獨地追尋學問，萬一馬前失蹄，就要前功盡棄。考完後有錢的同學都去吃喝玩樂療傷了，他跑到中文圖書館，借了一大堆小說和舊詩詞，白天讀書晚上看電影，以此犒賞自己，也麻醉自己。直到一個星期的等候結束，那天早晨系裏的女秘書打電話來，好整以暇地通知他：他通過了！

讀到這裏，有「一天光晒」的舒暢。做人像老鼠爬竹竿，一節一節上，一關一關過，之前的種種艱辛，到得通知的那一刻，一次過都勾銷了，不但勾銷，在精神層面上還大有盈餘，好像費盡九牛二虎之力登一座山，到了峰頂，眼前一馬平川，清風送爽，那時回頭看，一路血汗都不在話下。

台大中文系畢業後（他在學校裏和低一級同學白先勇、李歐梵等同學一起創辦《現代文學》雜誌，對中國當代文學影響深遠），他與一位台灣女同學訂了婚，因為女家面子的關係，原已準備出國留學。申請助學金後回香港找工作，先做友聯研究所的見習翻譯，曾希望到國泰機構搞電影，後又對一份月薪八百一十五元的新界津貼小學教職「異常嚮往」，結果竟都落空。或許就因為謀職的挫折，決心「置之死地而後生」，把心一橫空手去美國了。

命運之手總是在這種人生的轉折點上作無形的點撥，當年要是這家新界小學收了他，大概要令他大喜過望吧，小子安頓下來，日後能否再鼓起勇氣遠渡重洋，那就很難說了。如此一來，新界大概會多一個小學教師，而主持翻譯夏志清《中國現代小學史》的，又會是另一個人了。

說到落難的日子輕描淡寫，而對那些苦澀中的絕處逢生、歪打正着卻津津樂道；字裏行間雖不無嘆息，更重要的是筆底仍有寬懷和幽默。文字清通得來有情味，偶爾又來一點舊小說裏「抖包袱」的妙着，讀到精彩處，令人掩卷沉思。

這樣的好書，可惜不知道如何推薦給今日那些浸在蜜汁裏的年輕學子。

# 弱水三千，只取一瓢

## ——讀《夏志清論中國文學》

香港中文大學出版社近年策劃出版的「夏氏經典系列」，是香港出版界一大盛事。最新出版的一本《夏志清論中國文學》，其中大多數文章，應該都是中文讀者沒有機會接觸過的。

本書文章都由英文翻譯過來，由劉紹銘教授做過最新校訂，劉教授為此寫了一篇「校訂餘話」，介紹本書來龍去脈，及夏公一生研究中國文學的概況，對於理解本書內容大有幫助。

本書文章分作四輯：「理解中國文學」、「傳統戲曲」、「傳統與早期現代小說」以及「現代小說」，涉及的課題比較龐雜，因此之故，全書以《夏志清論中國文學》為名，非如此無法涵蓋。夏公對中國文學的總體評價一以貫之，因此文章雖品類龐雜，讀來仍感覺到一個有機的脈絡貫穿全書。

這些文章包括對個別作品的深入研究，如《鏡花緣》、《老殘遊記》、《玉梨魂》、《科爾沁旗草原》等；也有對個別作者的研究，如湯顯祖；有對一些文學體裁的分析，如戰爭小說、文人小說、新小說；有對一些宏觀文學現象的綜論，如中國古典文學、中國小說與美國批評、女性主義等等；也有一些論爭、序言和導言。

讀這本書頗吃力，因為我們永遠無法像夏公那樣通讀中外經典，我們也永遠無法像夏公那樣有豐厚的學術素養，我們更永遠無法像夏公那樣，有過人的悟性和洞察力，因此勉力讀下去的一個心願只是：取法乎上，得乎其中——是不是能得乎其中還大有疑問，但取法乎上還是應該的。

夏公在本書的序中提到他問學過程腦海裏盤旋兩個揮之不去的疑問，一是「中國傳統文學到底有多好」，二是「中國傳統文學又如何與豐富的西方文學傳統相抗衡」，這兩個問題，也可視為寫作本書文章的一貫宗旨，我們也可以以這兩大問題去提綱挈領地貫通理解整本書。

夏公認為中國文學有一個「感傷—言情」的傳統，這是從〈楚辭〉——唐宋詩詞——明清名劇——《紅樓夢》，一路沿襲下來。這個傳統強調「情」、「才」、「愁」三者之間關聯密不可分，他因此特別重視鴛鴦蝴蝶派的名作、徐枕亞的《玉梨魂》，為此作了詳盡的分析。他認為徐枕亞受明末哀艷詩、《紅樓夢》和《花月痕》的薰陶，也受到民初剛翻譯進來的《茶花女遺事》的影響，「把情人無法相聚無法結合時的消極心態——例如孤獨、絕望、哀怨——予以詩化或抒情化；而當情人面臨緊要關頭，則對他們犧牲自我的意欲及行為加以褒揚。」因此，「中國感傷的言情文學是以死亡為依歸的。」

夏公對《玉梨魂》在文學史上的地位給予相當肯定，他說：「雖然他對中國的舊文學和舊道德忠心耿耿，他卻引發了讀者對中國腐敗面的極大恐怖感，其撼人程度，超過了日後其他作家抱定反封建宗旨而寫的許多作品。」

在「感傷——言情」的傳統之外，夏公大多數文章中也揭示中國文學的另一個傳統，那就是感時憂世的傳統，可惜他沒有為這個傳統命名，但他一再提到屈原、杜甫、關漢卿，以至民初和五四時代的文人作家、魯迅以及左翼文化人，說他們以自己作品鞭撻世道，伸張人間的公平與正義。但他在回應普實克對他的批評時，又指出「我認為，大多數的中國作家（包括國民黨的宣傳家）都因懷抱先在的社會改良和政治宣傳目的，而損害了他們在探索現實時的複雜性。」

雖然中國文學不乏感時憂世的作品，但因作家思想的局限性，即使在那些有批判意識的作品中，也往往流於形式化和淺嘗輒止。夏公指出，「（文學）不僅要探索社會問題，而且要探索政治和形而上的問題；不僅要關心社會公正，而且要關心人的終極命運的公正。」

民初思想家如梁啟超等提倡新小說，主張以小說來改造國民性（「故新一國之民，不可不先新一國之小說」）。梁歸納了小說的四大功用，即「薰」、「浸」、「刺」、「提」，最主要是「提」，即小說通過移情作用，可以把讀者思想提升至書中主人翁的層次。這種急於改造社會而過於強調小說社會功用的傾向，忽略了小說本身的藝術價值，使在社會急劇變化的時代，出現大量概念化、藝術品味低劣的作品，直接導致民國年間左翼文化人以及四九年後大陸作家，創作大量千篇一律的文藝作品的結果。

在〈新小說的提倡者：嚴復與梁啟超〉一文中，夏公便指出：「即使小說有其教育價值，但它首先必須要有藝術價值。小說畢竟是一種文學，他要滿足美感的要求。」

總體上，夏公認為中國封建時期的文學遜於文藝復興以來的歐洲文學，「根本原因還在於前者缺乏人文主義精神，其利己主義的抒情模式最終令人覺得煩厭發膩。」他認為先秦思想家在追求真知、完善政治制度等方面，絲毫不亞於古希臘的哲學家，但在過去兩千多年的「皇權儒學」的影響下，知識分子的思維與感受都大同小異，再也沒有先秦文人的清新脫俗——思想意識的僵化導致文學心靈的窒息。

「因此我相信，上至達官貴人，下至市井之徒，中國文人不會都是偽善無良之輩，他們其實也只是儒家教育下真正的受害者。是他們所受的教育致使他們逐漸麻木不仁，對人間因法律或習慣的失誤造成的悲劇無動於衷。」

在〈書評：《紅樓夢的原型與寓言》〉一文中，他也坦誠：「事實上，作為一門敍述藝術，除《紅樓夢》外，中國傳統小說中能與司湯達、托爾斯泰、艾略特等一眾西方大師巨著相提並論的寥寥無幾，這是一個不爭的事實。」

雖然夏公說的只是「中國封建時期的文學」，但從他評論民初、國統時期和中共建政後的中國文學來看，直至近現代，中國大部份作家思想的局限性，並沒有得到真正解脱和提升，原因也正是政治對文學藝術的制約和干擾。因此如果說中國近現代以至當代文學，除了極個別出類拔萃者之外，與世界一流作品，仍無法相提並論，這大概也是可以成立的。

夏公給予高度評價的現代作家，如沈從文、錢鍾書、張愛玲，都是相對遠離政治、經營自己文學天地的作家，反而他們探討人生與社會的作品，具有更高的藝術價值。

歸根結底，文藝作品不應受政治干預，但文藝作品卻可以干預政治，作家不能附庸於政治意識形態，但作家卻又不能沒有人文精神。表面看起來這些說法有點複雜，但其實夏公想強調的，便是作家應該有自己的主體意識，而這種主體性，又必須建基於對人類生存處境與道德理想的終極關懷。

書中夏公特別深入細緻地評論兩部作品，一部是徐枕亞的《玉梨魂》，一部是端木蕻良的《科爾沁草原》，可惜二者我都沒有讀過，因此他的評論讀起來就有點隔膜。這兩部作品在中國文學史上都不能稱為重要作品，為甚麼夏公要特別給予重視呢？在「《玉梨魂》新論」中，夏公提及「排斥《玉梨魂》，就等於否定動人心魄的《紅樓夢》之感傷傳統。」他對《紅樓夢》「用佛道思想輕易解決問題」頗不滿，因此反而覺得《玉梨魂》並不是一無是處了。

至於評論《科爾沁草原》，則因為他計劃寫端木蕻良的評傳，研究他的生平和所有作品，這篇長文巨細無遺深入研讀，夏公花費大量心血，應該是作為評傳寫作的準備。

讀《夏志清論中國文學》，至少長了不少見識，多開幾個窗口去研讀中國文學作品，他也給我們一些思辨的刺激，用他醍醐灌頂的文字，引領我們去探索未知的領域。

# 誤入革命

## ——讀夏濟安著《黑暗的閘門》

知道夏濟安的香港年輕人應該很少，若說他是夏志清教授的哥哥，就會有一點聯想，若說他是白先勇、劉紹銘、陳若曦等著名作家學者的老師，那就大體知道他的來歷了。

最近中文大學出版社出版了已故夏濟安教授的幾本書，一本是他的論文集《黑暗的閘門——中國左翼文學運動研究》，還有兩本是《夏志清夏濟安書信集》（上下兩卷）。「書信集」有大量史料，合該慢慢讀，這本《黑暗的閘門》研究的對象，都是我有興趣的現代文學作家，因此先讀為快。

這本書包括六個章節：一、瞿秋白：一名軟心腸共產主義者的煉成與毀滅；二、蔣光慈現象；三、魯迅與左聯的解散；四、魯迅作品的黑暗面；五、五烈士之謎；六、延安文藝座談會後的二十年。還有一篇附錄：中共小說中的英雄與英雄崇拜。

作者選取這幾個對象均有相當的典型意義：瞿秋白是作家兼革命領袖；魯迅是作家兼

革命同路人；蔣光慈是作家兼革命逃兵；五烈士是作家兼革命犧牲者；至於延安文藝座談會，則是左翼文學正式回到黨的旗幟下的一個標誌性事件。

整部著作研究的就是文學與革命的關係。

很不幸，中國近現代文學，從「五四」開始，就幾乎是一面倒的左傾，開啟民智、變革社會是那一代青年共同的志向，激進的心態被外來的新思想武裝起來，以嶄新活潑的形式佔領新文學的舞台。一方面，一些左傾的青年文學愛好者很快被初出茅廬的共產黨發現並吸收，另一方面，那些急於以文學救國的青年，也紛紛投奔到共產黨門下，以汲取集體的力量。文學與革命合流，似乎是歷史的必然。

但革命與文學具有先天的互相排斥的傾向，這卻是大多數左翼作家沒有清醒認識到的，或者他們的文學初衷被革命激情蒙蔽了，或者革命的急迫性與文學的永恆價值不可兼得的形勢下，文學被迫讓步去服從革命，總之，很多左翼作家以熱愛文學始，卻以服從革命終。服膺文學文學則生，服從革命文學則死，中國左翼文學的悲劇命運，於此注定。

夏濟安先生選取的這些人物，都同樣追求正義、公平和自由這些永恆價值，他們都富於文人氣質，憎恨萬惡的獨裁統治，希望通過社會變革，改變國人的命運，建立更加合理和進步的社會。他們的主觀願望與共產黨的政治訴求不謀而合，因此很自然地成了共產黨人，或共產黨的同情者和同路人。但這些人本質上都不是職業革命家，他們都有一點浪漫氣質，有的甚至憂鬱、孤僻，比起冒險犯難、冷酷無情的政治鬥爭，他們更熱中於以筆為槍，討伐獨裁統治，喚醒民眾，追求美好新世界。

夏濟安論瞿秋白：「他是一位搞革命的抑鬱症患者；一個有社會主義覺悟的唯美主義者；一個憎惡舊社會的多愁善感者；一個在莫斯科受過訓練的『菩薩行』人生觀的實踐者；一位追求『餓鄉』卻又受不了黑麵包的朝聖者，或者，一言以蔽之，他是一位軟心腸的共產主義者。」如此矛盾、複雜、多面、軟弱的人，做一個對世事人生有豐富感受力的作家，應該可以勝任，但做一個革命領袖，就力不從心了。

革命不是瞿秋白這種性格的人幹的，革命是毛澤東那種「與人奮鬥其樂無窮」的人幹的，是鄧小平那種三起三落堅忍不拔的人幹的，瞿秋白誤入革命，葬送他的才情和豐富內心世界，他的悲劇也是整個左翼文學的悲劇。

在左翼文學陣營，魯迅得到毛澤東至高無上的評價，他是共產黨的同路人，但因為在中國現代文學中無可取代的地位，在他死後，被共產黨視為「左翼作家」的旗手。

魯迅在生時，共產黨一直扮演被壓迫人民的代言人，共產黨也一直受到國民黨的追剿與迫害，在魯迅看來，正因為國民黨的統治太黑暗，以至站在黑暗對立面的共產黨，就順理成章成了追求光明的正義力量。可惜魯迅對共產黨、對中國政治的複雜、殘酷了解不深，他接觸的只是瞿秋白、馮雪峰這些革命文人，直至引瞿秋白為知己（魯迅贈秋白聯：人生得一知已足矣，斯世當以同懷視之），而瞿秋白，正如他日後表現出來的，並不是一個貨真價實的革命者，也不是如假包換的作家，他只是半吊子革命家兼半吊子文人。

正因為同情革命，魯迅後半生一直在「戰鬥」中，他放棄了小說和散文寫作，集中精力在雜文上，以雜文為鬥爭武器，對付營壘內外的敵人。

魯迅嫉惡如仇，又因患病和孤獨而焦躁，因此不惜與包圍在身邊的敵對勢力纏鬥，夏濟安教授敏銳地指出：「魯迅內心本就陰鬱，他又出於自我保護，對一切假想或真實的敵人都心存戒備，他的作品更不時透露出被迫害妄想症的徵兆。」「他不僅敏於偵敵，也樂於應戰。」他的雜文令對手們望風披靡，但也耗費了他太多心力，使他作為一個文學作家的創作成就打了折扣。魯迅自己也曾在給友人的信中說：「不過我有時確也憤慨，覺得枉費許多氣力，用在正經事上，成績可以好得多。」甚麼是「正經事」？當然是他所熱愛的文學創作，但為左翼文化陣營做了那麼多，為何又覺得「枉費」？這又反映了他在與周揚等共產黨高幹周旋中，察覺自己與真正「革命」陣營之間有不可調和的觀念衝突，而他又無法改變甚麼，因此不免感慨。

夏濟安教授不無惋惜地說：「魯迅作為小說家，起勢極好，卻未能持續，這大概可算作現代中國文學的一個謎。」

關於魯迅與革命的關係，夏濟安教授有一個精闢的看法，他說：「幸或不幸，他對革命的深厚熱情讓他在有生之年沒能目睹革命的另一面，更無從與之鬥爭了。」「革命的另一面」是甚麼？不就是魯迅視之如寇仇的黑暗政治嗎？文革後，著名演員黃宗英回憶，有人問毛澤東魯迅要是活到解放後會怎麼樣，毛澤東毫不掩飾地說，要嘛他會噤聲，要嘛他會在牢裏。起魯迅於地下，聽到毛澤東這句讓人膽寒的話，魯迅又將作何感想呢？大半生為革命鳴鑼開道，不惜折損了自己的文學事業，大聲疾呼，孤身面敵，而最終那革命又與他自己的理想背道而馳，如此看來，魯迅也不自覺地誤入革命了，正是：我本將心託明月，奈何明月照溝渠。

夏濟安教授論述的王統照和柔石、殷夫等五烈士，也都不同程度地誤入革命，王統照沒甚麼才情，只做了一段時間的革命宣傳，後來經不起革命的殘酷鬥爭而做了逃兵。五烈士雖然慷慨赴死，但他們都不知道，自己是因為黨內鬥爭而被黨的領袖出賣。雖然各自的文學成就都不高，畢竟都是熱血青年，有一定的才情，他們的作品無不帶着那個時代鮮明的特色，如果不誤入革命，他們的創作或有機會提高，而做一個平平常常的作家，也比枉死在政治鬥爭的絞肉機裏強百倍。

延安文藝座談會召開時，大部份左翼作家都已歸入革命陣營麾下了，當時眾多熱血青年奔赴延安，被分派做不同的革命工作，因為成員複雜，思想混亂，有必要作一次政治動員，以毛澤東思想統一這些文人，讓他們為革命事業作出更大貢獻。從這次座談會起，左翼文學正式變成革命的工具，文學失去應有的獨立地位。如果說之前在敵佔區的左翼文人還有某種文學自覺的話，那麼自延安文藝座談會後，這一點文學自覺也被剝奪殆盡了。文學成了徹頭徹尾的侍從，奔走於革命的鞍前馬後，俯首屈膝，唯命是從，只有宣傳鼓動、歌功頌德的職責，再沒有獨立的生命了。

對此，夏濟安教授一針見血地指出：「他（毛澤東）認為，只要文藝還在個人或小團體的控制之下，不論他們如何支持黨的事業，就總有可能發出質疑、反對的聲音，要求公正、獨立思考和追求個人幸福的權力，繼而從根本上削弱黨的勢力。」

左翼文學的悲劇命運至此無可挽回。從那時開始，到四九年中共建政，再經批判電影《武訓傳》、評《紅樓夢》、批判胡風、反右等政治鬥爭，直至文革登峰造極，中國左翼作家和藝術家歷劫苟活，身心俱殘，他們之中，再沒有出現值得流傳後世的優秀作品（魯迅從未正式接受黨的領導，他的大多數小說和散文精品，都在左聯成立之前創作），反而游離在左翼文學陣營之外的沈從文、張愛玲、錢鍾書等，以真正具文學永恆價值的作品，受到後世的景仰。

文革後，胡耀邦倡導寬鬆文藝政策，解放了大批作家藝術家，也出現一批有份量的好作品，賈平凹、莫言、王安憶、陳忠實、閻年科等，領一時風騷，但作家藝術家的好景沒有維持很久，近年來延安文藝座談會的精神又死灰復燃，中央下令「七不准」，最近更出現「傳媒姓黨」、歌頌總書記的諂媚詩等等，中共奴役文學藝術的老毛病故態復萌，如此看來，革命的幽靈還徘徊在中國文人的頭頂，夏濟安教授當年對中國左翼文學的論述，也遠沒有過時。

看這部書是一個愉快的過程，全書字裏行間充滿夏教授洞悉文學本質的精彩論斷，那些豐富的背景資料烘托出來的人物精神面貌，被革命裹脅的左翼文學的尷尬與貧乏等等，無數閃光的意念，都以典雅的文字如行雲流水寬舒自在地表述出來，從來讀論述文字，都沒有像《黑暗的閘門》那樣，有如讀一篇篇韻味深長的散文那麼過癮。

《黑暗的閘門》的典故來自魯迅的一句話：「自己背着因襲的重擔，肩住了黑暗的閘門，放他們到寬闊光明的地方去；此後幸福的度日，合理的做人。」肩住閘門這個意象，可能來自《隋唐演義》，其中江湖好漢雄闊海危急時扛起城閘讓眾英雄出逃，最後自己被千斤閘壓死。

魯迅用心良苦，可是現在回頭看去，他雖然肩住黑暗的閘門，放年輕一代出走，可惜他不知道在閘門之外，並沒有寬闊光明的地方，有的是更深重的黑暗。

# 董橋《讀胡適》，我讀董橋

香港牛津大學出版社最近出版了董橋的新書《讀胡適》，初讀一遍深覺趣味盎然。董橋大學時代就讀胡適，數十年關注有關胡適的學問和生平，心中一個胡適呼之欲出，終於用一種董橋式的敍述風格，把胡適寫出來。

讀胡適，不只是讀他的社會活動和學問文章，更是讀他這個「人」，甚至可以說，讀他的文章，目的也只是要讀他這個「人」。董橋開宗明義，說：「讀胡適，寫胡適，我其實只想挑我愛讀的讀，挑我愛寫的寫。在這樣任性的時刻我慶幸我不是學者，不搞學術，愛怎麼放肆就怎麼放肆。」

這本書的確就是董橋自由發揮的極致。全書以「回」作篇章，從第一回到八十八回，不設回目，這種結構形式，帶有點董橋式的「捉狹」，總之我說我的，你看你的，「欲知後事如何，且聽下回分解」。每回文字都只是札記，可長可短，可密可疏，想到甚麼寫甚麼，想怎麼寫就怎麼寫。很多扎實的資料，偶有點到即止的抒發，表面上沒有章法，大體上卻依據胡適生平的先後安排，有一個總的輪廓，又旁枝逸出，疏影橫斜。因此，一種閒散的、蘊藉的意味貫穿全書，一杯清茶，半窗微風，且讀且回味，似乎都零散無秩序，但讀完了全書，一個活生生的胡適就站起來了。

胡適引領新文化風潮，學問博大精深，尋常人很難得窺堂奧，這本書雖然也談他研究《紅樓夢》、《水經注》，研究中國古代思想史等等，但都只限於簡述其中某些關係和變化，重點還是集中在描述胡適這個人，他的人格和性情，他的家國情懷，他的歷史抱負與人生智慧，他貫徹一生的安身立命的根基。

胡適的心胸夠大，他極少為個人盤算，想的都是國家民族、歷史文化的大課題，待人做事，都從大處着眼。三十歲從美國回來，倡導新文化運動，「暴得大名」，卻只想扎扎實實改造舊文化，並不熱衷於政治。抗戰時被蔣介石說服任駐美大使，憑他的才幹和社會關係爭取美國支持。他與蔣介石的關係，若即若離，不卑不亢，曾上書勸阻蔣不要破壞憲法，連任總統。晚年又捲入《自由中國》事件，在雷震被拘押後，為雷震伸冤，要求當局依法辦事。

有一次他與蔣介石見面，談文化談政治，提起雷震仍據理力爭，但同時又表示，在道義上他一直是支持蔣介石的。所謂「道義」，即是站在國家的立場，你是總統，代表的是國家，我當然不能不支持你，但你做的一些事，有違時代潮流和社會公義，我又不憚表示自己的異議。在這種大是大非的場合，便顯見胡適獨立的人格和外圓內方的稟性。

胡適一生，對人對事都堅持寬容的態度，即便是對自己的論敵，或有過過節的人，都能坦誠相待，不計嫌隙。他和魯迅都是新文化運動的主將，後來魯迅左傾，攻擊胡適，魯迅死後，胡適寫信給淩淑華，勸她客觀看待魯迅。他說：「凡論一個人，總須持平，愛而知其惡，惡而知其美，方是持平。魯迅自有他的長處，如他的早年文學作品，如他的小說史研究，皆是上等工作。」

有一段時間，大陸理論界批判他，老相識朱光潛、顧頡剛等人也都口出惡言，胡適對此也表示理解，說不忍心責備他們。

胡適一生結交國內外不同時期的風雲人物，他之所以得到同輩的敬重，後輩的敬仰，除了有嫻熟的人際關係技巧之外，更重要的是他有一顆溫厚誠摯的心。他待人總是體貼關懷，開誠佈公，有不同意見不怕直說，對需要幫忙的人無私相助。

一九一九年哈佛大學給林語堂半個獎學金，每月四十美元，這點錢不足以維持林氏夫婦在美國的生活。胡適知道了，就對林語堂說：「你回國以後來北大教書，我們每月補助你四十塊美金。」到了美國林太太病了，林語堂打電報求助，胡適即匯上五百元救急。讀完哈佛林語堂再去德國深造，積蓄花光了，胡適又寄一千美元解困。林語堂回國後，到北京大學見蔣夢麟校長，當面道謝，那時才知道，所有資助的費用都是胡適自己掏腰包的。

歷史學家羅爾綱寫信給胡適，希望介紹一份研究歷史的工作，胡先生收他為徒弟，又念及他經濟情況不好，留他住在家裏，幫助胡適兩個孩子讀書，抄錄胡適父親的遺集，事先提出幾個條件：一是不可以向自己家中拿錢來用，二是每月送給他四十元零用，「你不可再辭」，三是來時寄一百元作路費，「我很誠懇的請求你接受我的條件。你這一年來為我做的工作，我的感謝，自不用我細説。我只能説，你的工作沒有一件不是超過我的期望的。」

幫助人還要幫得有點低聲下氣，這也只有胡適做得出來。以他的地位，話本不必説得這樣低調，但考慮到接受幫助的人的感受，寧肯以平等的身份來説話。

羅爾綱在胡府，被當作自家人看待，有客人上門，胡適都要把他介紹給客人，有時碰巧人數多位置排不開，胡適要事先叫堂弟胡成之請羅爾綱去他家做客，免得他受冷落。如此周到體貼，是一種與人為善感同身受的溫厚情意，如非內心真有一種對人的尊重，以胡適日理萬機、往來顯貴的社會地位，是很難做得出來的。

董橋筆下的胡適，遠不是以上數點可以概括。胡適是一個內心極之豐富、生平又極之精彩的人。一生做大事，又往往於小處着眼，別人當他敵人，他卻又當敵人是朋友，他永遠堅持自己的信條，但在處理具體事物時，又不乏靈活的手腕。

董橋說：「胡先生之所以一生安享大名，學術門檻之內的人脈關係他打點得妥當之外，學術門檻外面他斷斷續續的涉足政壇，熱心外交，知進知退，在在護持了他名望之不衰，地位之不墮。胡先生為人之精當超乎他做事之能幹，能幹只可建造事功，精當足以締結人和。那是胡適之樞紐地位的基石。」

一個人的命運，是他一生所有必然性和偶然性的總和。胡適生在那個時代，他個人的際遇造就了他的思想和人格，他又以自己的思想和人格影響那個時代。歷史是最公正的判官，很多風流人物都將被歷史巨流消磨，能流芳百世的，畢竟只是鳳毛麟角——千秋功罪，千秋自有評說。

董橋讀胡適，所採用的資料五花八門，有胡適自己的文章、日記、書信，有《胡適年譜長編》，有唐德剛、余英時等歷史學家的記載和評述，有不同政界學界知名人物的回憶錄，還有不同時代報刊雜誌的報道和評論等等，簡直雜花生樹，目不暇接。這些珍貴的史料，經董橋調撥編綴，剪裁勾勒，夾敍夾議，處處有一種董橋式的丰神俊逸。每一回文字說一件事，而往往又從那件事生發開去，起於當起，止於當止，片言隻語點評抒發，盡見作者的見識和感慨——風起於青萍之末，不動聲色，自有聲色。

這本書的前面，蒐集了幾幅胡適的舊照和書法，其中一張是胡適和蔣介石並坐的合照。照片中的蔣介石，兩腿叉開，雙手平放在腿上，正襟危坐，雖然面露微笑，但拘謹得來似乎有點心事。反觀胡適，左腿架在右腿之上，右手鬆鬆搭在腿上，神態安閒，談笑自若。「見大人而藐之」，古代名士有這種氣度，胡適內心有定力，即使與總統平起平坐，也毫無怯色窘態。掌一國之權柄，終不過是數十載風光，而文化的創建才是千秋萬代的大事業。

讀董橋的《讀胡適》，讀出一點惆悵。胡適那個時代，是中華民族起死回生的關頭，那時代群星璀璨，開山劈石，功業不朽，和他們比起來，我們是多麼淺薄和平庸的後代！這是甚麼原因呢，值得我們好好想想。

# 小團圓大悲劇

二〇〇九年的最大驚喜是《小團圓》，討論小說好不好已經沒有意義，因為讀小說的人都心疼張愛玲，又帶着對胡張關係的強烈好奇心，實際上抽起張愛玲這個元素，大概不會有太多人有興趣從頭讀到尾。

讀《小團圓》，除了繼續領略張愛玲顛倒眾生的文字之外，就是讓我們更明白張愛玲這個人，她的家世、性情、心理質素，她的愛與恨，在那樣的時代、那樣的家庭背景下，她存在的合理性。

## 直面內心是最深刻的真實

為甚麼張愛玲要把《小團圓》寫成一部長篇小說？為甚麼在胡蘭成的回憶錄《今生今世》之後，在朱西寧放言要寫她的傳記之後，她要以小說的形式，來回答世人對她的好奇？

別人以真實（或貌似真實）的回憶塑造她，她要以虛構的情節來澄清，那不是有點無的放矢嗎？

胡蘭成是張愛玲一生的夢魘，在她與胡熱戀時如此，在他們分手多年後還是如此，甚至《小團圓》脱稿後，仍是因為胡蘭成的關係而不能面世。胡蘭成是張愛玲的心魔，他之可惡，不只是讓張愛玲「憎笑」，也令張愛玲在某種程度上否定了自己，至少否定自己當年的沉溺——雖然她自己未必承認這一點。

她要直面自己的輕狂歲月，剖析一段盲目愛情的來龍去脈，用回憶錄的形式來處理，難免把自己的情緒帶進去。只有讓自己完全抽離出來，以俯瞰式的冷峻目光，透視一個民國女子在愛情角逐上的複雜心態，呈現一個被時代和家庭壓榨的亂世孤兒的命運，才有客觀剖析自己內心的可能性。

在九莉與邵之雍關係上，看不到張愛玲有任何情緒化的宣洩，一點也沒有「憎笑」的意思，有一點不平，也是一個女子在被情人戲弄拋棄時的正常反應。一個女人沉溺於一段不能自拔的感情，那種患得患失、無可如何的情態，恰恰是最真實的，所以她說：「《小團圓》是個愛情故事，不是打筆墨官司的白皮書，裏面對胡蘭成的憎笑也沒有像後來那樣。」即是說，她不是要與胡蘭成計較甚麼，寫作時是真實面對了當年的胡蘭成，也面對當年的自己，沒有摻雜寫作當下的心境。

假設寫作之初就抱着以回憶錄形式與胡蘭成打筆墨官司的用心，難免帶一種悔恨自辯的心態，要與那個「無賴人」計較是非曲直，那又將寫成一部甚麼東西？那樣的《小團圓》就不但沒有文學上的價值，連史料的價值都有限了。相反的，客觀地呈現一個女子的愛情困厄，把她真實的內心呈現出來，那才真正具有永恆的文學價值。這恰恰是張愛玲的過人之處，她不惜把自己的瘡疤挖出來，血淋淋地給讀者看，「這種地方總是自己來揭發的好」。

把《小團圓》寫成小說還有另一個可能的原因，便是張愛玲一開始就準備在小說中寫性愛。在當時的文化背景下，這些文字驚世駭俗，以回憶錄的方式處理是完全不可能的。即使是胡蘭成，在《今生今世》中寫到與不同女子的性關係，也只能略過不提，性愛描寫只有以小說的方式才能淋漓盡致，不受拘管。

張愛玲在以往的小說創作中也有個別性愛描寫，但都點到即止，沒有一部作品像《小團圓》那樣大膽，沒有禁忌。性愛在九莉與邵之雍若即若離、疑幻疑真的交往中別具象徵意義，也多少帶有儀式化的意味，顯然不是可有可無的元素，只有小說的形式，才可以用真切的語言來描述，達到身歷其境的效果。

張愛玲鬼斧神工的文字，賦予性愛描寫別樣的意味，這是五四以來至今的任何一個作家都不及的。她在作這些描寫的時候，也完全是一種俯瞰式的姿態，以巧妙傳神的文字，描述色授魂與的瞬間，那樣得心應手驅策文字，一定帶給她相當的滿足感。

## 世道張惶親情涼薄

張愛玲成長的年代，正是近代史上的「亂世」，五四運動推倒孔家店，封建道統禮崩樂壞，軍閥混戰之後，中國未喘息過來，又遭逢日寇入侵。那年頭中國人的思想失去支柱，內心張惶無依，只有當下、沒有明天的心態，造成普遍的頹廢、放縱、得過且過的習性。《小團圓》中九莉的家庭，也處在這種大難臨頭、分崩離析的關口，一個封建家庭油盡燈枯，等待最後的覆滅。父親與母親離了婚，父親與小老婆吸毒過日，母親在世界各地胡混，三姑也渾噩過日，一個表大爺虧空公款，一個五爸爸投奔滿洲國，九莉夾纏在這些不長進的長輩群裏，如何看到自己的未來？

那時代正如邵之雍説的「一切都不對了……生命在你手裏像一條迸跳的魚，你想抓住牠又嫌腥氣。」——這種話不像胡蘭成的口氣，倒是張愛玲的（這也是小説的好處）。

一個沒有親情的家庭，令敏感脆弱的小女孩不知所措。她對父親的記憶，除了一次背書時被打手心，一次父親抱她坐在膝上，一時不高興又把她推下地去，此外就寥寥了。與母親也沒甚麼親情溫馨的記憶，有一次過馬路，蕊秋猶豫了很久才拖九莉的手，似乎牽女兒的手走路是一種禁忌；一次九莉得傷寒症，她母親甚至咒她：「你活着就是害人！像你這樣的人只能讓你自生自滅！」

至於弟弟九林，在寫給堂哥的信裏，說到姐姐的事，說是「家門之玷，殊覺痛心」，連親弟弟也互相傾軋。九莉只是有時和三姑說點自己的事，但那也止於「生活通報」的意思，說不上知心。

九莉長大以後，對親人也淡淡的，對世道更是疏離，她的待人接物，都有這個家庭涼薄的遺傳，為了能與邵之雍過好日子，甚至希望戰爭不要那麼快打完。天下大亂的年代，舊的價值觀念崩壞，新的又未扎根，人人都只剩了最原始的動物性，關顧自己，求生保命而已。張愛玲從來沒有悲天憫人的心願，沒有民胞物與的情懷，她的小說深刻挖掘人性的陰暗面，但沒有理想、沒有生命之光彩，這是與魯迅完全不同的地方。而通過《小團圓》，我們把她的來龍去脈都看清楚了。「九莉盡量使自己麻木。也許太徹底了，不光是對她母親，整個的進入冬眠狀態。」

父親懂英文德文，喜歡叔本華、讀《我的奮鬥》，又吸毒（「醫生說他打的夠毒死一匹馬」）、討妓女為妻、拆家人的信；母親有簡瑋、馬壽、誠大侄子、范斯坦等多位情人，「不知道打過多少胎」；母親與三姑同時愛一個男人，兩姑嫂甚至商量了，讓三姑去和那男人假結婚，婚後允許九莉母親和那男人暗中來往（因為母親與父親尚未離婚），如此荒唐的事，在九莉家中也幾乎發生。「家裏有人離婚，跟家裏出了個科學家一樣現代化。」

九莉曾經對愛情有過嚮往，與之雍相愛之初，「她覺得過了童年就沒有這樣平安過。時間變得悠長，無窮無盡，是個金色的沙漠，浩浩蕩蕩一無所有，只有嘹亮的音樂，過去未來重門洞開，永生大概就是這樣。」又想像有一日兩人分開了，「他逃亡到邊遠的小城的時候，她也會千山萬水的找了去，在昏黃的油燈影裏重逢。」在九莉富於想像力的思緒裏，她與之雍的愛幾乎是聖潔的，應有理想化的歸宿，「他的過去有聲有色，不是那麼空虛，在等着她來。」

那時代容不下九莉的愛情，卻給邵之雍的好色滑頭準備了最有利的條件。封建的規條散了，西方世界放蕩不拘的男女關係是新的榜樣，政商界和文化界的時髦人物，甚至半新不舊的封建遺老遺少們，都以性開放為潮流。在那樣的家庭裏成長，九莉對男人們的荒唐早已司空見慣，因此對邵之雍到處拈花惹草，她也似乎頗為體諒。「他對女人太博愛，又較富幻想，一來就把人理想化了，所以到處留情，當然在內地客邸淒清，更需要這種生活上的情趣。」寫信給他又說：「我是最妒忌的女人，但是當然高興你在那裏生活不太枯寂。」一如此體貼入微，簡直要鼓勵他去亂搞，可見邵之雍的濫情對九莉也算不得甚麼大問題，她的問題只是看不到他們關係的前景。

即使在他們未破裂之前，她也早已覺得自己不能進入之雍的世界，「她像棵樹，往之雍窗前長着，在樓窗的燈光裏也影影綽綽開着小花，但只能在窗外窺視。」揹着漢奸罵名，流亡躲藏的日子看不到頭，她曾想和他移居英美，也曾想陪他躲到外地去，當然都是不現實的。她既不能在他身邊，將來他身邊的位置也不會留給她。九莉說：「我並不是為了你那些女人，而是因為跟你在一起永遠不會有幸福。」

如此時代，如此家庭，便有如此的張愛玲。在中國人共赴國難的當口，張愛玲為她沒有善終的愛情沉吟追悼，國家民族於她何有哉？百姓流離失守與她何關？即使骨肉至親，也從不是她的人生課題，這樣涼薄的天性，使她的愛與恨都沒有確實的着落，也使她自己與其他的中國人格格不入，在某種程度上來說，是她一生離群索居、不問窗外事的最根本原因。

如不是小說筆法，一個人不可能如此不留情面地解剖自己，而張愛玲留給人間的，也可能只是她與胡蘭成的個人恩怨。排除了時代與家庭的烙印，胡張之戀，也不過是鴛鴦蝴蝶式的亂世孽緣，一點價值都沒有。

## 儀式化的性愛描寫

九莉與邵之雍的關係，經歷「起承轉合」的四個階段，只不過他們的「合」倒變成了「分」。時間那麼短，過程那麼敷衍草率，他們的結局沒有「大團圓」，只有短短數年時間的「小團圓」。數十年後張愛玲回顧，既沒有傷慟，也沒有怨天尤人，她只是「經過了」，當時是如何，寫下來就是如何。

對於從小失去父愛的少女九莉，成熟老練的邵之雍是她的魔障，她命中注定要落在他手裏，對於這一點九莉自己很清楚，邵之雍也很清楚。邵之雍大言不慚地說：「你十分愛我，我也十分知道。」

一個無知少女因緣際會闖進文壇，驚動一隻老狐狸，他「眉眼英秀」，主動來拜訪，開始時幾乎天天都來，突然又欲擒故縱，他讚賞她的美和才情，兜售自己的學問，以語言的乖巧取悅她，先得到她的崇拜，再得到她的心，很自然地得到她的身體。

邵之雍對九莉說：「你臉上有神的光」，九莉對邵之雍說：「你像六朝的佛像」，前者是廉價恭維，後者是真情流露。九莉曾給邵之雍寫過「狂熱的信」，「她直覺得回到他們剛認識的時候對他單純的崇拜。」「她狂熱的喜歡他這一向產量驚人的散文。」一個在情場上經驗豐富的三十九歲成熟男人，把九莉對男人世界的好奇都滿足了，通過邵之雍她也就覺得與整個世界的男人都有了交涉，明白他們的所有，也明白他們的所要。她把自己奉獻出去，作為自己愛情神壇上的供品，她以自己的犧牲，來證實愛情對於她是可行的。

愛情不是她那個腐朽家族的圖騰，是她自己的秘密花園，她要為自己爭一點叛逆機會，要改寫自己的宿命，只有把自己豁出去，讓自己去歷練，去接受折磨，並從中品嚐自己的痛苦。

從一開始她對兩人的關係也已不樂觀，「反正你將來也不會有好下場」，九莉對自己說。之雍走後，九莉流過兩次眼淚，一次對秀男，一次對郁先生，也曾經「痛苦得差點死了」，但那都是短暫的情緒反應，說到與之雍的長久關係，九莉總是有一點輕蔑和譏諷，她說：「等你二十年，我也老了，不如就說永遠等你吧！」聽來像調侃，實際是不屑。又說：「等到有一天他能出頭露面了，等他回來三美團圓。」所謂三美，是指小康、辛巧玉和九莉自己，把「三美團圓」說得好像與自己無關，言外之意是，邵之雍就等着他的這種好日子呢！一點都不悲哀，只是冷笑。

兩人的關係在這種沒有前景只有片刻、沒有深情只有淺意的狀態中拖泥帶水欲斷還連，在不尷不尬的糾纏中，好像只有性愛才是切實可感的事情，因此張愛玲用心寫了兩個人之間的肉體關係。

有一天九莉坐在邵之雍身上，「突然有甚麼東西在座下鞭打她」，張愛玲形容為「獅子老虎撣蒼蠅的尾巴，包着絨布的警棍。」那是男人的生理反應在撩撥她。九莉坐在邵之雍身上這種姿勢，與她小時候坐在父親身上的姿勢一樣，彷彿她在自己所愛的男人身上，索回從前在父親那裏得不到的愛。這種愛夾雜着父愛與異性之愛，而以充滿性意味的細節來連接，暗示九莉對邵之雍的感情，包含對童年失父愛的心理補償。

整部小說寫到性愛場面的地方並不是太多，但每次都像是一種儀式，把九莉與邵之雍的關係，通過性的暗喻以不同層次呈現出來。

另一次寫到邵之雍吻她，「她直溜下去跪在他跟前抱着他的腿，臉貼在他腿上，他有點窘，笑着雙手拉她起來，就勢把她高舉在空中，笑道：『崇拜自己的老婆——』」溜跪抱腿的姿勢，象徵九莉對之雍的崇拜和景仰，是自己在低處，那人在高處，自己是仰視的角度，那人是俯視的角度，自己是等待發落的心情，那人是任意處置的享受。正如張愛玲在送給胡蘭成照片背後題的文字：「當她見到他，她變得很低很低，低到塵埃裏，但心是歡喜的，從塵埃裏開出花來。」這種低姿態，恰恰縱容邵之雍的放蕩，對男人來說，沒有甚麼比一個女人投懷送抱更好的了，可以遠觀又可褻玩，可以親暱又可冷落，可以始亂又可終棄，所有的不平等，都來源於最初的崇拜。

先是崇拜，而後是精神上的盲從，跟着就是暗戀，然後就水到渠成了。一個跪抱的姿勢，略有點性意味，正是你情我願，成其好事，把九莉與邵之雍的關係解釋清楚了——張愛玲如此解剖自己。

更帶有儀式意味的是，邵之雍即將逃亡，兩人最後一次幽會，做愛時九莉像看到五六個穿着回教或古希臘裝的女人，她知道是他以前的女人。九莉想起赫胥黎説性的姿態滑稽，終於大笑起來，笑得邵之雍洩了氣。他説：「今天無論如何要搞好它。」

兩個人都在絕望中，不知以後還有沒有機會，因此都像拚了老命，九莉「突然一口氣往上堵着，她差點嘔吐出來。」他注意的看了看她的臉，「彷彿看她斷了氣沒有」。「剛才你眼睛裏有眼淚，」他後來輕聲説，「不知道怎麼，我也不覺得抱歉。」

在他逃亡的前夜，兩個人的性愛絕無僅有了，所以「今天無論如何要搞好它」，好像是完成某種儀式一樣。而為此讓九莉身受的苦楚，邵之雍也是在所不計，因此也不覺抱歉。

廚房裏有斬肉的板刀，九莉想像對準「那狹窄的金色背脊一刀」，還咬牙切齒的想：「他現在是法外之人了，拖下樓梯往街上一丟，看秀男有甚麼辦法。」

一場痛苦的性愛之後，想到的是除之而後快，九莉絕望有多深可想而知。一個像「六朝的佛像」的男人，曾與她有肌膚之親，眼看「大難臨頭各自飛」了，仍覺得他的背脊有金色的光，只是在那關口卻要動殺機了。即使是菩薩金身，也要遇佛殺佛，把崇拜變成摧毀，這是九莉最後的心願，也是殺死「自己」的一個儀式。雖然最終沒有做成，也不過是因為不想「為不愛你的男人而死」，至此，九莉與邵之雍的這一段孽緣，就正式壽終正寢了。

讀《小團圓》讀到這幾個地方，便覺得張愛玲對自己的冷酷不留情，她是要借寫邵之雍與九莉，來祭奠一段陳年舊夢，來完成對自己命運的審視。想像當年寫最後這一次性愛時，張愛玲會有一種甚麼心情，不禁令人對一個遠離世俗的孤獨作家生出敬意。寒夜孤燈，人間渺遠，知音寥寥，世道不可測，只有手上一支筆是實在的，一個虛構的真實世界包容了她，而在那裏，她得到自在。

身後是非誰管得？讓後人去猜度議論好了，對於她來說，人間的褒貶都不在話下，因為她對人間，也是一種俯視的姿態。她擱下筆，把稿紙合上，嘴角會有一絲笑意：小說寫完，她的自我拯救也完成了，在道德上她圓滿了，此後的事就與她無關了。

# 人世的悲憫　自我的救贖

## ——讀白先勇兩篇小說

最近，白先勇先後發表了兩篇小說，其一是刊於《香港文學》總二一四期的〈Danny Boy〉，其二是刊於《文學世紀》第三卷第八期的〈Tea for Two〉。兩部小說均以同性戀者的社會生活與精神困境為題材，各自探討的側面又不相同。而白先勇作品中一脈相承的悲憫人世、追尋人類精神出路的觀照，又一次淋漓盡致地灌注在他的作品中。

〈Danny Boy〉以愛滋病患者的臨終關懷為主題，寫一個叫「香提之家」的愛滋病患者的互助組織，他們採用一種類似接力的方式，由輕度患者去照顧病危患者，給他們生活上的照料和精神上的關懷，直至他們離開人世為止，而那些輕度患者病重後，又由另一些輕度患者來照顧臨終。〈Tea for Two〉則以一個同性戀者經營的酒吧為舞台，展示不同種族與社會身份的同性戀者，追求真愛與互相取暖的心路歷程，以及他們面對死亡的達觀。

有趣的是，兩部小說都經營了一個同性戀者的小社會，前者是「香提之家」，後者是〈Tea for Two〉酒吧。來自不同地方、不同種族的同性戀者，因為孤獨、受排擠，因為得不到應有的尊重和溫暖，他們只有互相聚集起來，在一些心照不宣的社會小角落，追尋和保有自己感情的特區，維持自己的尊嚴。在那裏，他們生活在公平的視線裏，互相關懷照顧，以相似的文化品味和生活習慣打發自己的日子，因為面對共同的生命難題，他們更能互相理解和同情，因為明白彼此的習性，他們也更能放開自己。雖然他們的世界很小，但卻有開心時光，雖然他們都帶着各自的創痛，但卻能相濡以沫，因此在那裏，他們比在一般人的社會環境裏更感自在。甚至在面對絕症和死亡時，因為有心理準備和同伴的呵護，他們也更看得開，更泰然和自重。

兩篇小說都將一個同性戀者的小社會塑造得有聲有色。在「香提之家」，義工來自各行各業，有廚子、理髮師、教授、神父、護士、服裝設計師等等，修女護士「一雙溫柔的眼睛裏透出來的那種不忍的神情」，使她的話像一道聖諭。這些義工每天到「香提之家」報到，然後到醫院或病人家裏去服務。

小說主人翁雲哥照顧的垂危病人是丹尼，他幫丹尼洗澡抹身、換尿布，聽他傾訴心事，直至丹尼臨終「枕在我的胸上，身子漸漸轉涼」。等到雲哥自己病危了，照顧他的是義工大偉，大偉要照顧他上廁所，替他買廣東館子的餛飩麵，當然一樣也有洗澡抹身換尿片的問題。因為和丹尼一起經歷死亡，雲哥病危時已不再畏懼，「事實上我已準備妥當，等待它隨時來臨」。「在我生命的最後一刻，那曾經一輩子嚙噬着我緊緊不放的孤獨感，突然消逝。」顯然，並不是雲哥突然堅強起來，而是那種接力式的互相照顧，使他預先接受了死亡的洗禮。

在〈Tea for Two〉，這種同性戀公社的文化意味更加濃厚，同樣是不同種族和社會身份的同性戀者集合在一起，但白先勇更強調「東方遇見西方」，每一對同性戀伴侶都來自不同國度，餐廳和酒吧的擺設和氛圍，也都中西合璧，東尼設計的菜單也是東西配。整間酒吧充滿懷舊情調，他們有共同的愛好（老歌、老明星、老舞技），在那裏他們可以放開懷抱狂歡説笑，唱歌跳舞，互相吃豆腐，祝生日，過聖誕，慶祝相好四十週年，以至宣讀臨終遺言。共同的命運和生活習慣將他們團聚起來，因為有近似的文化品味和價值觀，使他們「尋找羅曼史多於一夜情」，追求精神的享受多過肉慾的放恣。

在共同的文化品味這一點上，他們充份地平等了，而且找到自己的精神歸宿。小説中的「我」因為同性戀愛人安弟橫禍去世而逃離紐約，避居到愛奧華州一個小城，埋名隱姓，與世隔絕，整整五年時間。有一天突然聽到歌星桃樂絲黛唱的《Tea for Two》，好像又聽到那個老餐廳和那一群老朋友的召喚，「我心中湧現起一股強烈的慾望，我要把我那斷裂的過去銜接起來。」巨大的創痛使他避世，但他精神的歸宿始終還是那個令自己的生命飽滿、使自己的生存有價值的文化小公社。

歸來後已物是人非，餐廳雖然還是同性戀者聚會的地方，但風格已全然改觀，老明星照片不見了，牆上「大幅大幅壯男半裸的畫像」，「一面巨大的屏幕正在放映男色春宮」，老朋友星散（後來才知道已經有不少老相識離開人世），他們的文化公社崩壞解體了。這種沉重失落的滄桑感，延續了白先勇早前大部份小說中的情調，人世變幻，生命無常，歡樂短暫，痛苦恆在，人要救贖自己，真是談何容易啊！

兩篇小說明顯不同的地方是，前一部注重肉體的救贖，後一部注重的卻是精神的救贖。〈Danny Boy〉中寫到夜晚的中央公園，大群同性戀者在原始森林裏聚集，狩獵一樣等待一夕之歡。「在黑暗中，那些夜行人的眼睛，像野獸的瞳孔，在炯炯的閃爍着充滿了慾念的熒光。」「在暗夜保護下的叢林中，大家偎偎在一起，互相取暖，趁着曙光未明，完成我們集體噬人的儀式。」這種情景幾乎是非人間的，但因為活生生的，那才更加恐怖。

因為肉慾的放縱，導致世紀絕症的蔓延，而愛滋病患者臨終肉體的痛苦，也幾乎是非人間的。他們發病時「全身長滿了紫黑色卡波西氏毒瘤」、「遠遠的便聞到一陣腐肉的惡臭」。「我」去服侍丹尼時，他身上也透着陣陣觸鼻的穢臭，「白色睡袍上滲着黃一塊黑一塊的排洩物」，瘦得皮包骨，肋骨根根突起，大小便不能自理，身上長的褥瘡裂了口，到了臨終，他突然頭痛欲裂，呼吸困難，「掙扎得萬分辛苦」。等待死神降臨的過程如此無助而孤單，幸好有一位同性戀義工在旁服侍陪伴，他肉體的痛苦可以大大減少。

在缺乏社會關懷的困境下，同性戀者唯有通過自助助人的形式，接力照料病危的同伴，這種形式如能推廣開去，也不失為解救肉體痛苦的輔助方法。一個輕度病患者目睹重病患者臨終的痛苦，雖然不免是精神上的折磨，但因為歷練了那個過程，可以使自己更泰然地面對不可避免要落到自己身上的厄運。我不知道小說中描寫的這種形式是不是白先勇的虛構發明，如果是，他也真是用心良苦了。

在〈Tea for Two〉裏，白先勇也寫到愛滋病患者的肉體敗壞，不過只是點到即止。相反的，他致力描寫他們精神上的救贖和解脱。〈Tea for Two〉酒吧本身就是一個充滿歡樂的場所，平日飲酒作樂，互相調侃打鬧，即使到了酒吧解體，全人星散，而死神的黑翼向每個人頭上掩來的時候，他們也沒有太大的傷慟，反而平靜泰然去接受命運的安排。

在東尼中風後，大偉也驗出感染了愛滋病，他們的末日在望了。為了完成一生心願，大偉和東尼策劃了一次上海旅行，藉最後一次遠行追尋童年的夢。旅行回來後，他們鄭重其事地安排了一次告別派對，請了所有老朋友到場，準備好食物和飲料，寫下一封情感真摯而又不失俏皮的信，與此同時兩個生死相依的伴侶自我了斷了。他們要求這些夥伴不要流一滴眼淚，他們自稱「歡樂族」，要從人間的「歡樂世界」（即指他們的酒吧），一路跳舞直上天堂的「歡樂天國」，他們預約各位朋友在天國重逢，繼續未完的永生歡樂派對。

死亡與面對死亡的姿態，這是白先勇致力要探討的問題。愛滋病是同性戀者的宿命，是他們不可逃避的生命難題，一染上就意味着已登錄在死神的花名冊上，然後就是漫長的等待，病痛的折磨，親友的冷落，社會的遺棄，幾乎無一人可以倖免。也因為這樣，他們比其他長期病患更加無依，更孤獨和沮喪。是被動等待、絕望呻吟，還是積極地面對，尋求精神的解脫和昇華，這是兩種截然不同的態度。白先勇歌頌的，正是精神救贖的可貴。

在多年未有小說創作之後，白先勇最新的兩篇作品，顯示了他非凡的創作功力，寶刀未老，更加爐火純青。

他的人生觀一以貫之，便是人間的大愛。從《台北人》、《紐約客》中對異性愛和國家情的深切關懷，到《孽子》以及最近這兩篇新作對同性愛的悲憫，他對人生與社會問題深刻體察，深明唯有以無私無界的大愛，才能找到人類精神的出路，才能救贖人間苦難。

他的情懷也一以貫之，便是對人世美好事物的悲悼，繁華易逝好景難再的滄桑感。在〈Tea for Two〉裏，出現了往常少見的生命中的亮色，一種對生死大義和生命價值的豁達觀照，彷彿在經過如許的磨難之後，思想更加澄明，白先勇的精神世界，又有另一次昇華。

正如他接受林幸謙訪問中指出的，他還是一如既往地看重小說人物的塑造，這兩篇小說中的人物，像雲哥、大偉、東尼、安弟、丹尼等等，都活脫脫栩栩如生，內在感情世界豐富，人物行為邏輯合乎情理，痛苦是真痛苦，看開也真看開了。而他的文字，不但保持了早年的感性和生動，而且也適當調節，〈Danny Boy〉較為收斂，〈Tea for Two〉更加繁富，濃墨重彩，為的是展示一個同性戀者文化公社的絢麗多姿，展示他們複雜善感的內心世界，因此小說由頭到尾渾然一體，不着痕跡而又處處都是痕跡。

白先勇正式退休以後，為推廣崑曲文化和關懷愛滋病患者到處奔波，在繁忙社會工作之餘，仍執筆創作，寫出如此精彩的小說，彷彿預示了他的另一次創作高峰，我們不妨如此期待。

# 風生水起的文字精靈

## ——讀黃永玉《沿着塞納河到翡冷翠》

不同的文藝門類都有相同的規律，比如說，彼此都有基本元素：文學的基本元素是文字，美術是顏色，音樂是音符。不同的文字作有機的組合，變成文句，不同的文句再進一步組合，變成段落；長長短短的段落再巧妙組合，形成章節；不同的章節再依一定的結構組合，便是一篇文章。

音樂和美術創作也都有同樣的組合過程，只不過各自有不同的組合的規律。文字、顏色、音符，每個人都懂，但並非每人都能善用組合的方式，組合的方式高下有別，文章也就有優劣之分。劉紹銘教授曾說：看一篇文章先看文字，文字不好就不用看了。

手上這本黃永玉的《沿着塞納河到翡冷翠》，是本港中華書局最新的版本，筆者看過先前的內地版，比較起來，新書在包裝方面更精益求精。每篇文章都配插圖，包括實景照片、文章相關的資料圖片，更多的是他旅居歐洲期間所作的畫和速寫，整本書琳琅滿目，每頁都是享受。

讀黃永玉的散文，最過癮是欣賞他的文字。當然，文字之外，他更有洞悉人世的老辣眼光，有針砭人心的尖銳觸角，還有玩味人生的放達性情，這些都非常人所有，但文字——他的文字，筆者以為當今之世，把中國文字玩得出神入化、玩得「百煉鋼成繞指柔」的，唯有他一人。他並非職業作家，但他比很多著名作家，都更能隨心所欲地驅策文字精靈。

一個人的文字是他性情的寫照，讀黃永玉的散文，字裏行間浸透了他的詼諧。中國作家中風格詼諧的很少，魯迅有詼諧，但他的詼諧近於冷雋，黃永玉卻是活潑的慧黠的詼諧。那種詼諧來源於機智，來源於對人情世故的通達。它幾乎是無處不在的，好像他寫着寫着，心下發癢，一定要抖兩下出來自己才舒服。這種發乎內心的詼諧，有如智慧火花迸射疾走，撩撥讀者的神經，牽引起複雜的聯想，令人會心莞爾，提神醒腦，餘音裊裊。

在翡冷翠，每天日子單調，但他說：「文化藝術本身就是快樂的工作，已經得到快樂了，還可以換錢，又全是自己的時間，意志極少限度地受到制約，尤其是畫畫的，臨老越受到珍惜，贏得許多朋友的好意，比起別的任何行當，便宜都在自己這一邊，應該知足了。」這一番夫子自道，是自我解嘲，又是自我安慰，如對老友，聊中懷抱，話說得坦率，透着世故的慧黠。

在意大利畫畫，出門要揹一個放置很多用具的箱子，他感嘆寫道：「唉！人時常為自己的某種自以為快樂的東西而歷盡煎熬。背負着這些東西的時候，我想起了唐三藏。」

寫薄伽丘，說到看鹹澀書，他說：「一個人吃好東西，忘我大嚼，聽不見別人在旁邊告訴我那東西裏含多少維他命、荷爾蒙。」

談到現在遍地「大師」，他說：「我也常被朋友們稱作『大師』，有時感覺難為情，暗中的懊喪，看到朋友一副誠懇的態度，也不忍心抹拂他們的心意，更不可能在剎那間把問題向他們解釋清楚，就一天天地臉皮厚了起來，形成一種『理所當然』的適應能力。」「適應能力」本是褒義，但去「適應」一種扭曲的世道，結果卻令自己也扭曲了，不但扭曲，甚且「理所當然」，更不可理喻了。表面上是嘲弄自己，實際是嘲弄那些以大師自居的半吊子藝術家。

隨後又筆鋒一轉：「直到有一天，我那些學生、學生的學生都被人稱為『大師』，他們都安之若素的時候，我才徹底明白，我們的文化藝術已經達到一種極有趣的程度了。」分明「極可厭」，他卻說「極有趣」，有趣不是真的，可厭的事居然人人「安之若素」，如此世相，方是有趣。

「離夢躑躅——悼念風眠先生」結尾，他寫道：「九十二歲的林風眠八月十二日上午十時，來到天堂門口。」「『幹甚麼的？身上多是鞭痕？』上帝問他。」「『畫家！』，林風眠回答。」林風眠一生所受的磨難他都不寫，就寫在天堂門口被上帝發現滿身的「鞭痕」。「鞭痕」二字，只寫苦難的結果，省略了受難的過程，就像一個觸目驚心的問號，而上帝看到滿身鞭痕的大畫家將作何感想呢？這個問題又留給讀者去想。對於內心無限敬重的偉大畫家的死，也忍不住略施詼諧，並且把深重的懷念和對世情的針砭寄寓在那詼諧之中，這種駕馭文字的本事，真令人嘆為觀止。

詼諧是一種看待世情和人生的態度，有點老不正經，實際卻非常正經，有點不在意，實際是非常在意，有點開自己玩笑，實際是開眾人玩笑。

黃永玉的散文都像行雲流水，信手拈來，不費吹灰之力，但細看下去，會發覺他很着意於「煉字」。往往在不經意處，突然冒出來一個詞，放在那裏幾乎是不協調的，但突兀之中卻與前後文字有一種驚人的內在呼應，用了那個詞，對整篇文章竟有提綱挈領的效果。「煉字」是詩詞的功夫，想不到用在散文寫作中，也有如此別致的效果。

寫巴黎，他道：「巴黎是畫家的搖籃、天堂。」「巴黎又何嘗不是畫家精神的、肉體的公墓。」「公墓」二字，虧他想得出來！換我們來寫，會用「葬身之地」，或「墳場」，用「公墓」，顯示其「眾多」，又表明是令後人憑弔之地。公墓未必都葬著名人，有更多無名之輩，懷理想而來，卻失意以終，沒有人記得他們的名字，而他們的肉體與精神，堆積成藝術的豐碑。兩個字，蘊涵無窮的意思。

寫巴黎的橋，「每個人都有自己心中的橋，橋不斷創造美麗的回憶。……」「巴黎的橋上沒有相同的燈。」「橋是巴黎的髮簪。」一口氣三句話三層意思，讀到「髮簪」二字，讀者會突然抖擻起來。橋都是彎彎的，又那麼美麗精緻，那麼優雅地調節城市的風貌。突然間，古老的巴黎嫵媚了起來，因着那些髮簪，好像徐娘半老的婦人，風韻猶存招搖過市，她頭上的髮簪閃閃發光，一頭豐盛的秀髮引人遐思。

一篇題為「大浪淘沙」的短文寫災難年月的一些遭遇，提到文革關禁閉時到醫院，朋友帶他去看一個美麗的女孩，「父親被打死了，母親自殺，只剩下外婆，自己又得了血癌……」，他寫道：「這些零零碎碎的回憶發生在不同的年月。無可奈何的巧合蘊含着諧謔與悽愴，千百萬善良而信任的心靈卻如此創痕淵深。」很少人會用「淵深」二字來形容「創痕」，創痕不可能淵深，但如果創痕如淵之深，那種創痕是不可能癒合的，是永生永世的。讀黃永玉的散文，有時就不由自主在這種字斟句酌處停下，仔細去領略一下他經營文字時的用心。

文字是表達思想的，思想淺薄文字必然寡味，反之，有豐富深刻的思想，文字自然風生水起。思想來源於閱讀和修養，來源於人生閱歷，來源於永無休止的自省與深思。寫一篇文章，腦裏空空，搜索枯腸去造句，出來的只有蹩腳的堆砌，相反的，腹有詩書氣自華，隨手拈來，都像舌燦蓮花。

「愛情傳説」寫男女關係，他寫道：「貞節烈女雖有牌坊，風流娘兒們卻有口碑，兩樣都是萬古流芳的。」守節有守節的堅持，亂搞有亂搞的自在，有人要身後名聲，有人要現世快活，沒有是非之分，只是選擇的不同。既然二者都可萬古流芳，便沒有價值觀的高下。

「好笑和不好笑」寫幽默，引愛默生的話：「人類幾乎是普遍地愛好諧趣，是自然界唯一的會開玩笑的生物……自然界萬物中最低級的不説笑話，而最高級的也不。」文章列舉一些能説和不能説的笑話後，作者歸納了一句話：「聰明智慧與典雅的風度同在，那便是個太平年月。」「聰明智慧」指的是「笑話」，何為「典雅的風度」？可想而知，便是對於「笑話」的容忍。一個能容忍笑話的時代，便是太平年月。「典雅的風度」即是寬容，這篇題為「好笑和不好笑」的文章，講的就是寬容。好文章都有「眼」，有時是一個詞，有時是一句話，安放在適當的地方，便可以發人深省。

他寫「永遠的窗口」，講自己的故事，不同的窗口承載不同年代的生活，在沒有窗口的日子，他畫一幅窗子的畫貼在封閉的牆上，權充空氣可以流通的地方。幾十年後他們又回到出發的地方香港來，他寫道：「以我們幾十年光陰換回滿滿行囊的故事。」幾十年在不同的窗子內過日子，酸甜苦辣不足為外人道，滿行囊裝的是甚麼故事，都無須細說了，單憑那個沉重的行囊，便是他顛簸半生的寫照。

有一種文字的技巧是曲筆，是隱藏，是正話反說，因為說得巧妙，比起正兒八經的直抒胸臆更令人低迴。話不要說盡，留有想像空間，一句欲說還休的滄桑的大白話，比起把那些故事一一說出來，更觸摸到讀者柔軟的心。

讀黃永玉的散文，每每有這種信手可得的妙趣，他的奇思妙想埋伏在不經意的地方，好像你走在路上踢到一塊小石子，撿起來仔細一看，竟是珍珠。他藏在自己的文字後面，兩眼慧黠閃光，嘴角帶點挑釁意味的笑，好像在審視我們，看看他寫作時苦心孤詣的那些功夫，會不會是對牛彈琴。

# 汪曾祺的「清明上河圖」

中國當代作家中，汪曾祺是很獨特的一位。他沒有大作品，小說散文都小小的，但他的小作品合起來，卻很大，大到比很多大而無當的巨著都還要大。他的小說都寫得像散文，讀起來很輕鬆，但每每讀後都有一些重甸甸的東西沉在心裏。他寫那些小說都像不經意，隨隨便便，「信口開河」，起於當起，止於當止，都是家常話，讀來卻都有深長的情味。

多年來讀汪曾祺的作品，都零敲碎打，最近得了一本天津人民出版社一五年版的《受戒》，才算有一個整體的感覺。汪曾祺的小說，是中國民間生活的百科全書，他的作品合起來，就是一幅中國現代的「清明上河圖」。

《受戒》收了四十三個短篇，有的篇幅略長，也不過一兩萬字，有的只是一兩千字，不論長短，幾乎每篇都是寫一個人，為了寫這個人，他花了很大力氣去寫那人的家鄉，他從事的職業，他生活的環境，往往他把整個大環境都寫得淋漓盡致了，他的主人翁才出場。剛出場不久，有那麼幾個動作，一件兩件事情，可大可小，略一亮相，小說就結束了。

換一個作者，他或許會倒過來，大環境的描寫點到即止，只作為背景烘托，反倒把大力氣用在人物描寫上。人物的愛恨情仇，命運轉折，與身邊各色人等的糾葛，如何掙扎反抗，起死回生，那才是小說吸引人的基本元素吧。可是汪曾祺反其道而行，他花大力氣寫背景，背景那麼大，人物像芥末微塵，他們的存在本不足道，可那也是活生生一個人啊！人的苦難他都有，人卑微的想望和滿足他也有，他的命運也同樣受制於那個龐大無倫的環境，他的清喜與憂愁也都令人低迴。

實際上，讓人無可如何的，也就是那個天高地厚的大環境，那些千年不變的山水之間埋伏的人情物理，主宰人命運的傳統文化，殊異的風俗裏各自求生的智慧，都無不由那個大環境生成、積澱、浸淫，如不是那個大環境，所有的人都不是那個人，所有人的命運也都不是他那個命運。

從沒有一個中國作家把中國人生活的處境寫得那麼足，那麼不遺餘力，那麼放恣熱鬧。他寫不同的生活環境，好像那不是死的外部的風物，好像那些山坡河水、堤岸上的柳樹、人家屋頂上移動的船桅，那些深宅大院、曲巷長街、果樹和花草，那一整個亂中有序的人間，竟是一個龐大的生命在運轉，自給自足，不假外求，緩慢沉重地呼吸着，艱難地起承轉合。

正因為大環境給他寫得好像是活的，他的人物活在一個活的大環境裏，便無可置疑地合理，彷彿只有這樣的環境，方生長出這樣的人物，而這樣的人物又成了那個大環境的一部份。

汪曾祺的寫作手法，由這個基本的設定所規限，所以他的小說都散文化，都重白描，簡潔而空靈，輕情節重神韻。他描寫環境用的是工筆，塑造人物用的卻是寫意，好像一幅畫裏，周遭的景物細緻，勾勒不厭其煩，栩栩如生，活動在其間的人物，卻只見半邊臉，一個背影，影影綽綽，游移其間，輕顰淺笑，稍縱即逝。

環境是工筆，足以令人設身處地，人物是寫意，有大量留白讓讀者去想像擴充。人與環境的辯證關係，在一般人看來，人是主，環境是次；在汪曾祺筆下，環境是主，人物是次。人物雖為次，但留有空間供人想像，在讀者那裏，人物各依其生活邏輯在他的環境中活動，小說寫得少，讀者想像補充得多，所以他的人物儘管空靈，卻比大鑼大鼓的鋪排更生趣盎然。

汪曾祺寫景寫事寫人，都用白描，香港人說的「有碗話碗，有碟話碟」，意思是有甚麼說甚麼，有多少說多少，該怎麼說就怎樣說。白描的難，是你不容易抓到描寫對象的神韻，寫景得其細而不得其意，寫事得其雜而不得其趣，寫人得其詳而不得其神，那只像小學生寫生字，筆筆都有，但歪歪扭扭不成規矩。要捕捉神韻，只有把景事人都爛熟於心，提煉出一些幽微獨具的觀照，那時才能用最白最白的白話，寫出最深最深的人間情味。

讀汪曾祺的小說，你很難不被他豐富的民間生活常識迷倒，他怎麼可以懂那麼多東西？不但巨細無遺，而且深得其中之奧妙，他不但是旁觀者，甚且是同道中人，是浸淫其中出入其外的大行家。〈受戒〉寫一種偷雞的銅蜻蜓，雞吃蜻蜓，銅蜻蜓硬簧彈開，雞嘴撐住叫不出來，小偷就手到擒來。〈大淖記事〉寫抓土匪遊街，地保要先通知店舖收起鳥籠，怕土匪看見了不高興，如此體貼，斷難憑空想出來。〈異秉〉寫藥舖，夥計一等的叫「管事」，二等的叫「刀上」，三等的叫「同事」，四等的叫「相公」，各有司職，等級分明。〈獸醫〉寫針灸醫牲口，前三針扎肚子，牲口放屁拉屎，後三針扎身子，滿身出汗，然後用稻草灰在牲口身上拍一遍，牲口就站起來了。〈八千歲〉寫米店，四個米囤子依貴賤放四種米：「頭糙」、「二糙」、「三糙」、「高尖」，頭糙賣給賣力氣的，高尖賣給有錢人。店中一塊豎匾，寫的是「食為民天」，兩邊兩張字條，寫的卻是「僧道無緣」、「概不作保」。這些細節，除非對傳統米店有深入觀察，很難無中生有。

諸如此類不同的生活常識、奇異的見聞、民間風俗習慣等等，幾乎每一篇小說裏都信手拈來，雜花生樹，處處埋伏，目不暇接。不同的人操不同的職業，有不同的活命技巧，只要白描，無須誇飾，已經美不勝收。

一個作家生活在某一環境，他可能只對那個環境有深入了解，其餘的也就得其皮毛，汪曾祺卻是對三教九流都熟極而流，信手拈來都是過日子細細巧巧的瑣事。環境既然活起來了，人在其中也就如魚得水，人與環境熨貼得天衣無縫，然後，他幾乎就不用花太多筆墨在人物身上，人物翩然來去，片言隻語皆成故事。

因此，不要以為白描很容易，白描是最難的，難的是你肚子裏有多少東西。他心裏有一個海，寫一朵浪花都聽到遠海的風暴；你心裏只有一杯茶，寫成一條江，那江裏甚麼都沒有。

汪曾祺寫人物雖然用寫意手法，但寥寥數筆，卻都極為講究。本來就打算寫意，再不講究，只怕淡如白開水，這也是最難的。一篇小說，用一大半寫環境，輪到寫人，已剩有限篇幅了，為增強效果，汪曾祺又多會用心經營一個餘韻裊裊的結尾。〈詹大胖子〉寫一個校工，校長張蘊之和女教師王文蕙私通，謝大少想轟走張蘊之，就問詹大胖子校長通姦的事，詹大胖子一口否定，他不是維護校長，是維護王文蕙。小說結尾寫道：「後來，張蘊之死了，王文蕙也死了（她一直沒有嫁人），詹大胖子也死了。／這城裏很多人都死了。」——最終都是死，有甚麼好計較的！〈辜家豆腐店的女兒〉，因為窮，豆腐店的女兒被有錢人包，女兒喜歡中醫王厚堃，請他來看病，借機引誘，被他婉拒了。王厚堃結婚，花轎過去，辜家的女兒號啕大哭，結尾是一句話：「辜家的女兒哭了一氣，洗洗臉，起來泡黃豆，眼睛紅紅的。」——哭歸哭，黃豆還是要泡的，日子還要過下去。〈晚飯花〉幾乎沒有情節，寫一個少年李小龍，暗戀一個女孩子王玉英，女孩子嫁給有錢人錢老五，李小龍放學回家，看到在河邊淘米的王玉英，只看見一個背影，頭上戴着紅花，結尾一句話：「這世界上再也沒有原來的王玉英了。」——一個少年人小小的悲哀，沒有人知道。〈王四海的黃昏〉，寫一個走江湖賣藥的，為一個藥店主人的老婆散了班子，在當地定居下來，等藥店老闆去世，他就和女人一起過，幾年後女人給他生了一個白胖小子。結尾一句話：「王四海站起來，沿着承志河，漫無目的地走着。夕陽把他的影子拉得很長。」——「夕陽把他的影子拉得很長」，人活一世，各有故事，悲歡離合，到頭來只剩得無語欷歔。那麼長的夕陽下的影子，一直拖着，拖回家去，做人就是那麼一回事。

八十年代中，汪曾祺參加一個內地作家代表團訪問香港，與香港作家在大嶼山度假邨有一次交流活動，當時和他有一面之緣。汪老話不多，老是笑着，那時不知道他心裏裝着那麼多東西。香港三聯書店蔡嘉蘋女士（詩人舒非），多次經手編輯汪曾祺的作品集，她到北京去，汪老請她去家裏，親自下廚做幾道家常菜招待她，如此待遇，讓我羨慕得不得了。

# 汪曾祺寫人出神入化

不論是寫小說或散文，把人寫好都是最考功夫的，因為寫人最難，把人寫活更難。一個活生生的立體的人，把他搬到文字的平面上，你靠甚麼讓他活起來？只有文字。文字人人都懂，如何把大家都懂的那些文字，有機組織起來，變成一種鮮活可感的、觸動心靈的無形力量，那才是真功夫。

筆者淺陋，平生所讀小說散文也算不少，深覺把人寫得最好的，當代作家中，要算汪曾祺。

汪曾祺作品不多，也都不長，小說結構都簡單，散文更散淡精悍，但幾乎每一篇，寫人就能把人寫活，寫景寫物，其中有人的話，三兩筆也能把一個不起眼的人物托出來。再三品讀之下，筆者似乎摸到一點汪曾祺寫人的訣竅。他寫人，重神韻少鋪排，都像從《世說新語》脫胎而來。

汪曾祺寫人，最重白描。白描的意思正與濃墨重彩相反，就是只有線條，沒有色彩，不花大功夫描摹，不細數前因後果，他只擇其要說一兩件事，草草描三兩筆，彷彿無心，實有真意。因為所述事件殊異，描寫的細節生鬼，一個人物活活就在筆下現身。這一現身就如傳統戲劇人物台口一亮相，轉身即走，但因為那個相亮得太漂亮，給觀眾留下深刻印象。

〈吳雨僧先生二三事〉寫吳宓「相貌奇古，頭頂微尖，面色蒼黑，滿臉鐵青的鬍子」。說有學生形容他兩邊臉上的鬍子永遠不能一樣，剛刮了左邊，等到刮右邊，左邊臉的鬍子又長出來了。

寫端木蕻良，說他身體一直都不好，「我認識他時他就直不起腰來，天還不怎麼冷就穿起貉絨的皮褲」，這也是白描。他這白描，又恰恰對應了端木的性格，端木有詩云「賴有天南春一樹，不負長江長大潮」，汪先生認為他「狂得可以」。端木既狂，又不到顯赫人家串門，不拉幫結黨，孤傲不群。想像他彎着腰，天不冷就穿皮褲，似乎就應該是這樣特立獨行的人。

他寫一個賣菜的薛大娘，說她上市賣菜，赤腳穿草鞋，鞋、腳都很乾淨，她不打扮，但頭梳得很光，臉洗得清清爽爽，雙眼有光，「扶着扁擔一站，有一股英氣。」把一個賣菜大娘寫得像民間女英雄。而這個賣菜婆娘，竟然又是個拉皮條的，為癡男怨女安排幽會，她自己也交了一個相好。她不覺得那有甚麼不對，好像男女苟合，竟是一種互利行為。

白描不容易，最要緊是抓到神韻。一般流水賬，從頭髮寫到腳趾頭，那沒有用，人總有最特異的一些稟賦，他的性情必有一部份顯露在他的身上，究竟在哪裏，那就要靠平時細緻入微的觀察。

白描的文字，都是最平易的文字，這種文字要動人，就要鋪排得好，用詞準確簡練，富節奏感，又要留有想像餘地，就像國畫的留白，讓讀者自己去作補充。

汪曾祺寫人，很注重細節，人物的性情心靈都表現在待人接物的細節上。洋洋灑灑數千言，如果都抓不到一兩個醒目的細節，那說的大都是廢話。有好的細節，片言隻語也可勾勒一個人物出來。

上述寫吳宓的那篇，提到一個細節。吳宓在聯大上課，一進教室門，看見有一些女同學站着，他趕忙回頭出門，到鄰室去搬椅子過來，其餘男學生也有樣學樣去搬椅子，這樣等女學生們都安坐了，他才開始講課。教授為學生搬椅子，這樣的細節不可謂不奇，而這就是吳宓。

他寫一個劇團的半職業女演員叫「酆」，她愛跟人談她曲折的身世，有些話似乎不大可信。「她是個情緒性的人，容易激動，說話表情豐富，手勢很多，似乎隨時都是在演戲。」

有一次有學生到後台，酆突然打了一個大學生很響亮的耳光，在化妝室又哭又鬧，正不可開交，輪到她上場，她即刻不哭了，稍微整整妝，撲一點粉，立刻進入角色。「她哭成那樣，臉上的妝並沒有花了」。這樣的細節令人讀來會心一笑，生活中就有這樣的人，一邊哭一邊小心臉上的妝容，她也真是一個敬業的人。

寫京劇演員張君秋，說他能吃。鱖魚氽湯二斤重一條，青魚托肺一次兩隻，老正興大閘蟹一次吃八隻，食量驚人。張君秋唱青衣，在台上楚楚可人，想像他胃大如鼓，真令人印象深刻。

汪曾祺寫人還有一招，就是煞尾。文章短，所述事情不多，到了結尾，如果還長篇大論一番，那就頭輕腳重。他寫人當然有長有短，結尾也每每有不同處理，行於當行，止於當止，或輕或重，各有講究。

寫〈我的父親〉，結尾幾句話，說他常常做夢夢見他，「我的那些夢本和他不相干，我夢裏的那些事，他不可能在場，不知道怎麼會摻和進來了。」父親一輩子愛好文學藝術，會糊風箏，又好玩，汪老人格上受父親影響很深。這個結尾好像在和父親說，我這裏都沒你的事，你怎麼來了？「摻和」二字很形象，大概他父親的性格，甚麼都喜歡「摻和」，即使他去世了，在兒子的夢裏，也常常要來「摻和」。

〈星斗其文，赤子其人〉寫沈從文，結尾說沈先生家有一盆虎耳草，很多人不認識這種草，「這就是《邊城》裏翠翠在夢裏採摘的那種草，沈先生喜歡的草」。這麼不起眼的家中小擺設，幾乎無關緊要，但偏偏放到結尾來寫，就好像沈先生不在了，那盆草還在，先生的心意還在，他的影響還在。

寫〈靜融和尚〉，能刻印，溫雅似浙派，曾送一塊田黃印章給作者。和尚當過法醫，抗戰時拉過一支游擊隊，後來出了家，又曾和作者一起去土改，「我實在不知道他是怎樣把階級鬥爭和慈悲為本結合起來的」。這篇短文的結尾是「靜融瘦瘦小小，但頗精幹利索，面黑，微有幾粒麻子。」臨尾才來寫他的外貌，幾句話畫出來，餘音裊裊。

汪老寫人，隨時隨地有一些淡淡的幽默感，雋永有味，這也是他的拿手好戲，也是他性情的自然流露。

有一次汪先生在聯大上「西洋通史」課，要畫一張馬其頓王國的地圖，他交了地圖給皮名舉老師，老師批了兩行字：「閣下之地圖美術價值甚高，科學價值全無。」

他寫一個京劇丑角叫「貫盛言」，四十歲上死了，臨死家裏給他準備後事，他把壽衣穿戴整齊，叫人拿一面鏡子來，照了鏡子說：「唔，就這德性呀！」有一天他很不行了，家裏大忙，他說：「你們別忙，今兒我不走，今兒外面下雨，我沒有傘！」

〈隨遇而安〉那篇短文，劈頭就寫道：「我當了一回右派，真是三生有幸。要不然我這一生就更加平淡了。」如此起手，真叫人哭笑不得。

幽默感不是人人易有，要腦袋瓜很好用的人才有。汪老才氣縱橫，對生活觀察入微，對人生感悟敏銳，因此下筆不經意就有幽默感流露出來。像他那樣能調侃自身，詼諧世道的，還有黃永玉先生，黃先生寫人物也是一流手腕（有一篇一兩百字寫郁風，把一個可愛復煩人的老太婆寫活了）。他們都遵照沈從文的原則「要貼着人物來寫」，他們又都是極端聰明的人，張愛玲說的：腦殼上敲一下，腳底板會得響。

# 「莊嚴回歸」與「生鏽拆毀」——讀黃碧雲長篇小說《微喜重行》

黃碧雲的長篇《微喜重行》，寫一對兄妹的一生。曖昧的兄妹關係，從頭到尾隱晦不明，只是亂倫的意識明顯：哥哥拖住妹妹的手，妹妹會全身發麻，妹妹對哥哥抱怨父親，說：「他們有事情發生，才知道我們存在，」、「這樣讓我們有事情發生。」、「你不敢，我也不敢，沒有人告訴我們是甚麼事，我們知道甚麼？為甚麼不敢？會生白癡兒？誰說的？」……

實際上亂倫還是發生了（「我閉上眼睛，你的手有一點震抖」），只是黃碧雲小心地迴避這類細節，反而花大氣力，從頭到尾去寫濃得化不開的絕望，好像自從有那一份心開始，就一輩子無法贖罪，就要以糟蹋自己來讓整個人世解恨。

一般社會的成文法裏，均視亂倫為罪，兄妹不可有性關係，不管生不生孩子，亂倫都是禁忌，這也是人類社會文化傳統裏的人倫之常，但亂倫的現象在現實社會中並非罕見。

黃碧雲這部小說，用意不在探討亂倫，因為對兄妹亂倫的萌生過程、其間的心理轉折、社會家庭壓力、個人的罪咎感，都極少涉及，只有點滴零星的暗示，點到即止，若有若無。中間有一段短時間的同居生活，甚至提到結婚，當然都是空想。家人根本不知情，社會有些許壓力（老燕知情但不說破），也並非毀滅性，到最後分開，與其說是外部的因素，倒不如說兩個人都不能面對自己。

整部小說着重敍述兄妹兩人在人生軌跡互相背離後，各自在事業、愛情、婚姻和家庭生活上，浪擲生命，胡混乖張，完全失去人生目標和熱情，在絕望和麻木中打發時間，最終哥哥因病去世，妹妹抱着哥哥骨灰回鄉落葬，一段不倫之戀，糟蹋了兩個人的一生。

所有發生的事都有其本，一個極之疏離的家庭，使兄妹兩人的關係不像兄妹，倒像朋友。父親在離島教書（「我記得的父親是個背影」），母親出走日本，哥哥寄居在鄰居家，妹妹讀寄宿學校，連暑期都留校，等於沒有家。哥哥見妹妹，要寫信約在尖沙嘴五支旗杆，一起去打保齡球，看一場電影，到碼頭看遠洋輪離岸，都像在拍拖，都是足以保留一輩子的甜蜜回憶。

整部小說以「微喜」自稱的「我」作敍述主體，稱哥哥為「你」，講述自己離開香港後，在日本自殺未遂，回香港找到哥哥同居，與母親的男友也發生一些曖昧，然後不清不楚嫁給一個男人，移民美國，生孩子，過毫無前景的庸常日子。

與此同時，交錯敘述哥哥的一生，他暗戀英文老師，到藥店站櫃台，和吧女胡混，做藥廠推銷員，自立門戶代理美國藥品，隨隨便便就娶了一個馬來西亞女子。他出席妹妹的婚禮，心事重重，欲行又止，遲到又早退，只是應卯作個樣子，心裏毫無一點喜樂（其實妹妹也沒有），然後生養孩子，移民美國，都像例行公事。對於生命中任何事，沒有興奮只有順從。與妹妹同在一國，偶爾聯絡言不及義，直到最後再見面已是骨灰。

兄妹兩人的命運，從他們未出生前就已注定，在那樣破碎的家庭，沒有溫暖與希望，又不幸互生情愫，冒天下之大不韙，沒有足夠的勇氣與人世對抗，終於敗下陣來。移民美國是自我放逐，遠離可以詛咒他們的社會，從此沒有歡容只有冷漠，然後等待天注定的結局。

看這小說，只覺兩個人一路陷下去，一個深坑又一個深坑，不能自拔，似乎也不想自拔。潦潦草草打發日子，好像主宰着自己，其實只是任由生活壓榨，該發生的就讓它發生，然後喘息、承受、麻木，就連一點掙扎都沒有。像張愛玲說的：「一步一步，走入沒有光的所在。」

黃碧雲營造一個黑暗的、沒有生機的小小人間，痛苦倒不是問題，問題是徹底的絕望和麻木。家庭庸常的日子磨人，愛情可疑，親情可有可無，事業只是活命的依據，婚姻是自欺欺人的過場。即使有一點點對於從前那個人的牽掛，這牽掛又如此模糊，無從說起，到頭來天涯逆旅，生關死劫，一捧骨灰，四顧茫然。「在世界終結之前，如有一微笑浮現；可以忘懷，可以湮沒，記下為了成灰。」這一微笑可不是歡欣，只是世界終結了，可以忘懷湮沒，於是鬆一口氣。

小說結束在微喜女兒的婚禮，哥哥的兩個雙胞胎兒子也來參加，年輕一代的新日子又開始了，他們又將如何捱過生的苦厄？微喜「驚惶四看，影影幢幢，來者都是世紀前人，一個一個一個挨在她耳邊說，這真是個完美的四月婚禮，是一個咒詛還是陰謀。」完美的四月婚禮竟是咒詛和陰謀，其前景可想而知。

到最後，「這時我見到，尖沙嘴五支旗杆，各旗飽滿飄揚，有人等我，有日子，有大洋船，遠行出航，莊嚴回歸，生鏽拆毀。」她還是看到最初的自己，和哥哥一起的好日子，「莊嚴回歸」的，還是去到最初危險的愛，而「生鏽拆毀」的，卻是自己的一生。

最後這八個字是全書的提綱挈領，清貞決絕，驚心動魄。

# 曠宇長宙唯求一我

## ——《傅雷別傳》讀後

忙裏偷閒斷續讀完《傅雷別傳》（蘇立群著，香港三聯書店出版），掩上書，不覺鬆一口氣。好像一場夏日風暴剛過，雷聲遠去，雲層散開，回望真實人世，眾生營役依然，而像傅雷那樣真誠狷介的士子，今日已不可尋。

好的人物傳記，不應只寫出一個人一生的經歷和成就，更重要的是，揭示對讀者來說完全陌生的一種生命的奧秘，描繪一幅獨特的人格版圖。人對陌生的生命有普遍好奇，而吸引他們的，不是誰的企業王國大，誰權高位重一手遮天，而是那些陌生人的人格特質。限於條件，《傅雷別傳》的資料並不是太豐富，很多重要的人物和事件都語焉不詳，令人讀來不無遺憾，即便如此，一個活生生的傅雷，還是在作者筆下走出來。

傅雷年輕時，中國正處在起死回生的十字路口，那時的知識分子，都有一股「我以我血薦軒轅」的激情，時代洪流一輪摧枯拉朽，有的屍骨無存，有的升官去了，剩下大部份的人，入世漸深，人情練達起來，觀顏察色左右逢源成了謀生本事，委屈求全人格分裂成了生活積習，一切都自然而然地合理化了，激情消磨殆盡後，各自以中庸的面孔互相恭賀。只有傅雷，一生都以激情擁抱自己的生命，或者反過來說，只有他是被自己與生俱來、與眾不同的激情左右了一生。

傅雷出生時哭聲洪亮，帶着怒氣，因此取名怒安。生而怒，求其安，這是父母的慈願，而他一生就在怒與安不息的衝突裏完成。事實證明，他一生從未「安」過，他的思想不安，藝術追求也不安，個人遭遇不安，靈魂更不安。他的狷介、熾熱、狂暴、固執、高傲、不妥協，甚至他的幽閉式書齋生活，都來源於他本性中無法澆滅的激情。他的激情幾乎具有殺傷力，可能傷了別人，也可能傷了他自己，他未必不明白，但他無法擺脫，他一直是自己激情的奴隸。

他一生對藝術的不息追求全然是激情推動的，一接觸到藝術，無論是美術、音樂、文學還是美學，他就有一種不可遏制的衝動，想要去了解它們、貫通它們，以生命賦予的原始感召去親炙它們，捍衛它們。一方面，他對貝多芬、莫扎特、托爾斯泰、羅曼羅蘭等等這些大師頂禮膜拜，另一方面，他一生也與藝術領域裏一切虛偽、媚俗、浮淺的現象作鬥爭。

為迎接新從北京請來的一位美術教師，上海美專校長劉海粟特地將這位教師的十幾幅作品掛在學校走廊裏。傅雷發現了，連劉海粟的面子也不給，馬上喝令校工取下那些畫，說是「這些畫沒有創造性，沒有才氣，不可以展在這裏，收掉！」還有一次，美專學生要上街遊行抗議日本侵華，要求傅雷停上當日的美術史課，他當即拒絕了學生的要求，因此遭到學生的痛罵和毆打。

在他心目中，藝術是高於一切的，藝術不容敷衍搪塞，不容矯飾取巧，藝術是性命攸關的頭等大事。他以自己的激情，衡量他人的言行，以致在旁人看來，這個人的偏狹可能到了病態的程度。

在傅聰學琴過程中，傅雷表現出來的那種狂暴、執拗，失去理性的嚴厲，也是對藝術的激情使他陷入迷狂。他極力推崇黃賓虹的畫作，不辭勞苦籌辦他的畫展，也是被藝術激情所驅動。他以迅雨為筆名，對張愛玲的《金鎖記》給予高度評價，同時又指出張愛玲的《連環套》糟塌自己的才情。文學批評不是他的本行，但他出於對藝術天才的愛護，偶一下筆，便留下了這篇令張愛玲的評論者和後代張的讀者都為之折服的本色之作。

藝術是他的安身立命之地，是他的上帝，是他不可褻瀆的精神殿堂。

激情和好奇是最容易被人世消磨的人的稟賦，此所以人年紀大了便以世事洞明為自豪，抗拒新生事物，凡事計算衡量，故步自封。傅雷的生命激情燃燒始終，他對藝術和人生的好奇至死都未曾放棄，這便是他人格魅力之所在。

真誠是傅雷人格魅力的另一側面，因為真誠，所以有激情發生，所以生命本真不會泯滅。濁世滔滔，骯髒的交易每日在我們身邊發生，常在水邊走，哪能不濕鞋？人人都虛偽了，自己虛偽便有了正當理由，人人都不義了，自己的不義便沒有違和感。正因為如此，要保有一個人的真誠，實在是為人最難最難的一件事。

傅雷自求學時代起，就以真誠待人，以真誠待藝術，以真誠待自己。他的真誠不是生存哲學，而是生命本真，他做甚麼事都聽從內心召喚，真心待人，誠意做事，沒有精心算計，只有率性而為。從這個角度看來，做人既難也不難，要算計的話，終不免勞心勞力，不算計的話，只遵從性情指引，也可以活得從容自在。

一九三七年夏，傅雷的好友之一張弦因病去世，在為張弦舉辦的個人畫展上，他與另一個好友劉海粟徹底決裂。他認為劉海粟辦學商業味太重，刻薄教師，導致張弦受美專剝削，抑鬱而死。「故我約了他（張弦）幾個老同學辦此遺作展覽，並在籌備會上與劉海粟決裂，以此絕交二十年。」劉海粟與他是留學巴黎時期的老朋友，曾經扣住傅雷給母親的一封信而挽救了他和妻子朱梅馥的婚事，此前傅雷全力以赴編輯《劉海粟》畫冊，在畫冊序言中對劉的藝術天才推崇備致，即便如此親厚的關係，一旦覺得老朋友為人有問題，他就不惜割席絕交。

中共建政時傅雷正在香港，他後來回國，只是因為自己是中國人，他對當時的新政權並沒有好感，對共產黨也不了解，更談不上信任。對政治的疏遠使他游離於集體生活之外，他不參加工作，以稿費收入為生。這種孤傲的態度在一九五七年有一個截然相反的改變，那一年他以特別代表的身份到北京參加中央宣傳工作會議，在中南海懷仁堂聽了一次毛澤東的錄音報告，隨後又參加了一次毛澤東親身報告的場合。毛澤東全然不用講稿，引經據典，妙語如珠，傅雷完全被毛澤東折服了，從此以後，他改變了過去不與任何政權合作的態度，突然積極參與，熱心幫助共產黨整風。

從對共產黨的不信任，到對毛澤東五體投地的信服，他都是出於真誠；參與「鳴放」對共產黨提意見是真誠，後來被打成右派批判自己也是真誠；他在給傅聰的信中對共產黨的讚頌也是真誠，直至他在文革中受辱自殺前寫的那一封遺書，也還是一片天地可鑑的真誠。

三十年代末，傅雷曾有一次感情危機，他愛上了自己一個女學生的妹妹，傅聰如此形容他父親的這一段婚外戀情：「她真是一個非常美麗、迷人的女人，像我的父親一樣有火一般的熱情，兩個人熱到一起，愛得死去活來。」這少女每次來，傅雷都和她熱烈交談，她為他彈琴唱歌，兩個人頻密交換情信，在自己的結髮妻子面前，傅雷這樣公然與情人在家裏「幽會」，簡直旁若無人，雖然有違常理，但也顯示他對自己的感情極之真誠，不稍掩飾。朱梅馥也不是等閒人，她以退為進，歡迎這個入侵的女子，對他們的幽會給予諒解，最後以她的忍讓取勝，傅雷終於要揮慧劍斬情絲，維持了家庭的完整。

真誠是傅雷唯一的武器，他的真誠貫徹一生，直至以死來換取。

傅雷四歲時父親遭冤獄生病去世，兩個弟弟一個妹妹相繼死去，只有傅雷僥倖活下來，因為這樣，母親對他寄望太大，以一種非常殘酷的方式督促傅雷的學業。

一次傅雷逃學，他母親得知後對他絕望了，打算殺死兒子後再自殺。那天晚上傅雷睡熟後，母親將傅雷手腳綑綁起來，用包袱布纏緊，把他拖到屋外，打算將他投到離家不遠的深水塘裏，把他淹死。傅雷的叫聲驚醒鄰居，他們將他母親推開，才從死亡邊緣將他救回來。

如此堅執到狂暴的母親，她性格中強烈的自我，應多少遺傳在傅雷身上。

在那麼幼稚無知的年代，死亡對他已經是一件迫在眉睫的事，而他一生也一直在生與死的自我煎熬之中。

傅雷初到法國時，和一位法國女子瑪德琳相戀，愛得要生要死，他甚至已經寫了信給母親，宣佈要與遠在故鄉的朱梅馥解除婚約，與瑪德琳結婚。可惜這個瑪德琳並沒有準備和他組織家庭，她還有別的男朋友，傅雷為此大受刺激，曾經帶了一把上了子彈的手槍到劉海粟家裏，準備和瑪德琳談判不成後就當場自殺。

死亡一直如影隨形，是他在不能解決人生難題的時候，一種簡單直接的處理手段。

一九五七年，他因為替共產黨整風被評為右派，事後不斷當眾受批判，一九五八年四月底，在他被宣佈為右派分子後，一個人癡癡獃獃地回家，他對朱梅馥說：「要不是因為阿敏還太小，還在唸書，今天我就……」他等待最壞的結果——被發配到東北或沙漠的邊遠地區，他知道自己是不會去的，他準備用「自己的辦法」解決問題。實際上，在這些磨難的日子裏，死只是預先設定好的一種反應，所謂「自己的辦法」，是自我了斷以避免長期的痛苦和羞辱。

文革初期，災難已經逼近了，一天晚上老朋友周煦良來看他，傅雷就坦然告訴他：「如果再來一次一九五七年那樣的情況，我是不準備再活的。」他都準備好了，一個右派分子，又養了一個叛國的兒子，在被政治熱狂蒙蔽的群眾手裏，會有甚麼樣的遭遇，他再清楚也沒有了。

他在抄家時被紅衛兵折磨了三天四夜，紅衛兵專打他的臉，打他妻子的胸，他妻子跪在地上求紅衛兵不要打他，這樣的羞辱已經到了極點，他終於用自己的方式將紅衛兵們的暴行結束了。

在吞服毒藥前，他心情平靜寫了遺書（從他的筆跡可以看出來），詳細交代後事，他坐着死去，維持了一種自尊的姿態。死亡對他是彼岸，是一個目的地，一個精神的祭壇，他將自己作為一個供品，供奉在那個精神祭壇上，那是他的藝術之神和生命尊嚴的祭壇。

# 國破山河在，情深草木春

## ——讀蔣碧微《我與道藩》——

前些年內地曾有過一陣「民國範兒」熱潮，很多人突然從民國人物身上，發現一種儒雅、端莊、沉穩、華貴的風範，那種與連年戰亂、顛沛流離完全相悖的群體丰神，彷彿上承中華民族的文化命脈，隱約是一種深植於中國人生命內在的美感揮發出來。在全球化風起雲湧的時代，「民國範兒」小熱潮顯示一種向傳統文明回歸的心聲，這種社會文化現象值得深思。

近日讀蔣碧微的回憶錄《我與道藩》，頗有感慨。她將自己與民國名人張道藩之間的感情關係娓娓道來，在他們愛情的背景上，正是那些山河破碎、烽火連天的歲月。

整部書由兩人之間的情書交織組成，顛沛流離的逃亡日子，居然保留下來十五六萬字情書，那也間接證明了他們之間感情的厚度。

日寇入侵，半壁河山淪入敵手，亂離人如芻狗，為張蔣相戀提供了「天時」；兩人相繼遷居重慶附近，山高皇帝遠，幽居無煩囂，為他們的私情創造了「地利」；徐悲鴻與蔣碧微之間，因性格不合、長期分居已出現裂痕，中間再夾一個孫多慈，這也為張道藩的介入提供了「人和」。

張道藩出生於貴州盤縣的士紳之家，是家中獨子，先後在德國和英國留學，回國後從政，四九年後隨國民政府移居台灣，曾擔任台灣立法院院長。

早在一九二二年，蔣碧微就和張道藩見過面，當時張到徐蔣二人的德國寓所拜訪，稍後兩夫婦又一起回拜。一九二四年張道藩到法國深造，他們留學生一個小團體叫「天狗會」，經常在一起吃飯打麻將。一九二六年，張道藩就曾寫過一封信給蔣碧微，隱晦地表達他的愛意，整封信以不斷的自問，巧妙掩飾自己的心聲，又希望得到蔣碧微的回應。他在信裏寫道：「為甚麼我明知她即使愛我，這種愛情也必然是痛苦萬分，永無結果的，而我卻始終不能忘懷她。」——簡直是此地無銀三百兩。

蔣碧微心領神會，卻裝聾作啞的以第三者的理智口吻答覆他，說：「即令如你所說，這種愛情必然痛苦萬分而永無結果，然而，為愛情所受的痛苦，也可以說是樂趣，於是明知故犯，這是人之常情。」——這也幾乎帶有點鼓勵的口吻了。

當時徐悲鴻與蔣碧微還是夫婦關係，在「天狗會」裏，蔣碧微被稱為「壓寨夫人」，張道藩自剖心跡的信，已經有違朋友之義，蔣碧微的回信雖然表面矜持，其實也有點不安份了。

他們那一代，成長於五四反封建道統的大時代，到了歐洲自由奔放的生活環境，難免得風氣之先，把男女關係的開放視為一種時髦，這就種下日後十幾二十年張道藩在流亡時期矢志不渝地追求蔣碧微的前因。

張道藩對蔣碧微，倒是真心實意。在蔣碧微從歐洲回國後，一直不間斷關心幫助，說得上無微不至。在政務倥偬的間隙，他利用一些零碎時間，幾乎三兩天就要寫信報告一下行蹤，關心蔣碧微和兩個孩子的生活，不斷送錢送物品，用各種方式施以援手，幫助他們解決生活上的困難（包括蔣碧微父親遷居四川後找工作的事），一應照顧周全。他自己一有機會就要親自上門探訪，有時要克服時間和交通上的很多困難，才能見上一面，而千辛萬苦見面了，若有外人在場，也不能說甚麼體己話，只能壓抑自己一腔離情，對於張道藩來說，等於苦戀。

在整個抗日戰爭期間，蔣碧微帶兩個孩子，與空襲、搬家、匱乏、病痛周旋，其間只得到張道藩的關心和照顧。那時徐悲鴻遠在桂林，非但對家事不聞不問，竟還在報上登廣告，單方面宣佈與蔣碧微離婚——他已經與學生孫多慈相戀，準備向孫求婚了。而在重慶，蔣碧微和張道藩也沒閒着，幽期密約，信函交馳，卿卿我我，互訴衷腸。

在河山破碎的年代，居然都能按時收到遠方來信，這讓人對當年郵政系統的運作深感驚奇。偶爾信件有一兩天延遲，彼此就會心神不定，患得患失，都是中年人了，卻都像十八二十那樣，為一段不倫之戀吃盡苦頭。

徐悲鴻得不到孫多慈後，曾經回到重慶，希望和蔣碧微破鏡重圓，而蔣碧微卻只想把兩個孩子交給他，兩夫妻各打算盤，最後當然不歡而散。而張道藩的太太法國人素珊，也發現了丈夫有外心，要求張道藩和蔣碧微斷絕關係，張道藩答以「辦不到」。

等到徐悲鴻在昆明又登一則離婚廣告，隔幾天又登一則與廖靜文訂婚廣告，徐蔣之夫妻關係至此就劃上句號了。通過律師交涉，蔣碧微得到一百萬元贍養費及徐悲鴻一百幅作品，以及兩個子女教育費的「空頭承諾」。

在正式離婚之前，張道藩和蔣碧微有沒有發生過肉體關係？書中諱莫如深。有時張道藩來看蔣碧微，與朋友座談，夜深友人散去，張道藩會在客廳沙發上過夜。孤男寡女獨處一室，半夜發生甚麼事沒有人知道，如果他們真的僅守「男女大防」（畢竟張道藩有家庭，蔣碧微仍未離婚），那真近乎聖人了；如果半夜暗渡陳倉，以惺惺相惜、天涯知己的多年鋪墊，也只能說是人之常情。

抗戰勝利後回南京，可能是他們最為愜意的日子，可惜好景不常，又要在國共內戰後期烽煙四起時流亡了。她和張道藩先後到台北，張道藩將太太安置在高雄，他們兩人就在台北同居。此後有十年時間朝夕相處，蔣碧微甘心做張道藩「背後的女人」，安享歲月靜好的日子。十年後，「基於種種原因」，蔣碧微又與張道藩分手，讓他回到他妻女身邊去。

照片上看來，蔣碧微只是中人之姿，一張臉線條硬朗，好像男人。她一生行事，也是潑辣決斷，特立獨行。可能性格太強，以至與兩個孩子的關係也不好，兒子徐伯陽離家出走去參軍，女兒徐麗麗也離家出走不知去向，她與張道藩之間，雖然地位懸殊，但她也還是相當強勢的。

張道藩的法國太太素珊，是蔣碧微介紹的，張道藩的女兒張麗蓮是抱養的，原本是蔣碧微姐姐的孩子，因姐姐家境不好，孩子剛滿月就抱來蔣碧微家裏。蔣碧微當下作主，替孩子做了新衣服，用紅綢棉被包裹好，裏面放一個紅信封，寫好孩子的生辰八字，就叫傭人把孩子抱到張道藩家裏。

蔣碧微做這件事，居然沒有和張道藩商量，更未得素珊同意，直接就把孩子塞給張家。素珊回家後突見家裏多一個來歷不明的孩子，又氣又急，打電話給張道藩，張道藩估計是蔣碧微幹的，只好說你願意留下就留下，不願意就把她送去孤兒院。因為孩子很乖，不哭不鬧，長得可愛，張太太也將錯就錯把她留下了。

從這件事可以看到蔣碧微的為人。她年輕時就敢自毀婚約與徐悲鴻私奔，一生來往的，都是民國年間政商文化界的名宿，多年獨來獨往，養成一種披荊斬棘的性格。雖然與徐悲鴻沒有善終，但卻有一個張道藩不離不棄，早年兩地相思，「烽火連三月，家書抵萬金」，彼此捱過偷來暗去的十幾年，到了台灣後，終於共享了十年只羨鴛鴦不羨仙的好日子。她一生也可謂精彩了。

民國人，民國風範，單看張道藩在江山傾圮的大磨難中，冒險犯難追求一個心儀的女子，那種堅執與熱忱，就足令我們後人為之汗顏。在生死須臾的關頭，那種奮不顧身的姿態，即使事涉「不倫」，也自有其風采。

# 狂瀾既倒，老成何以謀國？

## ——讀梁啟超《李鴻章傳》——

梁啟超比李鴻章小整整五十歲，但只比李鴻章晚二十八年去世，他和李鴻章可以說是同一時代的人。李鴻章一九〇一年去世時，梁啟超正因戊戌變法流亡日本，聽到消息即開始寫作這本傳記。該傳記於一九二三年正式出版。

數十年來我們一直將李鴻章視為秦檜一類的賣國賊，他經手與列國侵略者簽署了多份喪權辱國的協議，以致百年以下遭國人唾罵，被吊在歷史的恥辱柱上。可是梁啟超在這本客觀平實的傳記裏，卻對李鴻章寄予深切的同情，給予他恰如其份的歷史評價。他說：「著者與彼，於政治上為公敵，其私交也泛泛不深，必非有心為之作冤詞也。」他又主動披露自己寫作這部傳記的心跡：「吾敬李鴻章之才，吾惜李鴻章之識，吾悲李鴻章之遇。」

李鴻章一生做了三件大事，一是打仗，二是辦洋務，三是辦外交，三件大事又基本上依時間順序貫穿他一生，傳記因此分為「李鴻章之位置」，「李鴻章未達以前及其時中國之形勢」，「兵家之李鴻章」（上、下），「洋務時代之李鴻章」，「中日戰爭時代之李鴻章」，「外交家之李鴻章」（上、下），「投閒時代之李鴻章」，「李鴻章之末路」，再加上前面的「緒章」和末尾的「結論」，全書約七萬字，篇幅不長，文字也不太深奧。讀這部傳記，不只了解李鴻章這個人，也了解整個晚清民初中國數千年未曾遭遇的大變局。

梁啟超寫作本書時人在日本，身邊缺乏可供參考的必要資料，但他有驚人的記憶力、洞察力和材料組織能力，整部傳記條理清晰、邏輯嚴整、文字精煉，時而鞭辟入裏令人警醒，時而妙語如珠令人低迴，除了引用幾個協議原文沉悶之外，其餘正文都津津有味。

對於李鴻章家庭背景和幼年生活只用幾句話帶過，這當然與資料不足有關，我們只知道他曾師事曾國藩，後來考中進士，太平天國動亂時他在安徽官軍中辦事，後來曾國藩辦湘軍，他又投到曾國藩幕中，直至曾國藩向朝廷推薦他到江蘇辦軍務。幾年間跟在曾國藩身邊學習，得益匪淺，「而終身受其用也」。

李鴻章到安徽「募淮軍」，治軍全跟隨曾國藩，「國藩為定營伍之法，器械之用，薪糧之數，悉仿湘勇章程，亦用楚軍營規訓練之。」他後來又聘用美國將官華爾幫助訓練和指揮，這兩件事再加上李鴻章辦事幹練，精於謀略，因此屢打勝仗，逐步掃清江蘇境內南京外圍的太平軍。當時曾國藩弟弟曾國荃領軍圍金陵，左宗棠在浙江統兵，太平軍根基已不存，洪秀全氣數已盡。

曾國藩平定太平天國，手下將帥皆有恩賞，朝廷上下多有妒嫉誹謗的官員，連左宗棠也不能免俗，只有李鴻章「無間言，且調護之功甚多」，梁啟超認為他「德量有過人者焉」。這也是李鴻章知感恩於曾國藩，而又慎言篤行的表現。

梁啟超在論及李鴻章後來接曾國藩的擔子平定捻匪的功勞時，評論曾李的關係，說：「……鴻章隨曾軍數年，砥礪道義，練兵機，蓋其一生立身行己耐勞任怨堅忍不拔之精神，與其治軍馭將推誠佈公團結士氣之方略，無一不自國藩得之，其事之如父母，敬之如神明，不亦宜乎？」這幾句話真可圈可點。

但梁啟超對李鴻章辦洋務，卻不那麼欣賞，他認為：「謂李鴻章不知洋務乎？中國洋務人士，吾未見有其比也；何以他國以洋務興，而吾國以洋務衰也？吾一言以斷之，則李鴻章坐知有洋務，而不知有國務……」

這方面梁啟超有一點責之過苛了。中國閉關鎖國，數千年老規矩處處設限，僅僅辦一點洋務，已遭到四面八方保守派的圍剿，幾時談得上辦「國務」？莫非當年憑李鴻章一人之力，就可以捨洋務而辦國務了嗎？說到底，終李鴻章一生，從沒有從「辦國務」的角度去審度過自己的職責，他的「國務」也就是朝廷叫幹啥就幹啥，為此而萬死不辭。要論到有覺悟「辦國務」，還是要等到康有為梁啟超這一輩，他們才在新的時勢下醒悟救國的根本在於國體的更新。

李鴻章辦洋務，主要在於引進西方先進的教育、郵電、礦務、交通、航運、海軍、紡織、醫療等新科技和新制度，在落後陳腐的中國舊生活「鐵屋」裏，打開一扇扇窗口，放進一陣陣清風，使中國人數千年僵化的生活方式，起了翻天覆地的變化。實際上，也只有從這些基本生活方式的大突破做起，才能一點點建立起現代生活的習慣，而由此樹立現代的思想觀念。沒有基本生活方式的改變，就沒有社會觀念的進化，也就談不上改變國體的動念。

李鴻章命運的轉折點在中日甲午戰爭，因為戰敗，才要談判，因為談判，才要辦外交，當其時國力凋敝，列國無不覬覦中國，李鴻章在各國之間周旋，在日復一日的劣勢中，為中國爭取盡可能多的顏面和盡可能少的損失，這是他日子最難過的一段時間。

甲午之敗李鴻章有種種失誤，包括外交與戰事，梁啟超一口氣列出他的「咎十二」（十二種過失），但梁啟超認為，「是役將帥無一人不辱國」，唯海軍優於陸軍，李鴻章部下的海軍，又優於其他海軍。梁啟超對那些片面責罵李鴻章的人更看不過眼，他說：「蓋此輩實亡國之利器也」。

甲午戰後，朝廷派李鴻章到日本議和，李鴻章「辯論移時，不肯少讓」，其間李鴻章遇刺受傷，子彈留在臉頰內，本來應開刀取子彈，但需靜養多日不能勞心，「鴻章慨然曰：國步艱難，和局之成，刻不容緩，予焉能延宕以誤國乎?」次日扶傷談判，血滿袍服，「言曰：此血所以報國也。」後來達成的協議固然對中國大不利，但所謂「在人屋檐下，豈能不低頭」，國勢如此，狂瀾欲倒，談判沒有後盾，說話沒有膽氣，連梁啟超也感嘆：「當戎馬壓境之際，為忍氣吞聲之言，旁觀猶為酸心，況鴻章身歷其境者。」

李鴻章辦外交，「專以聯某國制某國為主」，而所謂「聯」，又不是長期的結盟，而是臨時的討好。當時西方列國各有狼子野心，誰又會笨到與中國結盟?因此列國也只是視形勢發展而各取其利，李鴻章在各國之間周旋，利用他們之間的矛盾，「固不得不隱忍遷就於一時也。」

形格勢禁之下辦外交，只有恥辱與羞慚而已，李鴻章經手的辱國條約有「煙台條約」、「馬關條約」、「辛丑條約」等，表面上是李鴻章在談判簽約，而實際上決策拍板的無疑是朝廷主子。當八國聯軍入京，慈禧倉皇出逃，連保命都有問題，又怎麼談得上保她的國?當時曾有李鴻章身邊的人，勸他上策「擁兩廣自立」，中策「督兵北上勤王」，下策「受命入京，投身虎口」，李鴻章三策都不從，「逗留上海，數月不發」，只是在等待談判喘息、保住那一線殘山剩水的時機。國家積弱如此，國民一盤散沙，老成謀國豈是易事！當年辱罵李鴻章的同胞，在戰禍四起、國勢顛危之際，又在哪裏呢？

在外國人面前李鴻章並無卑躬屈膝，反而擺出一種大國外交家的風範，談判「刻意磋磨，毫無讓步」，連日本人都敬畏他。梁啟超説他「與外國人交涉，尤輕侮之」，連日本人都評説「世界之人，殆知有李鴻章，不復知有北京朝廷」，可見雖為敗軍之將，李鴻章在辦外交時，仍竭力保持一個東方大國的尊嚴。

蓋棺論定，梁啟超認為，「李鴻章有才氣而無學識之人也，有閱歷而無血性之人也。」，梁的所謂「學識」，應該是指「西學」，在李的處境，實在情有可原。至於血性，在李的位置上，閱歷深了，責任重了，凡事講血性豈不誤事？這也是見仁見智的事了。

李鴻章受他的老師曾國藩影響很深，連生活起居都學足曾國藩，他們兩人在晚清大變局中都是舉足輕重的人物。曾國藩是軍事家、謀略家、思想家，李鴻章稱得上是軍事家、謀略家、外交家，曾李二人之差別，便在曾有思想，而李只是高級辦事人，辦事有成敗得失，終究也只是辦事而已。此所以曾國藩對後世有影響，而李鴻章只是一個階段性歷史人物。

一百年前，梁啟超如此明智客觀為自己的政敵辯誣，一百年後，我們還昧於史實、謬於史識，其原因何在，這又是另一個繞不過去的問題。

# 君有所忌　臣有所恃

## ——讀《萬曆十五年》的一個角度

中國數千年帝制，皇帝上銜天命，下御臣民，身居九五之尊，從來都是一言九鼎，似乎不受任何掣肘，但實際情況是不是如此呢？

讀黃仁宇的《萬曆十五年》，發覺並不如此。皇帝並不是想做甚麼就做甚麼，想賞誰就賞誰，想殺誰就殺誰，皇帝做事，有時還要看臣子的臉色，做皇帝的有時身不由己，甚至還很痛苦呢！

萬曆皇帝登位時才九歲，他從小就跟着首輔張居正，他的八個老師和侍讀，都是張居正任命的。他的兩位母親，受前朝首揆高拱脅迫，張居正獻計除了高拱，從此以後，兩宮太后和萬曆，都對張居正言聽計從。

皇帝批臣子的奏折，都只會在張居正的「票擬」上批「如擬」，或「知道了」，張居正的人事任命名單，皇帝都依慣例，圈定排在第一的那個人名。他知道自己貴為天子乃是天意，天意能否長久則在人和，要得人和就要慎選官吏，要慎選官吏只有信任張先生。

萬曆皇帝在張居正死後才真正嚐到做皇帝的滋味，但剛做皇帝不久，就有反張派清算張居正，他們揭露張居正結黨營私、生活奢靡等等的罪行。在幾個月之內，皇帝的情緒陷於混亂，一方面對張居正尚有舊情，另一方面又想及自己做皇帝甚至被限制到沒有錢賞賜宮女，不得已將欠賬寫下以待有錢時清還，他的外祖父因為缺錢要經手變賣公家物品牟利，因此被當眾申斥。前後拖延兩年，經不起廷臣多番施加壓力，最後萬曆皇帝才籍沒了張居正的家。

清除了張居正的影響，皇帝發覺自己並沒有真正掌權，在勸諫的名義之下，廷臣批評皇帝奢侈懶惰，個人享樂至上，寵愛德妃鄭氏而冷落恭妃王氏，萬曆皇帝越來越感到做皇帝單調而疲勞，他主持殿試時出的試題，居然是「無為而治」。他下了一道諭旨，說自己頭暈腦脹，需要暫停早朝和出席經宴，一年後這種病癥還沒有痊癒的跡象，但臣子們又聽說皇帝在禁城裏策馬馳騁。廷臣於是又奏上一本，勸皇帝要保重玉體，注意他身為天子的職責。皇帝又說他火氣過旺，服用涼藥後，足部奇癢行走不便，但廷臣們又聽說，皇上飲酒過多，夜間遊樂過度，與嬪妃交往過切等等——現實好像是，皇帝不那麼想做皇帝了，廷臣還要他好好做下去。

當時有個芝麻綠豆小官鄒元標，因上書指斥張居正，曾經被皇帝施廷杖貶為士兵，張死後才被平反任命為給事中，誰知他又上書批評皇帝不能清心寡慾，皇帝批「知道了」，算是給他面子。沒想到鄒元標不識抬舉，又上書說皇帝扯謊，有過不改，還說「欲人勿聞，莫若勿為」，說皇帝沒有君子風度等等。

鄒元標並不是孤膽英雄，朝廷中有大把這種敢於犯顏直諫的官員，有一本奏章上竟說，如果皇帝不肯接受他的意見，天下臣民必將視他為無道，而列祖列宗也必將痛哭於九泉。皇帝剛批示說此人語無倫次，應當降級外調（僅此而已），馬上又有人奏上一本，說皇帝的朱批不甚合適，進諫的人乃是忠臣，不但不應降級，還應該表揚獎勵，以顯示虛懷若谷的人君風度。

這些還都算是小事，更嚴重的是皇帝在立太子的問題上長期和廷臣針鋒相對，相持不下。萬曆的長子是恭妃生的常洛，但他寵幸的鄭妃生的卻是常恂，按慣例，皇長子應為太子，但皇帝卻想讓常恂接班。廷臣們雖然一再催促，但萬曆皇帝卻一再拖延，拖了十幾年，拖到皇帝死了，還沒有正式立太子。當然，最後還是皇長子常洛接了皇位，因為傳統比皇帝長命。

讓萬曆頭痛的當然少不了海瑞。早在嘉靖朝，海瑞就做過出格的事，他向皇帝上過一個著名的奏疏，指責嘉靖皇帝是一個虛榮、殘忍、自私、多疑和愚蠢的君主，舉凡官吏貪污、役重稅多、宮廷浪費、盜匪滋熾等等問題，皇帝本人都應該負責。奏疏中甚至說：「蓋天下之人不直陛下久矣」，意思是普天之下百姓看不慣你已經很久了。

嘉靖皇帝龍顏震怒，連說：「抓住這個人，不要讓他跑了！」但旁邊一個宦官卻跪奏說：此人本就有癡名，據說他自知必死，在上奏疏前就買好棺材，召集家人訣別，僕從都跑光了，此人是不會逃跑的。

嘉靖皇帝長嘆一聲，只好把海瑞的奏疏留中不發。後來，他還是找個藉口，把海瑞抓起來準備處以絞刑，誰知沒等到處死海瑞，皇帝自己先死了。到萬曆朝，海瑞復被起用，但「老毛病」還是不改。

海瑞的剛正不阿讓很多同儕不滿，他們上疏說海瑞以聖人自許，奚落孔孟，蔑視天子，要求萬曆皇帝嚴辦。萬曆居然批示：「海瑞屢經薦舉，故特旨簡用，近日條陳重刑之說，有乖政體，且指切朕躬，詞多迂戇，朕已優容。」意思是海瑞麻煩多多，不過我還是原諒他了。又批吏部的建議，說：「雖當局任事，恐非所長，而用以鎮雅俗，勵頹風，未為無補，合令本官照舊供職。」意思是說，海瑞做官雖然不太行，但他的正直作風，還是可以作人表率的，還是讓他繼續做下去吧。

做皇帝做到唾面自乾，說他是涵養好呢，還是不得已委屈自己？

書中附有《神宗實錄（二）》，筆錄了萬曆皇帝召見輔臣申時行等大臣時君臣之間的對話，讀來令人捧腹。申時行向皇帝問安，萬曆說都給那個叫雒于仁的小官氣壞了，「肆口妄言，觸起朕怒，以致肝火復發，至今未癒」。又把雒于仁的疏本給申時行看，說他指責我酒色財氣，你來評評理。

皇帝一口氣申訴了很多冤屈：他說我好酒，誰人不飲酒！又說我酒後持刀舞劍，哪有這樣的事！又說我好色，偏寵鄭氏，我只因鄭氏勤勞，我去哪裏都跟着，朝夕小心侍奉。至於恭氏，她生了長子，我讓她母子相依，所以沒有朝夕相處，怎麼會有偏私？他又說我貪財，受張鯨賄賂，所以重用他。我貴為天子，富有四海，天下之財都是我的，我如果貪張鯨的財，把他抄沒就可以了。他又說我尚氣，但人誰無氣！先生你們也有童僕家人，難道都不加管束？你們把他這個本子拿去，重重處罰！

申時行趕緊勸皇帝，說皇上如重處他，反倒讓他成名了，又有損皇上聖德，不如寬容他算了，就把雒的本子還給皇帝。皇帝沉吟答說：你這說得也有理，倒不只是損了我的德，也損了我的度量。

但皇帝還是氣不過，又把本子給申時行，說不行，我氣不過他，還是要重處！申時行又再勸，說他說的本來就不是事實，如票擬處分，反倒傳之四方，讓天下人以為是真的，還是留中不發才好。我們會將這件事寫入史書，傳之萬世，使萬世頌皇上是堯舜之君——又把本子還給皇帝。

皇帝又說：那你們說怎麼設法處治他？

申時行又答說，既然不發出他的本子，也沒甚麼辦法處治他，還望皇上寬宥。我們最多是把他撤職就是了。

皇上還委委屈屈，說你們都是我的近臣，我做甚麼你們都知道，怎麼會有這些事？

申時行又說：官闈秘密，我們都不能詳知，何況疏遠小臣？

皇上說：人臣事君，該知道理。如今沒個尊卑上下，信口胡說。早些年御史黨傑也曾奚落我，我都忍了，現在雒于仁又這樣，都是沒有懲處，所以如此。

皇上又說：近來只見議論紛紛，以正為邪，以邪為正，一個本子罵我的沒看完，又有一個本子來替他辯護，真是煩死！我現在看字都不分明，怎麼應付得過來！這真不成個朝綱了，你們是我的股肱，也要做個主張。

申時行趕緊分辯說：我們才輕望薄，只有照章辦事，上稟皇上獨斷，下付外廷公論，所以不敢擅自主張。

皇上又說：我就是心，你們就是股肱，心沒有手腳怎麼能動？我既然委你們重任，有甚麼好怕的？你們還是要替我主張，任勞任怨，不要推諉。

申時行們又提到立太子的事，說皇長子九歲了，要讓他讀書。皇帝說人人資質不同，不能一一教訓。等到申時行們辭行出來，太監又追上，說皇帝叫皇子來，讓你們都去看看。但又交代申時行把張鯨找來，好好責訓他。申時行又說，皇上罵過了，何須我們再罵！皇上又傳諭旨，說不行，這是我的命令，不可不遵。

結果申時行們果然去見了皇長子，善頌善禱一番，這件事才算了結。

九五之尊要處置一個犯顏直諫的小官，要花這麼多口舌，最後也不過讓人把他罵一頓了事，這皇帝做得也真有點憋屈了。

歸根結底，皇上又有甚麼好避忌的呢？看來，皇帝怕三樣事，一是天命，二是道統，三是百姓。首先，皇帝是天授權柄治理天下，不得不依天命行事，俗話說人在做天在看，如不謹言慎行，那是會有後果的。其次皇帝治理天下，靠的是廷臣，廷臣靠的是儒家道統，因此皇帝也不能不畏懼道統，修身齊家才能治國平天下，他做了壞事太多，不顧祖宗成法，也是有後果的。最後，皇帝要永保天下，不得不收買人心，所謂得道多助失道寡助，水能載舟也能覆舟，皇帝要避免遭天下物議，只有管束自己的任性。

那麼廷臣們又有甚麼好恃呢？廷臣們替皇帝辦事，排憂解難，管理天下，他們憑的是一個忠字，既然我忠於你，我站在你的立場去做事，你畏天命，我就遵天命辦事，你畏道統，我就遵道統辦事，你畏百姓，我就替百姓辦事。

按理，君臣互相制衡，這個制度是有一定合理性的，但可惜皇帝不都是能克制自己的皇帝，廷臣也不都是敢冒死直諫的廷臣，好皇帝碰上好廷臣，實在是低概率的機會。更何況，整個封建體制，就是一個封閉的、固化的系統，如果他國也都這樣，彼此可以拖下去，但如別國都進步了，我們還自以為天國永昌，那就有被淘汰的危險。

孟子說：民為貴，社稷次之，君為輕，這是顛撲不破的真理。可惜幾千年來，沒有一個皇帝做到，所以皇帝一個個輪着倒台，看來這竟是我們民族的宿命。

# 讀一點明代小品文

據聞因為中學生中文程度低落，教育當局有意增加中學古文課程，唐詩宋詞元曲古代散文重新編入課程，更有意見要求學生背誦古典名篇。

讀點古典文學，當然對中文運用有幫助，但說到背誦，就變成苦差了，而詩詞一類的文體，今日早已過時，單為領略文字韻味和節奏感，養成一點閱讀的習慣也足夠了。

寫作無非是狀物、述事、抒情、析理，要寫好一篇文章，把這四種技巧好好掌握，也就不過不失，至於能否做出精彩文章，那還得看才氣和閱歷。閱讀與寫作，貴在堅持，養成習慣，長期浸淫，好文章隨處都有，只怕無心，不怕無可學的對象。

古典文學中，最接近現代生活的，其實是小品文。明代性情文學盛行，小品文成了流行文類，文人不論做官的落魄的，習慣以短文表達個人情懷，與人交往，喜作短文記載，友朋間信札來往，也多講究文字別出心裁。江山傾圮之際，自有生死興嘆，清風朗月之間，可抒天人感懷。寫人擅長捕捉神韻，遊山玩水也多有神來之筆。這種短文都從個人身邊事出發，即使事涉家國興亡，也往往不說空話，只談個人真實感受。

讀明代一些優秀小品文，只覺今人文章不如古人。當然，古人也多有平庸文章，只是能流傳下來的，都經過千錘百煉，淘汰又淘汰，剩下的盡是精品，今日再讀可省去不少挑揀的功夫。真要推薦給當下中學生，不如從中精選少量情理並茂又容易領會的短文，略加必要的註釋，直接編入課本。

初讀歸有光〈項脊軒志〉，為之沉吟回味良久，一篇短文表面寫的是家中一個小屋子的滄桑，實際寫的是人生百味。屋子四歷火劫竟能幸存，破敗後又幾經修葺，「三五之夜，明月半牆，桂影斑駁，風移影動，珊珊可愛」；此後叔伯分家，「東犬西吠，客逾庖而宴，雞棲於庭」，又一番沒落。

老傭人做乳娘時照顧姐姐，母親聽見孩子哭，以指叩門扉，問是冷了嗎、餓了嗎？老傭人隔牆回答。提起舊事，作者流淚，傭人也流淚。

老祖母說他整日不說話，像女孩子，家中孩子讀書都沒出息，你這樣用功，可以期待吧？又將珍藏的祖先上朝的象笏拿出來，說是先祖做官時的器物，來日你會用到它——望孫成龍的用心溢於言表。

項脊軒是作者未仕之前與家人共度、讀書用功的地方，當其時如坎井之蛙，而精神狀態卻極佳，幸好後來也有出息。文末寫道：「庭有枇杷樹，吾妻死之年手植也，今已亭亭如蓋矣。」文字煞得急，卻餘味無窮。

這篇短文看似隨手拈來，散漫無拘，想到甚麼寫甚麼，但一種懷舊悵惘的心緒貫穿其中，以至從頭到尾讀下來，卻覺得此起彼伏，互相呼應，有概括性的敘述，又不時輔以細節，人物音容笑貌栩栩如生，一座小屋的滄桑變遷，盡是人生況味。

誰人沒有住家？誰個沒有親人？誰沒有生命變遷的感喟？把感情深蘊在一座普通的屋子裏，「多可喜，亦多可悲」，由此引讀者產生共鳴，真是高手。

歸有光的小品不少都涉及情感，最擅長以寥寥數語捕捉人物神韻，寫小婢女煮荸薺，作者回家見到欲取食，婢女抱走不給，又寫她在桌邊侍飯，「目眶冉冉動」，一個小可愛躍然紙上。寫女兒夭折，僕人報喪，想起她已能抱妹妹，作者離家時，「尚躍入余懷中」，而「吾生女既不知而死又不及見，可哀也已」；寫母親苦於生養太多，傭人讓她喝螺螄湯以避孕，「孺人舉之盡，暗不能言」，母親去世後，家人請畫師畫母親肖像，「鼻以上畫有光，鼻以下畫大姐，以二子肖母也。」如此文字，皆讀來令人鼻酸。

李贄的小品是另一路，筆下盡是智慧和力量。李贄是封建道統的叛逆者，一生憎恨假道學，以嘻笑怒罵的文字，包藏清正赤誠的本心，在「萬馬齊瘖」的時代，一腔孤憤，雖千萬人吾往矣。他的文章直抒胸臆，善自嘲，譏諷更不留情面，讀他的文章，學會如何質疑世間事物，如何批判，如何直斥其非。往往數百字直搗核心，一句話把對手逼到牆角不能動彈，足見他的敏銳和洞察一切的澄明。

他形容道學先生：「高屣大履，長袖闊帶，『綱常』之冠，『人倫』之衣，拾紙墨之一二，竊唇吻之三四，自謂真仲尼之徒焉」，雖則派頭很大，但卻一肚子草。這種人說起道學，就說：「天不生仲尼，萬古如長夜。」，李贄駁道：怪不得羲皇以上的聖人，每天都要燃紙燭而行了。意思是說，如果沒有孔夫子，萬古都是長夜，那孔子之前的聖人，都要摸黑舉燭走路了。一句話把道學先生逼得落荒而逃。

明末江山傾圮，仁人志士奮起抗清，十七歲的夏完淳戰敗被捕，臨刑前寫了一封信給妻子，一封給母親，滿腔悲憤，字字泣血。國亡家破，一個青頭小子不能扭轉乾坤，只恨辜負了妻子，又不能盡孝於母親。「一門飄泊，生不能相依，死不能相問」，「淳一死不足惜，哀哀八口，何以為生？」

這兩封信寫得情詞懇切，人之將死，肝腸寸斷，大志未酬，心事難了，少年人仍懷抱未來光復社稷的希望，「嗚呼！大造茫茫，總歸無後，有一日中興再造，則廟食千秋，豈止麥飯豚蹄不為餒鬼而已哉！」言下之意，明朝還能捲土重來，到時他為國捐軀就成了功臣烈士，朝廷自然不會虧待烈士家屬，今日死別之痛，來日必有報償。

讀到這幾句話，更覺得作者之死是悲劇中的悲劇。雖然為國犧牲義無反顧，但將性命奉獻給一個腐朽沒落的王朝，還指望朝廷有起死回生的一日，未免太冤枉了。

不管如何，兩封信寄託一腔悲憤難了的心事，臨危之際尚能以精確的文字傳達內心複雜的情感，對一個十七歲的少年，真是難能可貴了。可見當時的年輕人，不但道德上有追求，臨事有識見，筆下也有功力，今日讀來，仍覺血氣賁張，掩卷內心澎湃。

在讀袁宏道的《徐文長傳》之前，已知道徐渭。在韶興參觀徐渭故居時，看到一副對聯：「兩間東倒西歪屋，一個南腔北調人。」印象中徐渭就是這麼一個玩世不恭搗鬼捉狹的名士。《徐文長傳》寫的徐渭就豐富多了。一個才氣縱橫的奇人，偏偏屢試不中，到總督府中做幕客，又目空餘子，不得志就放浪形骸，寄情山水。做幕客參與軍事與文案，屢有奇功，書法與繪畫都出類拔萃，可惜因疑心而殺了繼室，出獄後更狂傲，不給官府豪門面子，卻拿酒和窮苦人共飲。發狂時以斧頭自砍，頭骨揉之有聲，或搥自己的陰囊，以利錐刺兩耳，居然都不死。

才高而命蹇，狂傲便是對抗社會的方式，袁宏道寫徐渭，在同情之餘，也包含對社會不平的抗議。「先生詩文崛起，一掃近代蕪穢之氣，百世而下，必有定論，胡為不遇哉！」

袁宏道的文字，在明代小品文中，如不是最好，也一定是最好之一。他的文字傳情達意準確生動，想像力豐富，講究節奏音樂性，往往餘味無窮。他寫徐渭的詩：「其所見山奔海立，沙起雲行，風鳴樹偃，幽谷大都，人物魚鳥，一切可驚可愕之狀，一一皆達之於詩。其胸中又有一股不可磨滅之氣，英雄失路，托足無門之悲，故其為詩，如嗔如笑，如水鳴峽，如種出土，如寡婦之夜哭，羈人之寒起，當其放意，平疇千里，偶爾幽峭，鬼語秋墳。」評論一個人的詩作，用這樣出格的文字，想像瑰奇，初讀愕然，細品味出，即使當今的文章好手，也要甘拜下風。

近現代作家推崇明代小品的，有魯迅、周作人、林語堂等，當代作家汪曾祺、賈平凹的散文，也都有明代小品的影子，蔡瀾的隨筆也有明小品的韻味。明代小品文的題材和寫法，都接近當代散文的路數，中學生如果想提高寫作水平，多讀一點明代小品會有好處。

明代小品中唯一不那麼喜歡的，是《菜根譚》之類的雋語格言，以對仗短句歸納生活中的種種小聰明，有的像文字遊戲，有的只是世故鄉愿的口頭禪。現今網絡手機裏流傳最廣的，就是這種以人生智慧為標榜的套話，謬種流傳，害人不淺。這類文字糟粕，也就不必再選入課本，荼毒現在的年輕人了。

# 基辛格的風流韻事

在中美關係波譎雲詭的今日，碰巧讀了一本基辛格的傳記：《基辛格——大國博弈的背後》，中文版是十年前的國際文化出版公司出版，今日讀來，仍舊興味十足。

中國人寫傳記，多數評功擺好，為「賢者」諱，自傳更不必說了，致力隱惡揚善，幾乎就把自己寫成一個偉人。我讀過的傳記，最好的要算胡蘭成的《今生今世》，不必說他的文字好，寫自己做漢奸搞女人，更毫不扭捏，那些臭事到他筆下都理直氣壯，因為本來他就是那樣的人。胡蘭成的是非另當別論，但這樣清心直說寫自傳，讀起來才過癮。

《基辛格——大國博弈的背後》的作者是沃爾特．艾薩克森，他多次採訪過基辛格，別處蒐集的資料更簡直汪洋大海，成書之後，顯然基辛格很不滿意，有段時間兩個人基本不來往。後來作者成為《時代》週刊主編，在一次封面人物的年度晚會上，基辛格才打電話給作者，說：「你好！沃爾特，即使三十年戰爭都有結束的時候，我原諒你了！」

基辛格不滿意這部書幾乎是必然的，因為作者寫了不少他個性上的弱點，辦事出糗的細節，對上司和朋友陽奉陰違的兩面派心術，還有臭脾氣小奸小壞等等。與此同時，關於基辛格在他的國家安全事務助理和國務卿任上搞秘密外交，在戰爭與和平、東方和西方矛盾衝突之間縱橫捭闔、大玩平衡術的本事，卻又推崇備致。

這才是一個豐富的、真實的基辛格，這樣的人物傳記才好看。

整部書內容太龐雜，只能挑一個局部來談談。基辛格有很多風流韻事，他和各式各樣精彩的女人密切來往，構成他政治生涯之外別樣的生命色彩。

基辛格有過一個太太，生了一個女兒和一個兒子，他太太不是甚麼專業人士，曾經在旅館工作，後來擔任簿記員。生了孩子後，太太專心照顧家庭，不時還要替基辛格打字。但隨着基辛格事業上升，他慢慢覺得太太和他距離太大，他在家招待政商學界名人，太太都不上桌，有一次太太走進他的私人書房，他當着客人的面把她趕出去。

他們後來離婚幾乎是必然的，但他太太離開後，還一直維護基辛格，和他保持密切的關係。

基辛格單身漢一個，正削尖腦袋鑽營政府核心位置，好不容易進入尼克松的白宮高層。他會討好尼克松，背後又陽奉陰違，毫不留情取笑自己的老闆，碰到不順心的事，簡直就破口大罵。但就在「戎馬倥傯」的政府工作間隙，他仍舊不時抽空搞一點緋聞，以此自得其樂。

他成名後，「一頭扎進好萊塢社交圈，那勁頭絕不亞於搞幕後談判」。第一個交往的女明星是吉爾·聖·約翰（不知何方神聖），基辛格深夜給她打電話，就是為了聊天。「聊天能讓他放鬆，」她回憶說，「我們經常長談。」他們並不刻意避人，常去那種擺明要拋頭露面的地方。每當聚光燈閃耀，基辛格就「迷迷地」盯着她看，「臉上露出男孩般的幸福微笑」。他還喜歡用手指穿過吉爾的紅色頭髮，在許多宴會場合被認為舉止「不雅」。

吉爾是激烈的反戰分子，晚餐時會和基辛格唇槍舌劍，但最後她還是舉手投降，她說：「亨利已經跟我死纏爛打三年，終於說服我站到總統這邊。」就在卿卿我我的溫柔鄉，基辛格還不忘為他的大國外交作說客。

和基辛格有過密切關係的女明星很多，包括我們熟悉的伊莉莎伯泰勒和麗莎明妮莉。「他尤其喜歡和出道不久年輕漂亮的小明星們來往，從抽象意義上看，這給他一種偷吃禁果的刺激感。」

有個動作女明星去探訪吉爾，恰好基辛格在，她很驚奇地發現基辛格公然對她獻殷勤，而吉爾居然也不介意。她說：「我覺得怪怪的，因為吉爾在場。」她後來說：「但他和吉爾有種奇特的關係，他們好像樂於看到對方交上桃花運。」

戈爾丁是一個聰明、漂亮、好交際的紐約姑娘，於七〇至七一年和基辛格約會，她當時二十二歲，兩個人的約會持續了幾個月。只有一次，基辛格把戈爾丁帶回家裏，但剛進屋助理們就開始了電話轟炸，短短時間內電話竟響了四十多次，「這種環境下就算你想得要死，也不可能發生任何浪漫之事。」

戈爾丁後來嫁給一個投資銀行家，搬到巴黎定居。一九七二年巴黎和談期間，基辛格打電話約她吃飯，她問要不要帶上自己老公，基辛格居然說不要，「那會毀了會面的樂趣」。老情人見面用餐，記者蜂擁而至，酒飽飯足後酒店領班提醒他，新聞媒體已經把正門口堵得水洩不通，勸他走後門，基辛格卻領着老情人「昂首闊步」從正門出去，不是狼狽鑽入在門口等候的車子，而是慢條斯理陪她走過一個街區，直到記者們拍夠了照片為止。第二天，世界各地報紙都登了他和「一位身份不明的金髮女郎」在一起的照片。

一個巴黎的自由撰稿人在採訪基辛格的時候愛上了他，基辛格和她在公開場合調情，電話裏甜言蜜語，但每當她想更進一步時又拒之門外。有一次她在基辛格門口留了張字條，基辛格淩晨兩點鐘回了電話，他的聲音「溫暖、緩慢，飽含感情，搞得她飢渴難耐」。

基辛格張揚的緋聞讓他大出風頭，一九七二年《花花公子》雜誌搞民調：「我最願意與之約會的男人」，基辛格名列榜首。對此基辛格的解釋是，吸引女人的是他的權勢——

「權力是絕佳的春藥」。

基辛格到處留情並沒有落下「作風不正派」的惡名，反倒尼克松一開始還頗欣賞他為自己塑造的「浪蕩子」形象，尼克松說：「我覺得還蠻有用的。」有時他和幕僚會拿基辛格女朋友們的身材來開玩笑，好像背後損一下基辛格也能讓他們過一把癮。

但基辛格受女人歡迎最終又讓尼克松受不了，後來總統指示下屬，在正式場合不要把漂亮女士安排在基辛格的身旁（基辛格和白宮社交主管約定，要讓最漂亮的女士坐在他旁邊），果然有一次，坐在基辛格身旁的竟是一位九十五歲的老太太。

基辛格的緋聞之所以沒有引起甚麼軒然大波，主要原因便是他極少把女朋友往家中帶，通常約會結束，基辛格就和特勤局司機把對方送到她自己家樓下，他有時會跟女朋友解釋，特勤局認為她住處道路太過狹窄，很容易被圖謀不軌的人「堵在裏頭」。這當然都是藉口，但整本書提到的眾多女明星，似乎沒有一個有幸和基辛格同床共枕。

那基辛格是禁慾主義者嗎？或者為國事勞心，使得他無暇維持一段穩定的關係？更或者他身居高位，擔心美色背後隱藏的間諜陰謀？可能都是，也可能都不是。不管如何，基辛格不絕的緋聞，使他一直維持一個浪蕩子的形象，這可能對他的秘密外交有點掩護作用——一個沉迷美色的外交官，大概沒甚麼心機去操弄世界大局。

也可能他日夜與各國陰險政客打交道，劍拔弩張，內心壓力山大，需要一點軟性的溫柔的調和，但那種調和又不能去到太「黏身」的程度，以免對自己和國家造成不應有的傷害。因此，基辛格的風流韻事，看起來永遠停留在一種眾聲喧嘩的狀態中，真真假假，熱鬧多於實惠。反倒是那些「雨露均霑」的女人，單憑和基辛格的親密交往，紛紛當正自己是他的秘密情人，而說不定，她們都只是「擔了虛名」。她們閃耀登場，落寞消失，一場歡喜的結果，只不過充當了裝飾諾貝爾和平獎得主、大外交家的秀色花邊。

關於自己的風流韻事，基辛格有一番夫子自道，那是他接受意大利女記者法拉齊訪問時的交談。

法拉齊：「那您又是如何平衡您肩負的重大責任和花花公子的名聲呢？」

基辛格：「……我覺得，我頭上那花花公子的名聲一直而且仍然十分有用，因為它向人們證明，我不是落伍的博物館裏的化石。」

法拉齊：「我覺得那名聲不太恰當，你只是作秀而不真是幹花花公子的事。」

基辛格：「這個嘛，當然了，是有部份誇張成份。但至少部份意義上，我們還是面對現實吧，那是真的。重要的是在何種程度上女人是我生活的一部份，何種程度上佔據中心地位。當然她們不是全部。對我來說，女人只是消遣、愛好。沒有人在愛好上花太多時間……」

法拉齊：「你不害臊嗎？」

基辛格：「有點吧，但作為生活的補償，我平衡得蠻好。有人說我有種神秘苦難的個性，有人說我樂天，總在笑。這些都不準確，我哪種都不是，我是……我不會告訴你我是甚麼樣的人，永遠不會告訴人。」

這話說得實在，權力固然是絕佳的春藥，但權力絕不僅僅是春藥。

# 做大生意的大外交家

## ——基辛格離開白宮後的日子

「八年來頭一次，基辛格在沒有空軍一號式的總統級專機護送的情況下來到了紐約。」這是《基辛格——大國博弈的背後》第三十二章的第一句，這一章的標題是：「平民基辛格——無公文包部長的空中飛人生活」。

這本將近六百頁的書，勾勒了大外交家基辛格的大部份生平，本文只簡介他離開白宮後的風光日子。

大部份英美政要，離開國家領導人職務後，都回歸平民生活。時常有報道，說他們自己買菜，穿拖鞋上街，能靠寫回憶錄和演講賺錢的已經罕有，更多的是退出江湖，頤養天年去了。

但基辛格可不是這樣，在八年的白宮政治生涯後，他利用多年積累下來的人脈，與各國政要和高層幕僚的交情，得心應手地經營自己的「外交生意」——他的生意都是「外交」，他的外交也都是「生意」。

最先他被邀加入各種跨國大企業的董事會，人家不是看重他會做生意，人家看重的是他的人脈關係，以及他長期浸淫外交工作積累下來的世界性政治眼光。

高盛公司邀請他加入投行，薪金是十五萬美金一年，全國廣播公司給他一份二十萬美元的合同，還有曼哈頓銀行諮詢費一萬美元，喬治城大學兼職教授三萬五千美元，阿資平研究所兩萬美元。這還不包括每年給各家公司做一打以上的演講，每次收一萬五千美元。

為表示他將個人收入和白宮歲月嚴格區分，他在離開白宮的首五年，大部份時間都在寫自己的回憶錄，僅僅這一項，他的代理人為他在全世界範圍內鎖定五百萬美元的版稅收入。

基辛格真正投入商海是離職五年後，一開始他向高盛和其他三家銀行借了三十五萬美元，在曼哈頓和華盛頓分別開了辦公室，貸款期是五年，但不到第二年年尾，他就還清了全部貸款。到一九八七年，他的諮詢公司年利潤已達五百萬美元，九十年代初又翻了兩倍。

當然，他對生意完全外行，又沒受過法律訓練，所以他乾脆把自己操作成「政治家僱傭軍」，以高價向私人企業「出售」外交政策諮詢，承擔他們的外交工作，當他們公司主席的私人國家安全事務助理。

基辛格的公司在電話簿上找不到，寫字樓大廳裏也沒有列出他公司的名字，公司裏零星的桌椅散落，透明塑料窗（足見裝修材料簡陋）內坐着一位接待員，大門外也沒有公司名稱。實際上，他的客戶不會找上門去，他們都是舊相識，一個電話解決問題，而街上找來的，通常也不是他想要的那種大生意。

基本上，基辛格對每家公司索取的身價差不多都是二十萬美元，此外，就具體項目，他還要收取每單十萬美元的服務費，外加各種必要的花費。基辛格提供的，不是具體的投資建議，大多數是中期性質的，譬如歐洲共同體或俄國未來五到十年的形勢展望、拉丁美洲國家的還貸能力和私有化進程等等。

此外，他也提供電話諮詢，一九九一年海灣戰爭爆發時，每天都有五六個電話諮詢生意上門，當然，交談的也都是宏觀的全局性的話題，有些公司的高管甚至無法抵禦能和基辛格交流帶來的虛榮心，他們可以向別人吹噓：「哦，我今天早上剛和亨利通過電話，他認為……」即使只是和基辛格通一個電話，也能提高自己的身價，這就是基辛格值錢的原因。

基辛格的工作還包括做種種「牽線」的工作，比如幫助某些公司在某些國家得到做生意的許可權，他堅持他接受的任何項目，除了對該公司有好處之外，也必須符合被投資國的利益。也就是說，他不會因為金錢利益，偏幫一些虎狼公司，到被投資的國家去搜括民脂民膏，損害人家的利益。他這樣做的好處，當然是使自己名聲在外，做成一單，雙方得益，眾口交讚，生意自然滾滾而來。

他盡量避免給人一種單純拉關係的印象，也就是說，他要做「實事」，不只是安排某些企業的頭頭，去朝拜外國首腦，去朝拜可以，但要有實際的生意可以落實。他曾經拒絕過一單一百萬美元的生意，對方要求他安排公司首席執行官和某國財政部長見一次面，通常他一個電話就「搞掂」了，但他不屑於做這種類似於「拉皮條」的生意。

單是基辛格的名字，就對那些削尖腦袋想打入一個陌生國家的跨國公司有足夠價值。一家叫自由港的大公司，在許多國家名不見經傳，公司總裁莫菲特説：「在和那些不知我們公司為何物的國家政府打交道時，我們需要形象和驗明正身。」「而基辛格在我們身後就意味着信用，我們就能見到達官顯貴，他們就會拿我們當回事。」一九八九年，自由港公司給基辛格年諮詢費二十萬美元，外加項目費六十萬。

基辛格給這些公司的所謂「諮詢」，説的都是宏論，有時天馬行空得非常抽象，儘管如此，那些公司高管都畢恭畢敬聆聽，還要裝出一種得到不少智慧的樣子，其實很多人都無法記住他講了甚麼。基辛格談穆斯林世界正在出現的動盪、孤立阿拉伯極端主義的前景，以及在中東建立親西方共識的問題——有多少人能真正領會他講話中的真髓？但人人都奔走相告，說基辛格的高談闊論有多「才華橫溢」，說「簡直讓人着迷」，連莫菲特都說：「他談到了穆斯林世界和西方之間爆發鬥爭的長期威脅問題，太棒了！」

自由港公司要到印尼做金礦生意，投資五點五億美元，莫菲特請基辛格作風險評估，基辛格派手下去印尼考察，請國安部老部下、後來的駐印尼大使提供意見，之後還陪莫菲特去印尼一趟，敲定協議細節。莫菲特通常認為，當你做一單十億元的大買賣，花幾十萬美元做一次風險評估真算不上甚麼，萬一印尼爆發革命，金礦收歸國有，股東們可饒不了他。

基辛格有幾個招數維持他非比尋常的影響力。他一直熱衷於社交，他的社交圈子都是上流社會的風光人物，有權勢的政府官員、大公司高管、媒體明星以及適時來到身邊的各國政要。他在這些社交圈裏如魚得水，人人都喜歡他（不像在政府時各種利益衝突影響交情），他又從中拉攏關係，促成不同的利益交換，以致人人都覺得結交基辛格是一件一本萬利的好事。

第二個招數是他往往利用自己的外交經驗和崇高聲望影響政府決策。他寫文章、演講，提出自己對外交和國策的種種看法，這些看法不免影響到政府，有時促使政府調整對外政策，而因為他的見解也適用於他服務的那些公司，這樣就使那些付他諮詢費的公司無形中也得到莫大好處。

第三個招數是他在長期外交工作中，結交了幾乎世界上大多數國家的領導人，以及他們的幕僚，這些幕僚後來也不免佔據該國的重要領導職務。如此基辛格每到一處，總有用不完的人脈關係，他就可以從容選擇那些最直接又最容易搞掂的人去搭線，這樣游刃有餘，簡直令那些付他錢的公司老闆們嘖嘖稱奇。

基辛格做諮詢顧問的工作，從來不涉任何違法勾當，甚至連打擦邊球都沒有，他懂得珍惜羽毛，有些事甚至在華盛頓也被看作稀鬆平常，但他也不屑為之。理由很簡單，他的生意來源於他的信用，一旦信用破產，生意也就破產了。

九十年代初，基辛格的年收入已經達到八百萬美元。他的生意都涉及經濟活動的最高層次，與政治和外交關係密切，這使他原有的個性和特長發揮得淋漓盡致。他享受站在世界高端位置上，處理各種錯綜複雜的關係，並因此得到各方面優秀人物的擁戴和喝彩。

說到底，他的大外交最後成就一盤大生意，而他的大生意，其實也還是他離開白宮後的大外交，表面上他的生意和外交與國家都沒甚麼關係，而實際上也都大有關係。

www.cosmosbooks.com.hk


書　　名　一枝草一點露

作　　者　顏純鈎

責任編輯　陳幹持

美術編輯　郭志民

出　　版　天地圖書有限公司
香港皇后大道東109-115號
智群商業中心15字樓（總寫字樓）
電話：2528 3671　傳真：2865 2609

香港灣仔莊士敦道30號地庫／1樓（門市部）
電話：2865 0708　傳真：2861 1541

印　　刷　美雅印刷製本有限公司
香港九龍官塘榮業街 6 號海濱工業大廈4字樓A室
電話：2342 0109　傳真：2790 3614

發　　行　香港聯合書刊物流有限公司
香港新界大埔汀麗路36號中華商務印刷大廈3字樓
電話：2150 2100　傳真：2407 3062

出版日期　2020年1月／初版


---




ISBN ： 978-988-8548-47-7